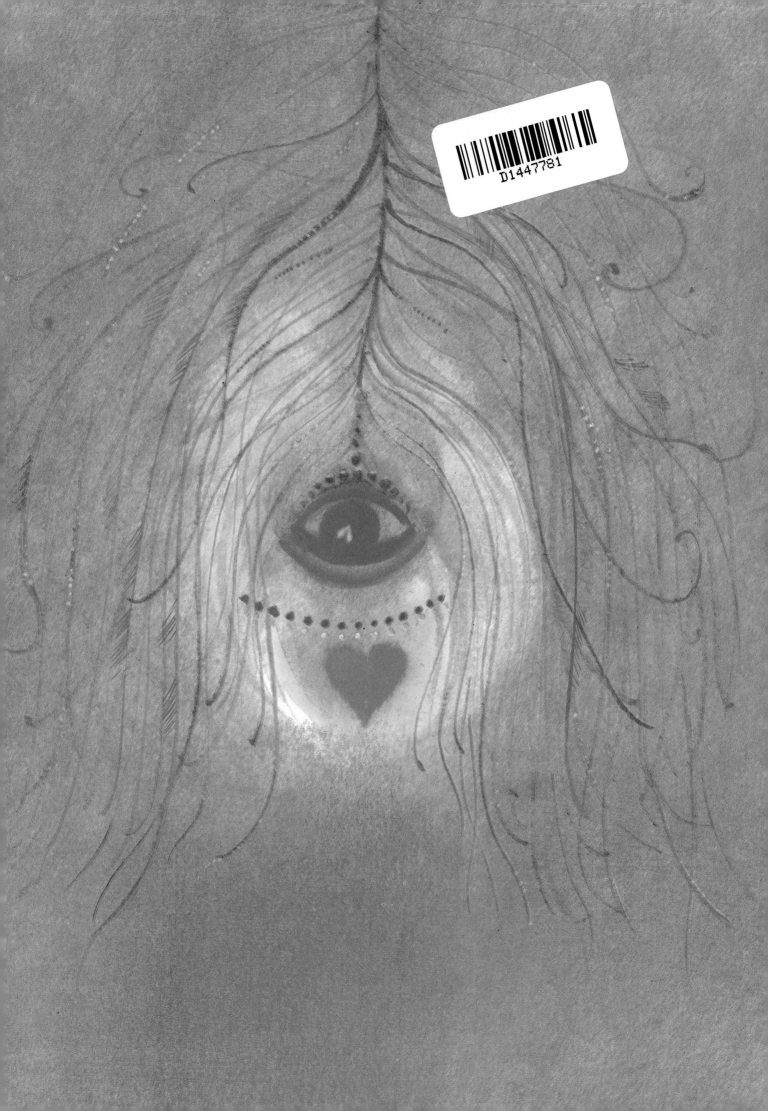

Les plus beaux
récits merveilleux

Les plus beaux récits merveilleux

Choisis par
Vladimír Kovářík

Illustrés par
Daniela Benešová

GRÜND

Traduction de Yvette Joye
à l'exclusion des textes de Charles Dickens
(pages 8 à 17), Jean-François Bladé (pages 30 à 34),
Charles Perrault (pages 35 et 36), Charles Deulin
(pages 54 à 71) et Hans Christian Andersen (pages 72 à 80)
Arrangement graphique par Naděžda Bláhová
© 1982 by ARTIA, Prague
Et pour les traductions et les textes français:
© 1982 by GRÜND, Paris
ISBN 2-7000-1654-8
Dépôt légal : septembre 1984
Deuxième tirage 1984
Imprimé en Tchécoslovaquie
1/20/04/53-02
Loi n° 49-956 du 16 juillet 1949 sur les publications
destinées à la jeunesse

Table

Introduction

Dans les temps anciens, les contes et légendes n'étaient pas recueillis dans des livres. Mais ces contes et légendes ont abondé de tout temps. Les gens se les racontaient de vive voix. C'étaient surtout les aïeux qui étaient d'excellents conteurs d'histoires à leurs petits-enfants. Eux-mêmes les avaient entendues, le soir à la veillée, de la bouche de leurs grands-parents. De raconter si souvent, d'une génération à l'autre, au cours du temps les narrateurs ont oublié certains détails, ils en ont ajouté d'autres, au gré de leur imagination; parfois d'une seule légende ils en ont fait deux, ou bien ils en ont fait une seule de deux différentes. La narration orale a ainsi souvent modifié complètement la légende initiale.

Ce ne fut que beaucoup plus tard que des écrivains se mirent à recueillir des légendes, récits merveilleux, pour les consigner par écrit. Il en fut d'autres qui, s'inspirant de contes populaires, entreprirent d'écrire des histoires inventées par eux-mêmes.

L'on trouvera dans le présent ouvrage, un choix particulièrement représentatif de récits merveilleux dus à la plume de grands écrivains européens des siècles passés.

L'Arête enchantée

Charles Dickens

Il y avait un roi qui avait une reine; il était l'homme le plus mâle de son sexe et elle, la plus ravissante du sien. Dans le privé, le roi était fonctionnaire du gouvernement. Le père de la reine avait été un médecin qui exerçait sa profession en dehors de la ville.

Ils avaient dix-neuf enfants et il en venait toujours de nouveaux. Dix-sept de ceux-ci veillaient sur le bébé et Alicia, l'aînée, s'occupait de tous. Leur âge variait entre sept ans et sept mois.

Mais reprenons le fil de notre histoire. Un jour que le roi se rendait à son bureau, il s'arrêta en chemin chez le poissonnier, pour acheter la livre et demie de saumon — pas trop près de la queue — que la reine, en maîtresse de maison avisée, lui avait demandé de rapporter. Mr. Pickles, le poissonnier, s'empressa:

«Certainement, Sire, désirez-vous un autre article, Sire? Bonjour, Sire.»

Le roi se dirigea vers son bureau; il était d'une humeur mélancolique car la fin du trimestre était encore très lointaine et plusieurs de ses enfants devenaient vraiment beaucoup trop grands pour leurs vêtements. Il n'avait fait que quelques pas quand le garçon de courses de Mr. Pickles courut derrière lui et lui dit :

«Sire, n'avez-vous pas remarqué la vieille dame qui se trouvait dans notre boutique?»

«Quelle vieille dame? s'enquit le roi, je n'en ai point vu.»

Et voilà! Le roi n'avait pas vu la vieille dame parce qu'elle était invisible, à lui, quoique visible au garçon de Mr. Pickles. Il est vrai que celui-ci gâchait et éclaboussait tant d'eau et plongeait les paires de soles si violemment que s'il ne l'avait pas vue, il aurait sali tous les vêtements de cette vieille dame.

Peu de temps après, la vieille dame les rejoignit, en trottinant. Sa robe était d'un satin mauve de la plus belle qualité qui soit et elle sentait la lavande séchée.

«Roi Watkins Ier, je crois?» interrogea-t-elle.

«Watkins est mon nom», répliqua le roi.

«Le papa, si je ne me trompe, de la belle princesse Alicia?» reprit la vieille dame.

«Et de dix-huit autres petits trésors», répondit le roi.

«Écoutez donc... Vous vous rendez à votre bureau?»

En un éclair le roi comprit qu'il avait affaire à une fée, autrement comment aurait-elle pu deviner qu'il allait effectivement à son bureau?

«Vous avez raison, remarqua la vieille dame, devinant les pensées secrètes du roi, je suis la bonne Fée Grandmarina. Attendez un instant... Quand vous rentrerez chez vous pour dîner, invitez poliment la princesse Alicia à prendre un morceau du saumon que vous venez d'acheter.

«Cela pourrait lui faire mal», protesta le roi.

A cette absurde idée, la vieille dame entra dans une si terrible colère que le roi en fut très alarmé et lui demanda humblement pardon.

«De nos jours, gronda-t-elle, on entend beaucoup trop parler de ce qui fait mal ou de ce qui ne convient pas. Ne soyez pas si gourmand! Je finirai par croire que vous voulez garder tout ce saumon pour vous seul!»

La voix de la vieille dame était empreinte du mépris le plus profond qui se puisse exprimer. A ce reproche, le roi baissa la tête et promit qu'il ne parlerait plus jamais des choses qui font mal ou qui ne conviennent pas aux enfants.

«C'est bon, soyez donc sage, recommanda la Fée Grandmarina, et ne recommencez plus! Quand la belle princesse Alicia consentira à partager avec vous ce saumon — et je pense qu'elle acceptera — vous remarquerez qu'elle laissera une arête sur le bord de son assiette. Dites-lui alors de la sécher, de

la frotter, de la polir jusqu'à ce qu'elle soit aussi brillante que de la nacre. Qu'elle en prenne soin alors comme d'un présent venant de moi.»

«Est-ce tout?» demanda le roi.

«Ne soyez pas si impatient, Sire, rétorqua la Fée Grandmarina, d'un ton sévère; ne coupez pas la parole aux gens avant qu'ils aient fini de parler! C'est toujours ainsi que vous procédez, vous autres, grandes personnes! Vous interrompez à tort et à travers.»

Le roi baissa de nouveau la tête et promit qu'il ne le ferait plus jamais.

«C'est bon, soyez donc sage, répéta Grandmarina, et ne recommencez plus! Dites à la princesse Alicia,

en même temps que vous l'assurerez de mon affection, que l'arête est enchantée et ne pourra être utilisée qu'une fois. Mais, cette seule fois, elle lui apportera la chose qu'elle souhaitera — quelle qu'elle soit — pourvu que la princesse fasse ce vœu au moment opportun. Tel est mon message, je vous en charge.»

Le roi ne put s'empêcher de protester encore.

«Pourrai-je savoir la raison de ce présent magique?»

Et sa question eut le don de rendre la fée encore plus furieuse.

«Allez-vous être sage, à la fin, Sire? s'exclama-t-elle, tapant du pied. La raison de ceci, la raison de cela! Faut-il vraiment que vous demandiez toujours la raison des choses? Il n'y a pas de raison, là! Taratata! vos raisons de grandes personnes me rendent malade!»

Le roi fut extrêmement effrayé de voir la vieille dame se mettre dans un tel état et il lui dit qu'il regrettait beaucoup de l'avoir offensée et qu'il ne demanderait plus jamais le pourquoi des choses.

«C'est bon, soyez sage et ne recommencez plus!»

Ayant ainsi parlé, Grandmarina disparut et le roi marcha, marcha, marcha jusqu'à ce qu'il soit arrivé à son bureau. Là, il écrivit, il écrivit, écrivit jusqu'à ce qu'il soit temps pour lui de rentrer à la maison. Puis, poliment, ainsi que la fée le lui avait recommandé, il invita la princesse Alicia à partager le saumon avec lui. Quand elle eut mangé sa part, avec beaucoup de plaisir, il vit l'arête sur le bord de l'assiette, exactement comme la fée le lui avait prédit. Alors, il délivra à sa fille le message de Grandmarina et la princesse Alicia prit bien soin de sécher l'arête, de la frotter et de la polir jusqu'à ce qu'elle se mette à briller comme de la nacre.

Hélas! le lendemain matin, lorsque la reine voulut se lever, elle gémit :

«Mon Dieu! Ma tête, . . . ma pauvre tête!»

Et elle perdit connaissance.

La princesse Alicia, qui arrivait justement à la porte pour parler du petit déjeuner, fut très inquiète de voir sa royale maman en si piteux état et elle sonna une petite cloche pour appeler Peggy, qui était en quelque sorte le lord-chambellan de la maison. Mais, se rappelant où se trouvait le flacon de sels, elle grimpa sur une chaise et le saisit; ensuite elle se hissa sur une autre chaise, près du lit, et tint les sels sous le nez de la reine. Enfin, elle sauta sur le parquet, alla chercher un peu d'eau, remonta sur la chaise et mouilla le front de la reine; bref, quand le lord-chambellan entra dans la pièce, cette brave femme ne put que dire à la princesse :

«Quelle petite futée vous êtes! Je n'aurais pu mieux faire moi-même!»

Mais l'état de la bonne reine devait s'aggraver, le pire n'était pas passé, oh non! Elle fut vraiment très malade pendant très longtemps. La princesse Alicia obtint des dix-sept jeunes princes et princesses de demeurer bien tranquilles; elle habilla, déshabilla, fit sauter le bébé sur ses genoux, mit la bouilloire sur le feu, chauffa la soupe, balaya la maison, versa les médicaments, soigna la reine, fit tout ce qu'elle était capable de faire. Elle fut occupée, occupée, aussi occupée que possible car il n'y avait pas beaucoup de serviteurs dans le palais pour trois raisons : parce que le roi n'avait plus d'argent; parce qu'à son bureau les augmentations de salaire n'étaient jamais accordées, enfin, parce que le jour de la paye était si reculé qu'il paraissait aussi lointain et petit qu'une des étoiles du ciel.

Où donc était l'arête enchantée, le matin où la reine s'évanouit? Eh bien, voilà! Tout simplement dans la poche de la princesse Alicia. Celle-ci avait failli s'en servir pour ranimer sa mère, puis elle l'avait remise à sa place et avait couru chercher le flacon de sels.

Quand la reine eut repris connaissance et pendant qu'elle sommeillait, la princesse Alicia était vite montée au premier étage afin de confier un secret, tout personnel, à son amie intime, qui était une duchesse. Les gens s'imaginaient que cette duchesse n'était qu'une poupée, pourtant c'était réellement une duchesse bien que nul ne le sût, sauf la princesse.

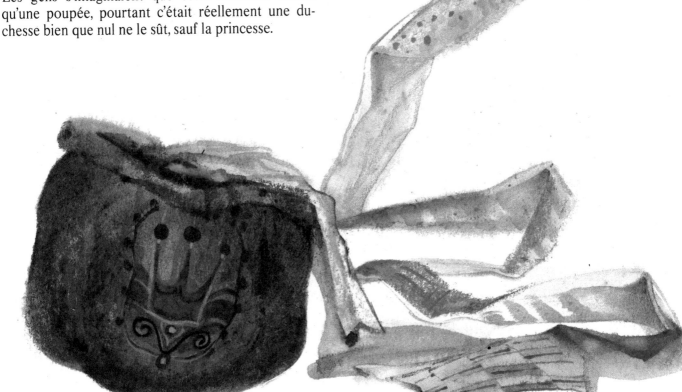

Ce secret tout à fait personnel, c'était celui de l'arête enchantée. L'histoire était déjà bien connue de la duchesse car la princesse lui racontait tout ce qui se passait. Cette dernière s'agenouilla auprès du lit sur lequel la duchesse était couchée, tout habillée, complètement éveillée et elle lui murmura un secret à l'oreille. La duchesse sourit et inclina la tête. Les gens n'auraient jamais pu supposer qu'elle soit capable de sourire et d'incliner la tête; pourtant elle le faisait souvent, bien que nul ne le sût, sauf la princesse.

Puis Alicia descendit de nouveau au rez-de-chaussée, pour soigner la reine. Elle demeurait constamment dans la chambre et, chaque soir, tant que dura la maladie, elle resta assise, auprès du roi, veillant sa mère. Tous les soirs, le roi regardait sa fille, d'un air fâché, se demandant pourquoi elle ne sortait pas de sa poche l'arête enchantée. Chaque fois qu'il fronçait les sourcils, Alicia courait au premier étage, chuchotait un secret à la duchesse et y ajoutait des confidences de ce genre :

«Ils croient que, nous autres enfants, nous n'avons ni raison ni but?»

Et la duchesse, quoique étant une personne extrêmement bien élevée, lui lançait un clin d'œil complice.

«Alicia?» dit le roi un soir, alors que celle-ci lui souhaitait une bonne nuit.

«Oui, papa.»

«Qu'est devenue l'arête enchantée?»

«Dans ma poche, papa.»

«Je croyais que tu l'avais perdue?»

«Oh non, papa!»

«Ou encore oubliée?»

«Non, vraiment non, papa!»

Cependant, une autre fois, l'affreux carlin d'à côté, qui ne cessait d'aboyer, s'élança sur un des jeunes princes, alors que celui-ci, rentrant de l'école, se tenait sur le perron. Il lui fit tellement peur que le petit prince en perdit la tête, passa son poing à travers une vitre et saigna, saigna, saigna... Quand les dix-sept autres princes et princesses le virent saigner, saigner, saigner, ils se mirent à crier si fort que leurs dix-sept visages devinrent noirs.

La princesse Alicia mit alors ses mains devant leurs dix-sept petites bouches, l'une après l'autre, et les persuada de se taire, par égard pour la reine malade. Puis elle plongea la main du blessé dans une cuvette d'eau froide, pendant que les autres la regardaient faire de leurs deux fois dix-sept petits yeux (ce qui en faisait trente-quatre, je pose quatre et je retiens trois). Elle inspecta la main pour voir s'il restait des morceaux de verre dans les blessures. Heureusement, il n'y en avait pas. Elle dit alors à ses petits frères, aux jambes encore potelées quoique robustes :

«Apportez-moi la royale corbeille à chiffons. Il faut que je coupe et pique et taille et combine.»

Aussitôt deux jeunes princes tirèrent la corbeille de toutes leurs forces et la traînèrent dans la pièce. La princesse Alicia s'assit sur le parquet, une grande paire de ciseaux à la main. Puis elle prit une aiguille et du fil, coupa, piqua, tailla, combina afin de faire un bandage. Elle le roula autour de la main et du bras du blessé et l'ajusta parfaitement. Quand elle eut terminé, elle vit le roi, son papa, qui l'observait du seuil de la porte.

«Alicia?»

«Oui, papa.»

«Qu'est-ce que tu as fait là?»

«J'ai coupé, piqué, taillé et combiné, papa.»

«Où est l'arête enchantée?»

«Dans ma poche, papa.»

«Je croyais que tu l'avais perdue?»

«Oh non, papa!»

«Non, vraiment non, papa!»

Après cette conversation, elle courut au premier étage pour confier à la duchesse ce qui venait de se passer et lui répéta le secret; celle-ci secoua ses boucles de lin et rit de ses lèvres roses.

Bon! Une autre fois, le bébé tomba dessous la grille. Les dix-sept princes et princesses y étaient accoutumés; ils tombaient constamment dessous cette grille ou dans l'escalier; mais le bébé, lui, n'en avait pas encore l'habitude et il s'en sortit avec une figure enflée et un œil au beurre noir! Le cher trésor avait culbuté parce qu'il n'était plus sur les genoux de la princesse Alicia. Forcément, celle-ci était assise, devant le fourneau de la cuisine, recouverte d'un grossier tablier qui la cachait tout entière. Elle s'était mise

à éplucher les raves et les légumes pour faire la soupe du dîner. Pourquoi le faisait-elle? Eh bien! parce que la cuisinière du roi s'était enfuie, ce matin-là, avec son cher amoureux, un beau militaire, très grand mais souvent éméché!

Alors, les dix-sept jeunes princes et princesses, qui fondaient en larmes chaque fois qu'il arrivait quelque chose, se mirent à pleurer et à hurler. La princesse Alicia — qui ne put s'empêcher elle-même de verser un pleur — les supplia, sans se fâcher, de se taire, pour que la reine, qui, là-haut, se remettait vite et bien, n'ait une rechute.

«Taisez-vous donc, espèce de petits singes! leur dit-elle, et laissez-moi examiner le bébé.»

Elle le fit et s'assura qu'il n'avait rien de cassé, plaça un fer froid sur son pauvre petit œil, caressa ses chères petites joues de sorte que, très vite, il s'endormit entre ses bras. Alors Alicia dit aux dix-sept jeunes princes et princesses :

«Je n'ose me séparer de lui, de peur qu'il ne s'éveille et sente sa douleur; soyez gentils, voulez-vous? Vous allez tous vous transformer en cuisiniers et cuisinières. Qu'en dites-vous?»

Entendant cette proposition, ils sautèrent de joie et se mirent à fabriquer des hauts bonnets avec de vieux journaux. Donc, à l'un elle donna la salière, à l'autre l'orge; à l'un les fines herbes, à l'autre les navets; à l'un les carottes, à l'autre les oignons; à l'un les épices jusqu'à ce qu'ils soient tous de vrais cuisiniers, s'affairant chacun à leur travail. Quant à Alicia, elle demeura assise au milieu d'eux, toujours recouverte de son grossier tablier et berçant le bébé.

Bientôt la soupe fut prête et le bébé s'éveillant, sourit comme un ange et fut confié à la plus sérieuse des princesses. Les autres furent repoussés dans le coin le plus éloigné de la cuisine, afin que la princes-

se Alicia puisse remuer une pleine marmite de soupe, sans risquer — car il leur arrivait toujours des histoires — de les éclabousser ou de les brûler.

Quand le bouillon commença à déborder, laissant fuser un beau jet de vapeur et sentant comme un bouquet, ils applaudirent des deux mains. Le bébé les imita, ce que voyant — car son visage était comique comme s'il avait eu une fluxion dentaire — les princes et princesses éclatèrent de rire.

«Je cuisais et combinais, papa.»

«Quoi encore, Alicia?»

«J'amusais les enfants et les rendais heureux, papa.»

«Où est l'arête enchantée, Alicia?»

«Dans ma poche, papa.»

«Je croyais que tu l'avais perdue?»

«Oh non, papa!»

«Ou oubliée.»

Alicia dit alors :

«Riez mais soyez sages! Après le dîner, nous ferons au bébé un petit nid dans un coin; il y restera assis et assistera à la danse des dix-huit cuisiniers.»

Ils furent ravis, mangèrent toute leur soupe, lavèrent les assiettes et les plats, les rangèrent. Puis ils poussèrent la table au fond de la cuisine et, avec leurs hauts bonnets, dansèrent la danse des dix-huit cuisiniers devant l'angélique bébé qui oublia sa joue enflée et son œil au beurre noir et se mit à gazouiller. La princesse Alicia était toujours couverte du grossier tablier. C'était celui de la cuisinière qui s'était enfuie avec son cher amoureux, un beau militaire, très grand et souvent éméché.

Néanmoins, une fois de plus, la princesse Alicia aperçut le roi Watkins Iᵉʳ, son père, debout sur le seuil de la porte, et il lui demanda :

«Que faisais-tu là, Alicia?»

«Non, vraiment non, papa!»

Le roi poussa un si profond soupir et parut si découragé; il s'assit si tristement, appuyant la tête sur sa main, le coude sur la table, tout au fond de la cuisine, que les dix-sept jeunes princes et princesses se glissèrent doucement dehors et le laissèrent seul avec la princesse Alicia et l'angélique bébé.

«Qu'y a-t-il, papa?»

«Je suis terriblement pauvre, mon enfant.»

«N'as-tu plus d'argent du tout?»

«Plus du tout, ma fille.»

«N'y a-t-il aucun moyen d'en gagner, papa?»

«Aucun moyen, répliqua le roi; j'ai essayé de toutes mes forces et de toutes les façons.»

Quand elle entendit ces paroles, la princesse Alicia enfouit sa main dans la poche où elle gardait l'arête enchantée.

«Papa, dit-elle, quand on a essayé de toutes ses

forces et de toutes les façons, on a vraiment fait tout ce qu'on pouvait?»

«Sans aucun doute, Alicia.»

«Quand on a fait ce qu'on pouvait, de son mieux, papa, et que cela n'a pas suffi, je pense que le moment opportun est venu de demander l'aide des autres?»

Voilà le secret, très personnel, qui était lié à l'arête enchantée. Alicia l'avait découvert elle-même, d'après le message de la Fée Grandmarina. Elle l'avait souvent chuchoté à l'oreille de son amie très distinguée, la duchesse.

C'est alors qu'elle sortit de sa poche l'arête enchantée qui avait été séchée, frottée, polie jusqu'à ce qu'elle soit devenue brillante comme de la nacre. Elle lui donna un petit baiser et souhaita que ce soit … la fin du trimestre.

Immédiatement, ce fut le jour béni de la paye et le salaire trimestriel du roi tomba, dans le tuyau de la cheminée, en une pluie de pièces d'or qui rebondirent jusqu'au milieu du parquet. Mais ce n'est pas la moitié de ce qui se passa splendidement même pas le quart! Aussitôt après, la bonne Fée Grandmarina arriva dans un carrosse attelé de quatre paons. Le garçon de Mr. Pickles se tenait à l'arrière, habillé d'or et d'argent, un chapeau tricorne sur ses cheveux pou-

drés, avec des bas de soie rose, une canne à pommeau incrusté de pierreries et un bouquet.

Il sauta sur le sol, ôta son chapeau tricorne et, devenu tout à fait poli — car il avait été changé par enchantement — il tendit la main pour aider Grandmarina à descendre; celle-ci demeura debout, dans sa belle robe de satin mauve, sentant la lavande séchée et s'éventant avec un éventail étincelant.

«Alicia, ma chère, dit cette charmante vieille fée, comment allez-vous? J'espère que vous êtes tout à fait bien? Donnez-moi un baiser, voulez-vous?"

La princesse Alicia l'embrassa et Grandmarina se tourna vers le roi et dit assez sèchement :

«Êtes-vous sage?»

Le roi répondit :

«Je l'espère.»

«Je suppose que vous comprenez, maintenant, la raison pour laquelle ma filleule, ici présente — elle embrassa encore la princesse — ne s'est point servie plus tôt de l'arête enchantée?»

Le roi s'inclina timidement.

«C'est bon, mais reconnaissez qu'avant vous ne l'aviez pas compris.»

Le roi fit un salut encore plus timide.

«Allez-vous encore me demander d'autres raisons?» demanda la fée.

«Non, répondit le roi, non, je regrette infiniment.»

«S'il en est ainsi, dit la fée, soyez sage et vivez heureux jusqu'à la fin des temps.»

Grandmarina agita alors son éventail et la reine apparut, splendidement habillée; puis les dix-sept jeunes princes et princesses qui n'étaient plus trop grands pour leurs habits, entrèrent à leur tour, vêtus de neuf de la tête aux pieds. Ensuite la fée frappa Alicia de son éventail; le grossier tablier s'envola et elle apparut éblouissante dans une ravissante toilette de mariée, une couronne de fleurs d'oranger et un voile d'argent sur les cheveux. Enfin, le buffet de la cuisine se transforma en une garde-robe faite de bois précieux, d'or et de miroirs. Elle était remplie de vêtements de toutes sortes, taillés pour Alicia et lui allant à merveille.

Le bébé arriva lui aussi, courant tout seul, ses joues et son œil pas plus mal qu'avant, au contraire, infiniment mieux. Puis Grandmarina demanda d'être présentée à la duchesse et quand celle-ci fut descendue, elles se firent l'une l'autre, beaucoup de compliments.

Il y eut même entre la fée et la duchesse une petite conversation à voix basse et ensuite la fée annonça à haute voix :

«Oui... oui... je croyais qu'elle vous en aurait parlé.»

Grandmarina se tourna alors vers le roi et la reine et leur dit :

«Nous allons prévenir le prince Certainepersonne.»

Nous sollicitons le plaisir de votre compagnie, à l'église, exactement dans une demi-heure.»

De sorte que la princesse Alicia monta dans le carrosse; le garçon de Mr. Pickles tendit les mains à la duchesse qui s'assit seule, en face de son amie; puis le nouveau valet remonta le marchepied et grimpa sur son siège tandis que les paons s'envolaient, leurs longues queues flottant par derrière.

Le prince Certainepersonne était assis tout seul, suçant un sucre d'orge et attendant d'avoir quatre-vingt-dix ans... Quand il vit les paons, suivis du carrosse, arriver à la fenêtre, il lui apparut aussitôt que quelque chose de peu ordinaire venait de se passer.

«Prince, dit Grandmarina, je vous présente votre femme.»

A l'instant même où la fée prononçait ces mots, le visage du prince Certainepersonne cessa d'être gluant, sa veste et son pantalon de velours de coton furent changés en velours de soie, couleur fleur de pêcher; ses cheveux bouclèrent, un chapeau à plume vola dans les airs, comme un oiseau, et se posa sur sa tête.

Sur l'invitation de la Fée Grandmarina, il refit la connaissance de la duchesse qu'il avait déjà rencontrée quelque part.

Dans l'église, tous les parents et amis du prince Certainepersonne et de la princesse Alicia se trouvèrent réunis, ainsi que les dix-sept jeunes princes et princesses, le bébé et une foule de voisins. La cérémonie fut belle au-delà de toute expression. La duchesse était demoiselle d'honneur et elle assista au mariage du haut de la chaire où elle était maintenue par des coussins.

La Fée Grandmarina donna ensuite une fête magnifique durant laquelle il y eut de tout à manger (et encore plus), de tout à boire (et encore plus). Le gâteau était délicatement orné de sucre glace, de lis blancs et de rubans de satin. Il avait quarante mètres de tour.

Qunad Grandmarina eut porté un toast au jeune couple, que le prince Certainepersonne eut fait un discours et que tous eurent crié «Hip, hip, hip, hurrah!», Grandmarina annonça au roi et à la reine que, dans l'avenir, chaque année aurait huit trimestres et même, les années bissextiles, dix.

Puis elle se tourna vers Certainepersonne et Alicia, et annonça :

«Mes chers amis, vous aurez trente-cinq enfants et ils seront tous beaux et sages. Dix-sept seront des garçons, dix-huit, des filles. Leurs cheveux à tous boucleront naturellement. Ils n'auront jamais la rougeole et seront guéris de la coqueluche avant leur naissance.

Et entendant ces bonnes nouvelles, ils crièrent encore :

«Hip, hip, hip, hurrah!»

«Il ne reste plus, dit alors Grandmarina, qu'à en finir avec l'arête de poisson.»

Elle la prit de la main de la princesse Alicia et, instantanément, l'arête enchantée disparut dans la gorge du terrible petit carlin d'à côté qui aboyait toujours. Il mourut de convulsions.

Traduction de Charlotte Keraly

Le petit homme aux

cheveux roux

S. O. Addy

se sentait fatigué de cette longue marche, il s'assit sur une grosse pierre qui se trouvait au bord du chemin, ouvrit son sac et attaqua le pain et le fromage. Tout en mangeant, il crut entendre une petite voix ténue. Il regarda autour de lui, et il vit sortir des fourrés un tout petit homme roux, un minuscule bonhomme pas plus grand que le petit doigt. Quand le petit bonhomme roux fut tout près du frère aîné, il lui demanda: «Sois bon, mon cher fils : donne-moi petit un mor-

Il était une fois un mineur qui avait trois fils, et ils étaient très pauvres. Un jour, l'aîné des garçons déclara qu'il allait parcourir le monde pour tenter sa chance. Aussitôt, il empaqueta un peu de linge et de nourriture dans son sac, et il se mit en route.

Il marcha longtemps, très longtemps, jusqu'à ce qu'il parvînt au cœur d'une forêt profonde. Comme il

ceau de pain et de fromage. Je n'ai rien mangé depuis trois jours!»

«Va ton chemin et retourne d'où tu viens. Je n'en ai pas assez pour partager!» répondit rudement le fils aîné en brandissant son bâton.

A ces mots, le petit homme roux ne répondit rien et il se retira dans les bois. Après avoir mangé, le fils aîné reprit sa route. Il erra longtemps de par le monde à la recherche de sa chance, puis il finit par rentrer chez son père, bredouille.

Le frère aîné étant revenu, le cadet déclara à son tour :

«Maintenant, c'est moi qui vais parcourir le monde pour voir si je n'y trouve point quelque part notre bonheur à tous.»

Lui aussi, prit un peu de nourriture et se mit en route, vers le vaste monde. En arrivant en cette même forêt profonde où s'était arrêté son frère aîné, il se trouva, lui aussi, bien las de sa longue marche. Il s'assit sur la même pierre, ouvrit son sac et se mit à manger. Alors, venu d'on ne sait où, il vit devant lui le petit homme roux, ce minuscule bonhomme pas plus grand que le petit doigt. Le gnome lui demanda :

«Sois bon, cher fils : donne-moi un peu de pain. Je ne me suis rien mis sous la dent depuis trois jours!»

Le cadet continua à mastiquer sans même répondre au petit homme, mais après avoir fini de tout manger, il lui jeta les quelques miettes qui restaient au fond de son sac. Après avoir vite avalé ces quelques pauvres miettes, le petit homme conseilla au fils cadet d'aller tenter sa chance dans une mine, qu'il trouverait au cœur de la forêt.

Le fils cadet se remit donc en marche pour aller à la recherche de cette mine. Lorsqu'il l'eut découverte, il se dit :

«Ce n'est qu'une vieille mine abandonnée, d'où l'on n'extrait plus rien depuis longtemps. Je ne ferais que perdre mon temps dans ces parages.»

Et il poursuivit son chemin, toujours plus loin. Après avoir ainsi erré en quête de la fortune à travers le monde, pendant très, très longtemps, le fils cadet retourna à la maison de son père, tout aussi pauvre qu'il en était parti.

Entre-temps le plus jeune des trois fils avait grandi. On l'appelait Jacques, et en voyant revenir un jour le cadet, Jacques déclara à son père :

«Maintenant, c'est moi qui vais aller à la recherche du bonheur. A mon tour, de tenter ma chance!»

Il prépara sa besace, y plaça de quoi manger en route, dit au revoir à son père et à ses frères, puis s'en alla vers le vaste monde, comme l'avaient fait ses frères. Lui aussi, marcha longtemps, très longtemps, et arriva en cette même forêt profonde déjà connue. En apercevant la belle grosse pierre au bord du chemin, il y prit place, ouvrit sa besace et en sortit pain et fromage. Il commençait à peine à manger qu'il s'entendit appeler. Il regarda autour de lui, et vit le petit homme roux qui était auparavant apparu à ses frères. Et le petit homme roux, pas plus grand que le petit doigt, lui dit :

«Mon cher fils, donne-moi ne fût-ce qu'une bouchée de ton pain. Depuis trois jours je n'ai rien mangé.»

Jacques, sans hésiter, coupa une belle tranche de pain et un honnête morceau de fromage, qu'il offrit au petit homme en lui disant :

«Mangez donc, grand-père, et si vous n'en avez pas assez, je vous en taillerai une autre tranche.» Aussitôt le petit homme roux s'approcha de Jacques, et il lui dit :

«Je voulais seulement te mettre à l'épreuve, et savoir si tu avais le cœur généreux. Tu m'as convaincu que tu étais prêt à partager avec moi jusqu'à ta der-

nière bouchée. Et maintenant, moi, je vais t'aider à découvrir ce que tu cherches. Mais tu dois faire ce que je te dirai.»

Alors il conseilla à Jacques de pénétrer plus profond dans la forêt, au centre de laquelle il verrait une mine. Jacques obéit et, quand il arriva à cette mine, le petit homme roux l'y attendait.

Pour accéder à la mine, il y avait, au sommet, une vieille construction qui abritait un treuil. Le petit homme, pas plus grand que le petit doigt, invita Jacques à prendre place dans le seau accroché à la chaîne du treuil, et lui-même saisit la manivelle. Jacques se mit ainsi à descendre, de plus en plus bas, et quand il toucha le fond du puits, il sortit du seau, et constata à son grand étonnement qu'il se trouvait dans une splendide contrée.

Regardant tout autour de lui pour jouir de ce beau paysage, il aperçut, venu d'on ne sait où, le petit homme roux qui lui tendit une épée et une armure, en lui disant :

«Va libérer la princesse prisonnière d'un géant, au château de cuivre.»

Le petit homme roux donna alors à Jacques une pelote de fil de cuivre, qui se mit à rouler toute seule sur le sol et à lui indiquer le chemin. Jacques la suivit, et se trouva bientôt devant le château de cuivre. Il frappa à la porte. Le géant sortit du château et Jacques l'affronta en combat singulier. Après avoir tué le géant, Jacques libéra la princesse qui s'en retourna chez elle, au château du roi son père.

Après cela, le petit homme roux dit à Jacques qu'il lui fallait encore aller libérer une autre princesse, celle qu'un géant, plus grand que le premier, tenait enfermée dans son château d'argent. Puis le petit homme roux jeta devant Jacques une pelote de fil d'argent qui se mit à rouler toute seule devant lui, pour indiquer le chemin. Jacques la suivit, et arriva bientôt, devant le château d'argent. Il frappa à la porte si violemment qu'il réveilla le géant. Ce dernier vint sur le seuil, pour voir qui osait ainsi le déranger. Jacques l'attaqua, se battit courageusement, tua le géant et libéra la princesse du château d'argent.

Quelques jours après qu'il eût libéré la princesse du château d'argent, le petit homme aux cheveux roux lui apparut une fois de plus, et il lui dit :

«Maintenant, il te faut libérer une troisième princesse, celle qui est retenue prisonnière par le plus grand des géants, en son château d'or. Elle est la plus belle de toutes, et c'est elle qui fera ton bonheur.»

Aussitôt le petit homme aux cheveux roux lança devant Jacques une pelote de fil d'or, qui se mit à rouler toute seule. Elle roulait, roulait, et Jacques se hâtait derrière elle. Soudain il aperçut au loin le fameux château d'or, qui scintillait comme le soleil. La pelote se mit à rouler plus vite, encore et toujours plus vite, si bien qu'elle alla heurter violemment le portail du château d'or.

Le géant, alerté par ce bruit violent, sortit de son château pour voir ce qui se passait. En le voyant apparaître, Jacques s'élança sur lui, brandissant son épée. Ils combattirent longtemps, très, très longtemps, mais, finalement, Jacques remporta la victoire en tuant le géant.

Il pénétra ensuite dans le château d'or, et y découvrit une très belle jeune fille. Dès que ses yeux la virent, il en tomba aussitôt amoureux, et elle aussi l'aima aussitôt. Il la prit par la main et la mena devant le petit homme roux, pas plus grand que le petit doigt. Le petit homme unit Jacques et la belle princesse du château d'or. Puis il leur donna autant d'or qu'ils pouvaient en emporter tous les deux. Après

cela, le petit homme roux aida Jacques et sa belle épousée à remonter en haut du puits de mine, il leur fit ses adieux et disparut, comme si la terre l'avait englouti. Alors Jacques retourna chez son père, avec sa jeune femme.

Jacques se bâtit une superbe demeure, et il construisit une nouvelle maison pour remplacer la vieille et pauvre chaumière paternelle. Mais les frères de Jacques commencèrent bientôt à jalouser son bonheur. Désireux d'en acquérir autant, ils retournèrent à la vieille mine abandonnée, dans l'espoir d'en rapporter, eux aussi, beaucoup d'or. Mais une fois arrivés auprès du puits de descente, ils se mirent à se quereller pour savoir qui descendrait le premier, et en se bousculant pour prendre place dans le seau, ils rompirent la vieille chaîne. Les deux frères envieux tombèrent ensemble au fond du puits, où ils s'écrasèrent.

Constatant que ses aînés ne revenaient pas, Jacques partit à leur recherche, accompagné de son père. Mais en arrivant à la mine, il trouva le puits écroulé et comblé. La mine était fermée à tout jamais : c'était le tombeau des frères cupides.

La belle Guenillon et le gardeur d'oies

Joseph Jacobs

Un riche et vieux prince vivait autrefois dans un grand château, au bord de la mer. Il n'avait plus de femme, ni d'enfant. Il n'avait qu'une unique petite-fille, mais il ne l'avait jamais vue de toute sa vie. Il la haïssait, parce que, à sa naissance, elle avait coûté la vie à sa mère — la fille tant aimée de ce vieux prince. Lorsque la sage-femme était venue lui montrer le nouveau-né, le vieux prince s'en était détourné, et avait juré de ne jamais regarder cette enfant sa vie durant.

Depuis lors, il restait assis derrière la fenêtre, contemplant la mer et pleurant sa fille morte. Ses cheveux blancs avaient poussé ; ils tombaient avec sa barbe par-dessus ses épaules et sa poitrine, et allaient s'enrouler autour des pieds de son fauteuil, puis s'enracinaient dans les fentes du parquet. Ses larmes coulaient sur l'appui de la fenêtre où elles avaient creusé des rigoles dans la pierre, et allaient se perdre en ruisseaux dans la mer immense.

Pendant ce temps-là, sa petite-fille grandissait toute seule. Personne ne s'en occupait, personne ne lui donnait à manger ni ne l'habillait. Seule, sa vieille nourrice lui passait de temps en temps une assiette avec quelque reste de la cuisine, une robe déchirée de quelque femme de chambre — quand personne ne la voyait faire. Par contre, tout le reste de la domesticité du château ne faisait que la repousser dehors avec des coups, et se moquait d'elle en lui donnant le surnom de «Guenillon», montrant du doigt ses pieds nus et ses épaules découvertes, jusqu'à ce qu'elle s'enfuie et aille se cacher dans quelque fourré du bois.

Ce fut ainsi que grandit la petite Guenillon, souffrant la faim et le froid. Elle passait le plus clair de son temps dehors, dans les champs et les prés, en compagnie de son seul ami, un petit gardeur d'oies. Et lorsqu'elle tremblait de faim ou qu'elle grelottait, le petit pâtre lui jouait un air de pipeau. Sa musique était si gaie, si légère, qu'elle en oubliait du coup ses souffrances et qu'elle se mettait à danser. Et les oies cacardantes dansaient tout autour d'elle.

Un beau jour, les gens se mirent à raconter que le roi en personne viendrait visiter la région, et qu'il donnerait dans la ville voisine, un grand bal où seraient invités tous les nobles demoiselles et damoiseaux, et qu'à ce bal le prince, fils unique du roi et son héritier, choisirait une fiancée.

L'invitation du roi parvint aussi au château du bord de la mer. Les serviteurs l'apportèrent au vieux prince qui était toujours devant sa fenêtre, tout enveloppé de sa longue barbe blanche, tandis que ses larmes amères coulaient sans cesse en rivière jusqu'à se perdre dans la mer.

Devant cette invitation du roi, qui était un ordre, le vieillard s'essuya les yeux et ordonna à ses domestiques de lui couper les cheveux et la barbe, qui l'empêchaient de se mouvoir et de se retirer de son fauteuil. Puis il fit apporter ses vêtements d'apparat et ses bijoux, il s'habilla richement pour la fête, et fit harnacher son cheval blanc avec des harnais d'or, afin de se rendre dignement chez le roi.

Naturellement, ce qui se préparait en ville était parvenu aux oreilles de la petite Guenillon. La malheureuse s'assit sur le seuil de la cuisine et se mit à verser d'abondantes larmes. Elle regrettait de ne pouvoir aller au moins regarder la splendeur du bal!

En écoutant ses plaintes amères, la vieille nourrice en eut le cœur fendu. Elle alla trouver le vieux prince, pour le supplier de prendre sa petite-fille avec lui pour se rendre au bal du roi. Mais le vieillard ne fit que froncer les sourcils en ordonnant à la nourrice de se taire.

Les domestiques se moquaient:

«Guenillon est contente dans ses haillons, pourvu qu'elle puisse jouer avec le petit gardeur d'oies!»

Ce fut en vain que la brave femme supplia une deuxième fois, puis une troisième. Le prince eut toujours une seule et même réponse à ses prières — le regard mauvais, des paroles cinglantes, et pour finir il la fit expulser de sa chambre par les domestiques insolents.

La vieille nourrice pleurait en revenant à la porte de la cuisine pour transmettre à Guenillon la réponse négative du grand-père. Mais Guenillon n'était plus sur le seuil, où elle l'avait laissée en sanglots. Le cuisinier l'avait chassée. Alors elle s'était enfuie, pour aller rejoindre dans les prés son ami le gardeur d'oies, à qui elle voulait confier combien elle était malheureuse de ne pouvoir aller au bal du roi.

Le petit gardeur d'oies écouta attentivement les plaintes de Guenillon, puis il la réconforta en lui disant :

«Ne pleure plus. Nous irons ensemble au bal, et nous verrons le roi et toutes les belles dames et les beaux messieurs aussi!»

Alors, la jeune fille eut un regard désolé sur son

jupon tout déchiré, ses pieds nus. Le petit pâtre, aussitôt joua sur son pipeau deux ou trois petits airs si guillerets que du coup la jeune fille oublia ses larmes et son chagrin. Sans qu'elle se rendît compte de ce qui se passait, le petit gardeur d'oies l'avait gentiment prise par la main, et les voilà déjà dansant tous les deux, suivis de leurs oies qui dansaient aussi, en route vers la ville.

Ils n'avaient pas encore avancé bien loin quand ils furent rattrapés par un beau jeune homme richement vêtu, et montant un superbe coursier. Arrêtant sa monture, le jeune homme leur demanda la route pour aller au château où se tenait le roi. En apprenant que les deux danseurs y allaient aussi, il descendit de cheval, décidant d'aller à pied avec eux.

Le gardeur d'oies porta son pipeau à ses lèvres, en joua tout doucement un air étrange, et alors le jeune étranger regarda le beau visege de Guenillon, il l'admira si longtemps qu'il en tomba aussitôt amoureux, et il lui demanda de vouloir bien l'accepter pour mari.

Mais Guenillon ne fit que rire, en hochant sa belle tête aux cheveux d'or.

«Hélas, Seigneur, vous feriez une fameuse honte aux vôtres, si vous preniez pour femme une petite gardeuse d'oies. Prenez plutôt l'une de ces belles demoiselles que vous verrez ce soir au bal du roi, et je vous en prie ne vous moquez pas de moi, pauvre Guenillon!»

Mais plus Guenillon se rabaissait, plus amoureusement jouait le pipeau, et plus l'étranger était épris de la belle jeune fille. Il finit par lui demander de se rendre à minuit au bal du roi, avec son gardeur d'oies et les oies elles-mêmes : telle qu'elle était en ce moment, sur la route, avec sa jupe en lambeaux et ses pieds nus. Et il lui faisait la promesse de danser avec elle devant tous les invités et devant le roi lui-même, et qu'il la présenterait au roi comme sa chère et vénérée fiancée.

Alors, quand la nuit fut avancée, que tout le château lança mille feux, que la musique entraîna les danseurs, belles dames et beaux messieurs vêtus de velours et de soie, couverts de bijoux scintillant aux

lumières, la porte de la salle s'ouvrit en grand, juste quand sonna minuit. Et Guenillon fit son entrée, avec le petit gardeur d'oies, et derrière eux le troupeau de volatiles cacardant. Les danseurs se figèrent sur place, les belles dames se chuchotèrent des commentaires moqueurs, les messieurs rirent, tandis que le roi, tout au bout de la salle, regarda fort étonné tout cela.

Mais au moment où Guenillon arrivait, suivie de son cortège, au pied du trône royal, le fils du roi — car c'était lui le beau jeune homme qui avait fait route avec eux — se leva et alla à la rencontre de sa bien-aimée.

Il prit la jeune fille par la main, l'embrassa trois fois devant tout le monde, et dit au roi :

«Sire, mon père, j'ai déjà choisi ma fiancée. La voici. C'est la plus belle et aussi la meilleure jeune fille de tout le pays.»

Mais avant que le prince n'eût achevé sa phrase, le petit pâtre avait porté son pipeau à ses lèvres, et s'était mis à jouer un petit air doux, aussi doux et charmant qu'un gazouillis d'oiseau dans la forêt. Il avait à peine joué que les loques de Guenillon se changeaient en une robe splendide de soie brodée d'or et de pierres précieuses, sur ses cheveux d'or se posait une couronne d'or et de brillants, et le troupeau d'oies devenait une suite de petits pages qui portaient la traîne de sa robe.

Le roi se leva alors, puis il descendit les trois marches de son trône et salua Guenillon comme sa chère future bru. Les hérauts sonnèrent joyeusement en l'honneur de la nouvelle princesse, et, dans les rues de la ville, les gens dirent :

«Le prince a élu comme fiancée la plus belle et la meilleure jeune fille de tout le pays.»

Mais le petit pâtre, personne ne le revit jamais plus. Personne ne sut ce qu'il était devenu. Par contre, le vieux prince, le grand-père de Guenillon, était retourné en son château solitaire du bord de mer. Même s'il l'avait voulu, il ne pouvait pas rester à la cour du roi, puisqu'il avait juré de ne jamais regarder sa petite-fille.

C'est pourquoi il est encore là maintenant, assis à la fenêtre, contemplant la mer immense, et pleurant plus encore que naguère, tandis que sa barbe et ses cheveux repoussent et prennent racine dans les fentes du parquet.

Le Géant
égoïste

Oscar Wilde

Tous les après-midi, en revenant de l'école, les enfants avaient l'habitude de pénétrer dans le jardin du géant, pour y jouer.

C'était un très grand jardin ravissant, où s'étalait l'herbe fine, bien verte, d'immenses gazons. Cette herbe était parsemée de fleurs brillantes comme des étoiles, et une douzaine de pêchers y croissaient. Au printemps, ils se couvraient de fleurs d'un rose tendre et nacré, et à l'automne ils donnaient en abondance des fruits succulents. Les oiseaux se posaient sur les branches et chantaient si suavement que parfois les enfants s'arrêtaient de jouer pour les écouter. «Comme on est bien ici», se disaient-ils.

Un jour, le géant revint. Il rentrait chez lui, après avoir rendu visite à l'un de de ses amis, l'ogre de Cornouailles, qui l'avait retenu durant sept ans. Il lui

avait fallu tout ce temps-là pour lui raconter tout ce qu'il avait à lui dire, et enfin il s'était décidé à rentrer en sa maison, qui à vrai dire était un château. En arrivant, il vit les enfants qui jouaient dans son jardin. Cela ne lui plut pas.

«Que faites-vous là?» tonna-t-il d'une voix courroucée, et les enfants de s'enfuir aussitôt.

«Ce jardin, c'est mon jardin», déclara l'ogre. «Chacun peut le comprendre, et personne d'autre que moi n'a le droit de s'y amuser.» Il fit alors construire un mur très haut, tout autour du jardin, et il y fit accrocher un écriteau avec cette inscription : «Défense d'entrer, sous peine de châtiment.»

C'était un géant très égoïste.

Désormais, les pauvres enfants n'avaient plus d'endroit agréable où aller jouer. Ils tentèrent bien de s'amuser sur la chaussée, mais cette chaussée était poudreuse, pleine de cailloux, et cela ne leur plaisait pas de s'y ébattre. En rentrant de l'école, ils longeaient le mur sinistre, si haut, si infranchissable, et ils se disaient : «Comme nous étions heureux dans ce jardin!»

Bientôt le printemps revint, la terre se couvrit partout de fleurs, et les oiseaux chantaient à qui mieux mieux. Mais dans le jardin du géant égoïste, et là seulement, l'hiver était demeuré. Les oiseaux ne voulaient pas venir y chanter, les arbres oubliaient de fleurir. Une belle petite fleur tenta de pointer la tête, par-dessus l'herbe, mais en apercevant l'interdiction sur l'écriteau, elle eut tant de regret pour les malheureux enfants, qu'elle se replia vers la terre et s'y rendormit. De tout cela, seuls deux êtres se réjouissaient : la neige et le gel. «Le printemps a oublié ce jardin», s'écriaient-ils, tout joyeux, «alors nous pourrons y vivre toute l'année!»

La neige recouvrait l'herbe de son lourd manteau blanc et la gelée peignait en argent toutes les branches nues des arbres. Alors les deux larrons, le gel et la neige, invitèrent le vent du nord à venir habiter avec eux. Et il vint aussitôt. Il était vêtu d'une épaisse fourrure, il soufflait en tempête tout au long de la journée, et faisait s'envoler les hauts des cheminées. «Quel endroit délicieux», se disaient-ils, et ils ajoutaient : «Nous devrions y inviter la grêle.» Et la grêle vint les rejoindre. Chaque jour, elle tambourinait durant trois heures d'affilée sur le toit du château, si bien qu'elle brisa presque toutes les tuiles, puis elle courut partout dans le jardin, aussi vite et fort qu'elle le put. La grêle était toute vêtue de gris, et son souffle glaçait tout sur son passage.

«Je ne comprends pas pourquoi le printemps vient si tard cette année», remarqua le géant, assis à sa fenêtre, en contemplant tristement son glacial et blanc jardin. «Pourvu que bientôt le temps change!»

Mais le printemps ne fit pas son apparition; ni plus tard, l'été. L'automne prodigua ses fruits à tous les jardins, mais au jardin du géant il ne donna rien. «Il est trop égoïste», avait jugé l'automne. Et, en ce jardin il n'y avait plus maintenant que l'éternel hiver avec le vent du nord, la gelée, la grêle et la neige, qui tous ensemble menaient leur ronde entre les arbres dénudés.

Un matin, le géant était encore au lit quand il fut réveillé par une suave musique. Elle résonnait si doucement à son oreille qu'il crut que des musiciens étaient venus lui donner l'aubade. Mais ce n'était qu'une petite linotte qui chantait dehors, sous sa fenêtre, et comme depuis longtemps il n'avait plus ouï de chant

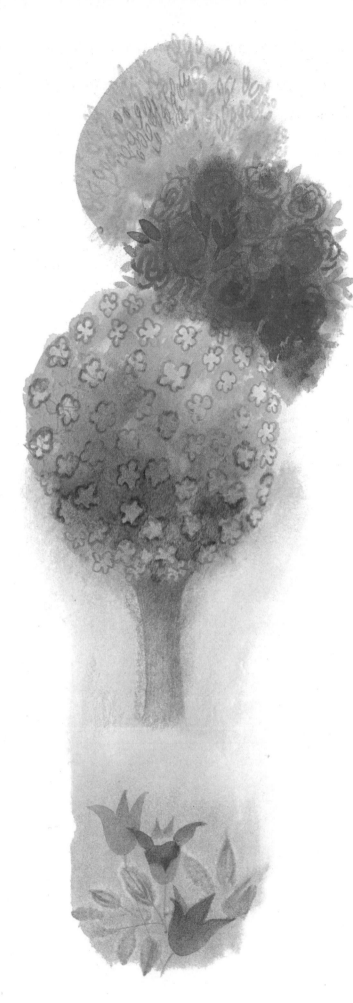

d'oiseau dans son jardin, ce chant-ci lui sembla être la plus douce musique du monde. Après cela, les grêlons cessèrent de danser par-dessus sa tête, le vent du nord cessa de hurler, et un parfum d'une extrême suavité vint baigner son visage, à travers la fenêtre.

«On dirait que le printemps est enfin venu», pensa le géant, qui bondit hors de son lit pour aller voir à la fenêtre.

Et que vit-il?

Il aperçut un spectacle aussi étrange qu'admirable. Par une brèche du mur, née de la violence des intempéries, les enfants s'étaient introduits dans le jardin, et avaient grimpé aux arbres. Sur chaque branche, où qu'il regardât, était installé un enfant. Et les arbres, tout contents du retour des enfants, s'étaient aussitôt recouverts de fleurs et agitaient doucement leurs feuilles par-dessus les têtes des bambins.

Les oiseaux voletaient tout autour et gazouillaient de joie, les fleurs pointaient dans l'herbe verte, et semblaient rire. C'était un tableau charmant, mais l'hiver s'attardait encore en un coin du jardin. Là, tout au bout, à l'écart, il y avait un tout petit garçon. Il était si petit qu'il ne parvenait pas à grimper dans un arbre; il restait là, au pied du tronc, en pleurant à grosses larmes. Et le malheureux arbre restait couvert de givre et de neige, tandis que le vent du nord s'acharnait encore à lui souffler dessus.

«Grimpe donc, enfant!» disait l'arbre au gamin, en penchant ses branches le plus bas possible, mais décidément le petit garçon était bien trop petit encore.

Le cœur du géant fondit devant ce spectacle. «Comme j'ai été égoïste!» se reprocha-t-il. «Je sais, maintenant, pourquoi le printemps n'est pas venu ici. Je vais placer ce petit bonhomme tout en haut de l'arbre, puis je vais abattre le mur, pour que mon jardin devienne pour toujours un terrain de jeux.» Il regrettait sincèrement sa mauvaise action.

Sans bruit, il descendit les escaliers et pénétra dans le jardin. Mais hélas, en le voyant apparaître, les enfants eurent si peur qu'ils s'enfuirent et l'hiver revint au jardin. Seul le plus petit des enfants demeura, car il avait les yeux pleins de larmes et n'avait pas vu arriver le géant. Ce dernier se pencha vers lui, le prit gentiment par la main puis le jucha sur l'arbre. Immédiatement, les bourgeons de l'arbre s'ouvrirent et déployèrent leurs fleurs, les oiseaux descendirent à tire d'aile et se mirent à chanter sur les branches fleuries. Le garçonnet ouvrit les bras, en entoura le cou du géant, et il l'embrassa. Les autres enfants, en constatant que le géant n'était plus méchant, revinrent au jardin, et ils y ramenèrent le printemps. «Désormais ce jardin est à vous, petits enfants», leur dit le géant. Ensuite, il se munit d'une pioche et il abattit le mur d'enceinte. Passant par là pour aller au marché, les gens du pays furent bien surpris de voir le géant jouer avec les enfants dans le plus beau jardin qu'ils eussent jamais vu.

Durant des heures, les enfants s'ébattaient joyeusement dans le jardin, et le soir, avant de s'en retourner chez leurs parents ils allaient toujours dire au revoir au géant.

Le premier soir, il leur avait demandé : «Mais où donc est votre petit camarade, l'enfant que j'ai placé sur l'arbre?»

C'était le préféré du géant, parce qu'il l'avait embrassé.

«On ne sait pas», répondirent les enfants, «il est déjà parti.»

«Dites-lui, quand vous le verrez, qu'il vienne demain, j'y tiens beaucoup.» Mais les enfants lui répondirent qu'ils ignoraient où habitait ce petit garçon, qu'ils n'avaient d'ailleurs jamais vu auparavant. Le géant en fut fort affecté.

Tous les après-midi, après l'école, les enfants venaient au jardin jouer avec le géant. Mais le plus petit bonhomme, celui que le géant préférait entre tous, ne réapparaissait plus. Le géant était très gentil avec les enfants, mais il regrettait beaucoup son premier petit ami, et il en parlait souvent.

«Comme j'aimerais le revoir!» répétait-il sans cesse.

L'été s'écoula, et le géant avait beaucoup vieilli. Il s'affaiblissait. Désormais, il n'avait plus la force de jouer; alors, il restait allongé sur une grande chaise, il observait avec plaisir le jeu des enfants et contemplait son beau jardin. «J'ai beaucoup de fleurs splendides», se disait-il, «mais les plus belles de toutes les fleurs, ce sont les enfants!»

Un matin d'hiver, il s'approcha de la fenêtre, tout en s'habillant. Il ne détestait plus l'hiver, car il savait maintenant que l'hiver n'est qu'un printemps endormi, le repos des fleurs et de toutes les plantes. Soudain il se frotta les paupières, n'en croyant pas ses yeux devant l'étrange spectacle qui s'offrait à lui. C'était presque incroyable. Dans le coin le plus reculé du jardin, un arbre était tout recouvert de tendres et délicates fleurs blanches. Les branches et branchettes étaient dorées, et il y avait, suspendus, une multitude de fruits d'argent. Au pied de l'arbre semblait l'attendre ce petit garçon que le géant aimait tant.

Tout heureux, retrouvant aussitôt sa légèreté, le géant dévala les escaliers pour se diriger en hâte vers le jardin. Il courut même sur l'herbe morte du gazon d'hiver, tant il se pressait de rejoindre le petit garçon si cher à son cœur. Mais quand il l'eut rejoint, son visage se tordit de colère, et il s'écria : «Qui donc a osé porter la main sur toi et te blesser?» Sur les paumes de l'enfant, il y avait des traces de clous, et les mêmes marques se montraient sur ses pieds.

«Qui donc a osé te blesser?» cria une deuxième fois le géant. «Dis-le moi, je m'armerai de ma plus tranchante épée et je le tuerai!»

«Non, tu ne peux pas!» répondit doucement l'enfant. «Tu ne peux pas, car ce sont de blessures d'amour.»

«Qui es-tu?» interrogea alors le géant, mais pris d'une sorte de panique respectueuse, il tomba à genoux devant l'enfant.

Alors l'enfant sourit doucement au géant, et il lui dit : «Un jour, tu m'as laissé jouer dans ton jardin, et ce matin tu vas m'accompagner dans le mien : au Paradis.»

Et lorsque dans l'après-midi, après l'école, les enfants arrivèrent au jardin pour y jouer comme d'habitude, ils découvrirent le géant allongé au pied de l'arbre, et tout couvert de fleurs, avec une expression de béatitude sur son visage aux yeux fermés à jamais.

Les deux filles

Jean-François Bladé

Il y avait, une fois, un homme et une femme qui avaient une fille jolie, jolie comme le jour. La femme mourut, et l'homme se remaria avec une femme qui accoucha d'une fille laide, laide comme le péché.

Quand les deux filles furent grandelettes, la marâtre, qui ne pouvait pas sentir la jolie fille, et qui la rossait vingt fois par jour, dit à son homme :

«Prends ta fille, et va la perdre.»

L'homme avait pitié de la jolie fille. Mais il avait peur de sa femme, et il répondit :

«Femme, je ferai ce que tu veux»

Mais la jolie fille, qui était cachée derrière la porte, avait tout entendu. Aussitôt, elle courut le conter à sa marraine.

«Filleule, dit la marraine, remplis tes poches de cendres, que tu sèmeras sur ton chemin. Par ce moyen, tu rentreras à la maison.»

La jolie fille revint au galop chez son père, et remplit ses poches de cendres. A peine avait-elle fini, que son père lui dit :

«Pauvrette, allons chercher des champignons.»

Tous deux partirent donc pour le bois. Mais le père n'avait pas le cœur à chercher des champignons. Tout en marchant, la jolie fille semait sur son chemin les cendres qu'elle avait dans ses poches, comme sa marraine le lui avait dit. Enfin, le père se jeta dans un fourré, sans être vu, laissa la jolie fille seulette, et revint dans sa maison à l'entrée de la nuit.

«Eh bien, mon homme, as-tu fait perdre ta fille?»

«C'est fait.»

«Eh bien, mon homme, pour ta peine, tu vas manger avec nous une assiettée de bouillie de maïs.»

Tout en mangeant la bouillie, l'homme pensait à la jolie fille, qu'il avait abandonnée toute seulette dans le bois, et disait :

«Ah! si la pauvrette était ici, elle mangerait aussi se portion de bouillie.»

«Je suis ici, père», répondit la jolie fille, qui avait retrouvé son chemin au moyen des cendres, et qui écoutait derrière la porte.

Le père fut bien content de voir la jolie fille revenue, et mangeant sa portion de bouillie de bon appétit. Mais quand elle fut allée se coucher avec sa sœur, la marâtre dit à son mari :

«Tu es une bête. Tu n'as pas conduit ta fille assez loin. Ramène-la demain dans le bois, et tâche qu'elle ne revienne plus.»

L'homme avait pitié de la jolie fille. Mais il avait peur de sa femme, et il répondit :

«Femme, je ferai comme tu veux.»

Mais la jolie fille, qui s'était levée de son lit, et qui écoutait, cachée derrière la porte, avait tout entendu. Aussitôt elle courut le conter à sa marraine.

«Filleule, dit la marraine, remplis tes poches de graines de lin que tu sèmeras sur ton chemin. Par ce moyen, tu rentreras à la maison.»

La jolie fille revint au galop chez son père, remplit ses poches des graines de lin, et se remit au lit.

Le lendemain matin, son père entra dans la chambre et dit :

«Pauvrette, allons chercher des champignons dans le bois.»

Tous deux partirent donc pour le bois. Mais le père n'avait pas le cœur à chercher des champignons. Tout en marchant, la jolie fille semait les graines de lin qu'elle avait dans ses poches, comme sa marraine le lui avait dit. Enfin, le père se jeta dans un fourré, sans être vu, laissa la jolie fille seulette, et revint dans sa maison à l'entrée de la nuit.

«Eh bien, mon homme, as-tu fait perdre ta fille?»

«C'est fait.»

«Eh bien, mon homme, pour ta peine, tu vas manger avec nous une assiettée de bouillie de maïs.»

Tout en mangeant la bouillie, l'homme pensait à la jolie fille, qu'il avait abandonnée toute seulette dans le bois, et disait :

«Ah! si la pauvrette était ici, elle mangerait aussi sa portion de bouillie.»

«Je suis ici, père, répondit la jolie fille, qui avait retrouvé son chemin au moyen des graines de lin, et qui écoutait à la porte.»

Le père fut bien content de voir la jolie fille revenue, et mangeant sa portion de bouillie de bon appétit. Mais quand elle fut allée se coucher avec sa sœur, la marâtre lui dit :

«Tu es une bête. Tu n'as pas conduit ta fille encore assez loin. Ramène-la demain dans le bois, et tâche qu'elle ne revienne pas.»

L'homme avait pitié de la jolie fille. Mais il avait peur de sa femme, et il répondit :

«Femme, je ferai ce que tu veux.»

Mais la jolie fille, qui s'était levée de son lit, et qui écoutait cachée derrière la porte, avait tout entendu. Aussitôt, elle courut le conter à sa marraine.

«Filleule, dit la marraine, remplis tes poches de

grains de mil, que tu sèmeras sur ton chemin. Par ce moyen, tu rentreras à la maison.»

La jolie fille revint au galop chez son père, remplit ses poches de grains de mil, et se remit au lit.

Le lendemain matin, son père entra dans la chambre et dit :

«Pauvrette, allons chercher des champignons dans le bois.»

Tous deux partirent donc pour le bois. Mais le

La dame du château envoya la jolie fille souper à la cuisine, avec les valets et les servantes, et commanda qu'on lui donnât un bon lit. Le lendemain matin, elle la fit venir dans sa chambre, et ouvrit la porte d'un cabinet qui était tout plein de robes.

«Jolie fille, quitte tes hardes, et choisis les habits que tu voudras.»

La jolie fille choisit la robe la plus laide. Alors la dame du château la força de prendre la plus belle, et

père n'avait pas le cœur à chercher des champignons. Tout en marchant, la jolie fille semait les grains de mil qu'elle avait dans ses poches, comme sa marraine le lui avait dit. Enfin, le père se jeta dans un fourré, sans être vu, laissa la jolie fille seulette, et revint dans sa maison à l'entrée de la nuit.

Mais quand la jolie fille voulut retrouver son chemin, au moyen des grains de mil, il se trouva qu'ils avaient été mangés par les pies.

La pauvrette marcha, longtemps, longtemps, longtemps à travers le bois, jusqu'à un château grand comme la ville d'Agen.

«Pan! pan!»

«Qui frappe?»

«C'est une pauvre fille, qui a perdu son chemin, et qui demande à souper et à loger.»

de la mettre sur-le-champ. Ensuite, elle ouvrit un grand coffre, plein de pièces d'or, d'argent et de cuivre, plein de bijouterie de toute espèce.

«Jolie fille, prends dans ce coffre tout ce que tu voudras.»

La jolie fille ne prit que deux liards, et une bague de cuivre. Alors, la dame du château la chargea de quadruples, de bagues, de chaînes, de pendeloques d'or, et la mena à l'écurie.

«Jolie fille, prends la bête que tu voudras, avec la bride et la selle.»

Mais la jolie fille ne prit qu'un âne, un licou de corde, et une mauvaise couverture. Alors, la dame du château la força de prendre le plus beau cheval, la plus belle bride, et la plus belle selle.

«Et maintenant, lui dit-elle, monte à cheval, et reviens dans ton pays. Ne te retourne pas du côté du château, que tu ne sois là-bas, là-bas, en-haut de cette côte. Alors, lève la tête, et attends.»

La jolie fille remercia bien la dame du château, monta à cheval et partit pour son pays, sans jamais se retourner. Quand elle fut en-haut de la côte, elle leva la tête et attendit. Alors, trois étoiles descendirent du ciel. Deux se posèrent sur sa tête, et une sur son menton.

Comme elle se remettait en route, un jeune homme s'en revenait de la chasse, monté sur son grand cheval, avec neuf chiens lévriers à sa suite : trois noirs comme des charbons, trois rouges comme le feu, trois blancs comme la plus fine toile. Quand il vit une si belle cavalière, il mit son chapeau à la main.

«Demoiselle, je suis le fils du roi d'Angleterre. J'ai roulé le monde pendant sept ans, et je n'ai trouvé jamais aucun homme aussi fort, aussi hardi que moi. Si vous le voulez, je serai votre compagnon, pour vous défendre contre les méchantes gens.»

«Merci, fils du roi d'Angleterre. Je saurai bien retrouver seulette le chemin de mon pays. Mais je n'ose pas retourner à la maison, par crainte de ma marâtre, qui ne peut pas me voir, à cause de sa fille laide, laide comme le péché. Par trois fois, elle a forcé mon père d'aller me perdre dans un bois.»

Alors, le fils du roi d'Angleterre entra dans une colère terrible. Il tira son épée, et siffla ses chiens lévriers.

«Demoiselle, montrez-moi le chemin de votre maison. Je veux aller faire manger par ma meute votre père, votre marâtre, et votre sœur.»

«Fils du roi d'Angleterre, votre meute est à votre commandement. Mais vous ne ferez pas cela. S'il plaît à Dieu, il ne sera pas dit que mon père, ma marâtre, et ma sœur, auront souffert le moindre mal à cause de moi.»

Mais le fils du roi d'Angleterre ne voulait rien entendre, et criait comme un aigle :

«Eh bien, je dirai à mon juge rouge : «Juge-les à mort.» Je le paie. Il faut qu'il gagne son argent.»

«Fils du roi d'Angleterre, votre juge rouge est à votre commandement. Mais vous ne ferez pas cela. S'il plaît à Dieu, il ne sera pas dit que mon père, ma marâtre et ma sœur, auront souffert le moindre mal à cause de moi.»

«Eh bien, si vous voulez que je leur pardonne, il faut que vous soyez ma femme.»

«Fils du roi d'Angleterre, je serai votre femme, si vous voulez leur pardonner.»

Le fils du roi d'Angleterre épousa donc la jolie fille, qui fut bien heureuse avec lui, et devint la plus grande dame du pays.

Peu de temps après la noce, la sœur laide, laide comme le péché, apprit ce qui s'était passé, et dit :

«J'irai au bois, moi aussi; et il m'en arrivera autant.»

Elle partit donc pour le bois, et marcha longtemps,

longtemps, longtemps. Enfin, elle arriva sur la porte du château grand comme la ville d'Agen.

«Pan! pan!»

«Qui frappe?»

«C'est une fille qui a perdu son chemin, et qui demande à souper et à loger.»

La dame du château envoya la fille laide, laide comme le péché, souper à la cuisine, avec les valets et les servantes, et commanda qu'on lui donnât un bon lit. Le lendemain, elle la fit venir dans sa chambre, et ouvrit la porte du cabinet qui était tout plein de robes.

«Mie, quitte tes hardes, et choisis les habits que tu voudras.»

La fille laide, laide comme le péché, choisit la plus jolie robe. Alors, la dame du château la força de prendre la plus déchirée, la plus sale, la lui fit mettre sur-le-champ. Ensuite, elle ouvrit le coffre plein de pièces d'or, d'argent et de cuivre, et de bijouterie de toute espèce.

«Mie, prends dans ce coffre ce que tu voudras.»

La fille laide, laide comme le péché, choisit cent quadruples d'Espagne et cent bagues d'or. Alors, la dame du château ne lui laissa prendre que deux liards et une bague de cuivre. Ensuite, elle la mena à l'écurie.

«Mie, choisis la bête que tu voudras, avec la bride et la selle.»

La fille laide, laide comme le péché, choisit le plus beau cheval, la plus belle bride, et la plus belle selle. Alors, la dame du château ne lui laissa prendre qu'un âne, un licou de corde, et une mauvaise couverture.

«Et maintenant, lui dit-elle, monte sur ton âne, et reviens dans ton pays. Ne te retourne pas vers le château, que tu ne sois là-bas, là-bas, en-haut de la côte. Alors, lève la tête, et attends.»

La fille laide, laide comme le péché, ne remercia pas la dame du château. Elle monta sur son âne, et partit pour son pays. Mais elle se retourna vers le château, avant d'arriver en-haut de la côte, leva la tête, et attendit. Alors, trois bouses de vache tombèrent sur elle, deux sur la tête, et une sur le menton.

Comme elle se remettait en route, elle rencontra un vieil homme, sale comme un peigne, et ivrogne comme une barrique.

«Mie, lui dit-il, je te trouve faite à ma fantaisie. Il faut que tu sois ma femme. Sinon, tu ne mourras que de mes mains.»

Par force, la fille laide, laide comme le péché, dut suivre l'ivrogne dans sa maison, et consentir au mariage. Depuis lors, le mari continue de boire comme un trou, et rosse sa femme vingt fois par jour.

Contes familiers de Gascogne

Les Fées

Charles Perrault

Il était une fois une veuve qui avait deux filles : l'aînée lui ressemblait si fort d'humeur et de visage, que, qui la voyait, voyait la mère. Elles étaient toutes deux si désagréables et si orgueilleuses, qu'on ne pouvait vivre avec elles. La cadette, qui était le vrai portrait de son père pour la douceur et l'honnêteté, était avec cela une des plus belles filles qu'on eût su voir. Comme on aime naturellement son semblable, cette mère était folle de sa fille aînée et, en même temps, avait une aversion effroyable pour la cadette. Ella la faisait manger à la cuisine et travailler sans cesse.

Il fallait, entre autres choses, que cette pauvre enfant allât, deux fois le jour, puiser de l'eau à une grande demi-lieue du logis, et qu'elle en rapportât plein une grande cruche. Un jour qu'elle était à cette fontaine, il vint à elle une pauvre femme qui la pria de lui donner à boire.

«Oui-da ma bonne mère, dit cette belle fille.»

Et, rinçant aussitôt sa cruche, elle puisa de l'eau au plus bel endroit de la fontaine et la lui présenta, soutenant toujours la cruche, afin qu'elle bût plus aisément.

La bonne femme, ayant bu, lui dit :

«Vous êtes si belle, si bonne et si honnête, que je ne puis m'empêcher de vous faire un don; car c'était une fée qui avait pris la forme d'une pauvre femme de village, pour voir jusqu'où irait l'honnêteté de cette jeune fille. Je vous donne pour don, poursuivit la fée qu'à chaque parole que vous direz, il vous sortira de la bouche ou une fleur, ou une pierre précieuse.»

Lorsque cette belle fille arriva au logis, sa mère la gronda de revenir si tard de la fontaine.

«Je vous demande pardon, ma mère, dit cette pauvre fille, d'avoir tardé si longtemps.»

Et, en disant ces mots, il lui sortit de la bouche deux roses, deux perles et deux gros diamants.

«Que vois-je là! dit sa mère tout étonnée; je crois qu'il lui sort de la bouche des perles et des diamants. D'où vient cela, ma fille?» (Ce fut là la première fois qu'elle l'appela sa fille).

La pauvre enfant lui raconta naïvement tout ce qui lui était arrivé, non sans jeter une infinité de diamants.

«Vraiment, dit la mère, il faut que j'y envoie ma fille. Tenez, Fanchon, voyez ce qui sort de la bouche de votre sœur quand elle parle; ne seriez-vous pas bien aise d'avoir le même don? Vous n'avez qu'à aller puiser de l'eau à la fontaine, et, quand une pauvre femme vous demandera à boire, lui en donner bien honnêtement.»

«Il me ferait beau voir, répondit la brutale, aller à la fontaine!»

«Je veux que vous y alliez, reprit la mère, et tout à l'heure.»

Elle y alla, mais toujours en grondant. Elle prit le plus beau flacon d'argent qui fut dans le logis. Elle ne fut pas plus tôt arrivée à la fontaine, qu'elle vit sortir du bois une dame magnifiquement vêtue, qui vint lui demander à boire. C'était la même fée qui avait apparu à sa sœur, mais qui avait pris l'air et les habits d'une princesse, pour voir jusqu'où irait la malhonnêteté de cette fille.

«Est-ce que je suis ici venue, lui dit cette brutale orgueilleuse, pour vous donner à boire! Justement j'ai apporté un flacon d'argent tout exprès pour donner à boire à Madame? J'en suis d'avis : buvez à même si vous voulez.»

«Vous n'êtes guère honnête, reprit la fée, sans se mettre en colère. Eh bien! puisque vous êtes si peu obligeante, je vous donne pour don qu'à chaque parole que vous direz, il vous sortira de la bouche ou un serpent, ou un crapaud.»

D'abord que sa mère l'aperçut, elle lui cria :
«Eh bien! ma fille!»

«Eh bien! ma mère!» lui répondit la brutale, en jetant deux vipères et deux crapauds.

«Ô ciel, s'écria la mère, que vois-je là? C'est sa sœur qui en est cause : elle me le paiera.»

Et aussitôt elle courut pour la battre.

La pauvre enfant s'enfuit et alla se sauver dans la forêt prochaine. Le fils du roi, qui revenait de la chasse, la rencontra et, la voyant si belle, lui demanda ce qu'elle faisait là toute seule et ce qu'elle avait à pleurer!

«Hélas! Monsieur, c'est ma mère qui m'a chassée du logis!»

Le fils du roi, qui vit sortir de sa bouche cinq ou six perles et autant de diamants, la pria de lui dire d'où cela lui venait. Elle lui conta toute son aventure. Le fils du roi en devint amoureux; et, considérant qu'un tel don valait mieux que tout ce qu'on pouvait donner en mariage à une autre, l'emmena au palais du roi son père, où il l'épousa.

Pour sa sœur, elle se fit tant haïr, que sa propre mère la chassa de chez elle; et la malheureuse, après avoir bien couru sans trouver personne qui voulut la recevoir, alla mourir au coin d'un bois.

La Princesse des Étoiles brillantes

François-Marie Luzel

Il y a bien longtemps, un meunier vivait au bord d'une rivière. Un jour, il prit son fusil pour aller tirer les canards sauvages et les cygnes qui vivaient sur l'étang du moulin. C'était en décembre, le froid était rude, et la terre toute recouverte de neige.

Arrivé au bord de l'eau, le meunier vit les canards qui nageaiet tranquillement. Il prit son fusil, visa et tira. Mais le coup de feu était à peine parti qu'il fut fort surpris : d'où venait-elle? Une belle princesse se dressait à ses côtés, et lui dit :

«Grand merci, brave jeune homme! Je suis enchantée depuis très longtemps par trois mauvais esprits qui ne me laissent pas en paix. Tu m'as rendu ma forme humaine, et tu pourrais me libérer complètement, si tu avais un peu de courage et d'endurance.»

«Que devrais-je faire?» demanda le meunier, extrêmement surpris.

«Passer trois nuits consécutives dans les ruines de ce vieux château, que tu vois là-haut.»

«Et qui y a-t-il là? Le diable, sans doute?»

«Malheureusement pas un seul, mais douze diables qui vont te harceler. Dans la grande salle du château, ils te jetteront d'un coin à l'autre, et même ils te lanceront dans le feu! Ne crains rien, quoiqu'il t'arrive, et aies confiance en moi. Je possède un onguent qui préservera ta vie et qui te guérira, si même tu avais tous les membres disloqués et broyés. Même si tu étais tué, je te ressusciterais. Si tu supportes pour moi trois nuits sans un mot et sans une plainte, tu ne le regretteras pas, par la suite. Dans ce vieux château sont cachés, sous une pierre dans l'âtre, trois tonneaux d'or et trois tonneaux d'argent. Tout cela t'appartiendra, et en outre je t'appartiendrai, moi-même, si je te plais. As-tu le courage d'essayer?»

«Si même il y avait cent diables à affronter au lieu de douze, je suis prêt à tenter l'aventure», répondit le jeune meunier.

Là-dessus la princesse disparut aussitôt et le meunier s'en retourna à son moulin, réfléchissant à ce qu'il venait de voir et entendre.

A la tombée de la nuit, il se rendit au vieux château. Il se munit de bois, de cidre et de tabac, afin d'avoir de quoi se chauffer, de quoi boire et fumer.

A minuit, il entendit un grand bruit dans la cheminée. Il n'était pas poltron, mais il se dissimula cependant sous un vieux lit. De l'endroit où il était, il vit descendre par la cheminée onze diables. Ces derniers étaient fort étonnés de voir brûler un feu dans l'âtre.

«Qu'est-ce que cela signifie?» se demandaient-ils.

«Et où est resté le diable boiteux? Il est toujours en retard, celui-là!» dit l'un des diables, qui semblait être leur chef.

«Le voilà qui arrive!» dit un autre.

Et le diable boiteux emprunta le même chemin que les autres, la cheminée.

«Quoi de nouveau ici, compères?» s'enquit-il.

«Rien», lui répondirent les autres diables.

«Comment, rien? Moi, je vous assure que se trouve ici, quelque part, un meunier qui vient tenter de nous reprendre la princesse. Cherchons-le.»

Ils se mirent à chercher partout. Le diable boiteux regarda sous le lit, et il vit le meunier qui s'y était blotti et cria aux autres :

«Il est ici! Sous le lit.»

Il saisit alors le meunier par la jambe, et le tira de sa cachette.

«Oh, oh! Cher meunier, tu veux nous prendre la princesse? ricana-t-il. A ce qu'il paraît, tu aimes les jolies filles!»

«Avant cela, nous allons jouer à un jeu qui sans doute ne te plaira pas beaucoup mais qui te guérira du goût d'essayer de nous enlever la princesse», dit le chef des diables.

Aussitôt, ils se mirent à lancer le meunier d'un coin de la salle à l'autre, comme une balle, le malheureux meunier ne proféra pourtant pas un seul son. En voyant cela, les diables le jetèrent par la fenêtre, dans la cour en bas, et comme il ne se plaignit pas, qu'il ne fit pas un mouvement, les diables le crurent mort. Juste à ce moment-là le coq chanta, annonçant le point du jour. Les diables repartirent comme ils étaient venus, par la cheminée.

Alors la princesse arriva. Elle tenait un pot d'onguent en main, et se mit à en oindre le corps du meunier. Le jeune homme se releva. Il se sentait frais et dispos comme avant.

«Tu as souffert beaucoup, mon ami?» lui demanda la princesse.

«Oui, Princesse, j'ai beaucoup souffert», répondit le meunier.

«Tu as encore deux nuits pareilles à passer, pour me libérer de ces méchants diables.»

«Comme je le constate, ce n'est pas agréable de libérer une princesse, mais n'empêche, je mènerai l'affaire jusqu'au bout!»

A la tombée de la nuit, le meunier se rendit pour la deuxième fois au vieux château. Il se cacha sous un tas de fagots, au fond de la salle. A minuit, comme la veille, les douze diables descendirent par la cheminée.

«Je sens l'odeur d'homme», dit le diable boiteux.

Ils se mirent tous à chercher, et ils trouvèrent le meunier, sous le tas de fagots.

«Ah! Tu es encore là, meunier!» s'exclama le chef de la bande de diables. «Comment se fait-il que tu sois encore en vie, après le jeu d'hier? Mais sois tranquille cette fois nous allons en finir avec toi, et cela ne durera pas longtemps.»

Ils jetèrent alors le meunier dans un grand chaudron plein d'huile, et ils mirent le chaudron sur le feu, pour le faire bouillir. Juste à ce moment le coq chanta, annonçant le jour, et les diables partirent enfin.

La princesse arriva tout aussitôt. Elle retira le meunier du chaudron. Il était tout cuit, et sa chair tombait en lambeaux. Mais, grâce à son onguent magique, elle le ressuscita.

Lors de la troisième nuit, les diables furent encore plus étonnées de retrouver le meunier en vie.

«C'est la dernière nuit, et si cette fois-ci nous n'en finissons pas avec lui, nous aurons perdu, dit l'un des diables. Sans doute est-il protégé par quelque magicien. Qu'allons-nous faire?»

Chacun exprima son idée, et pour finir le diable boiteux décida :

«Nous devons allumer un grand feu, cuire le meunier à la broche, et le manger.»

«D'accord, on va le rôtir, et puis le dévorer!» approuvèrent les autres.

Mais leurs longues discussions et préparations firent qu'ils perdirent beaucoup de temps. Si bien qu'au moment où ils voulaient mettre le meunier sur la broche au-dessus des flammes et de la braise, le coq chanta. Les diables durent bien vite se retirer. Ils partirent dans un grand fracas, en faisant tomber le pignon du château.

La princesse arriva encore avec son onguent, mais cette fois ce n'était pas nécessaire. Dans sa joie, elle embrassa le meunier, et lui dit, tout heureuse :

«Tu as réussi! Tu m'as libérée, et maintenant le trésor t'appartient.»

Ils soulevèrent la grosse pierre de l'âtre, et découvrirent les trois tonneaux d'or et les trois tonneaux d'argent qui étaient enfouis dessous.

«Emporte maintenant cet or et cet argent, et fais-en ce que tu veux, dit la princesse. Quant à moi, il ne m'est pas encore possible de rester avec toi. Auparavant, je dois entreprendre un voyage qui durera un an et un jour. Ensuite, je demeurerai avec toi.»

Après avoir dit cela, la princesse disparut sans plus d'explication. Le meunier regretta qu'elle partît si vite, mais il se consola aisément en pensant à son trésor. Il laissa son moulin à la garde de son assistant, et se mit en route avec l'un de ses amis, pour voyager en attendant le retour de la princesse. Ils visitèrent ainsi des pays lointains, et comme l'argent ne leur manquait point, ils ne se privèrent d'aucun plaisir.

Au bout de huit mois de cette vie errante, le meunier dit à son compagnon :

«Rentrons au pays, maintenant. Nous en sommes très éloignés, et je ne voudrais point manquer le rendez-vous que la princesse m'a fixé.»

Ils se mirent alors en route pour rentrer au pays. Chemin faisant, ils rencontrèrent une vieille femme qui avait de magnifiques et appétissantes pommes plein son panier.

«Mes beaux messieurs, achetez-moi des pommes», les pria la vieille.

«N'achète point de pommes à cette vieille», dit l'ami du meunier, le mettant en garde.

«Pourquoi pas?» répondit le meunier. «J'en mangerais volontiers une ou deux, de ces belles pommes.»

Il acheta trois pommes. Il en mangea une, et tout de suite il se sentit indisposé.

Le jour était arrivé où la princesse devait venir au rendez-vous. Le meunier se rendit dans la forêt, à l'endroit convenu, accompagné de son ami. Comme il était arrivé fort en avance, il dut attendre, et se mit à manger la deuxième des pommes qu'il avait achetées la veille. Aussitôt, il tomba dans un sommeil profond, étendu au pied d'un arbre.

Un bref instant après, la princesse arriva dans un beau carrosse couleur de ciel étoilé, tiré par dix chevaux de la même couleur. En voyant le meunier endormi, elle s'attrista fort et demanda à son ami pourquoi il s'était ainsi endormi.

«Je ne sais pas bien pourquoi, répondit l'ami, mais il a acheté hier trois pommes à une vieille que nous avons rencontrée sur la route. Il en a mangé une, et aussitôt il a eu envie de dormir, sans pouvoir résister.»

«Hélas! La vieille à laquelle il a acheté les pommes est une sorcière qui ne nous veut que du mal. Dans l'état où il est, je ne puis l'emmener avec moi. Je reviendrai encore deux fois, demain et après-demain, et si je ne le retrouve point encore endormi, je l'emporterai dans mon carrosse. Quand il se réveillera, remets-lui de ma part cette poire en or et ce mouchoir, et dis-lui que je reviendrai demain à la même heure.»

Et la princesse reprit place dans son carrosse couleur de ciel étoilé, son attelage prit son envol et disparut bientôt dans les airs.

Le meunier se réveilla un instant après son départ. Son ami lui raconta ce qui s'était passé durant son sommeil, puis il lui remit la poire en or et le mouchoir et lui dit que la princesse devait revenir le lendemain à la même heure. Si elle devait encore le trouver endormi, elle reviendrait le surlendemain.

Le meunier, fort attristé, dit d'un ton décidé :

«Demain, je ne dormirai sûrement plus!»

Dès qu'il fut rentré chez lui, il alla se coucher, afin de n'avoir pas sommeil la journée suivante.

Ce jour-là, il s'en retourna dans la forêt, accompagné de son ami. Mais le temps lui paraissant long, il se mit à croquer la troisième pomme, qu'il avait retrouvée dans sa poche — et il s'endormit encore.

La princesse arriva sur ces entrefaites dans un carrosse tiré par des chevaux couleur de soleil. En voyant le meunier endormi, elle s'exclama :

«Quel malheur! Il dort encore!»

Puis, elle s'adressa à son ami :

«Je reviendrai encore demain, mais ce sera la dernière fois. Voici une deuxième poire en or, et un deuxième mouchoir. Remets-les lui à son réveil, et dis-lui que s'il est encore endormi demain quand je viendrai, il ne me reverra plus jamais sauf s'il allait lui-même à ma recherche, traversant trois royaumes et trois mers.»

Elle s'envola encore dans son carrosse couleur de soleil, et disparut dans les airs.

Quand le meunier se réveilla, son ami lui raconta comment la princesse était venue et l'avait trouvé endormi, comment elle était repartie en le prévenant que le jour suivant elle reviendrait pour la dernière fois. Si elle le trouvait encore endormi, le meunier ne la reverrait plus jamais, sauf s'il allait à sa recherche. Il lui faudrait traverser trois royaumes et trois mers avant de la trouver. L'ami lui remit alors la deuxième poire d'or et le deuxième mouchoir.

Le malheureux meunier était inconsolable, et il insista auprès de son ami :

«Pour l'amour de Dieu, demain, empêche-moi de m'endormir! Parle sans cesse pour me tenir éveillé.»

Mais en dépit de tous les efforts de son ami et de ses propres efforts, le lendemain il dormait encore quand la princesse arriva dans un carrosse tiré par des chevaux couleur de lune.

«Hélas, tu dors encore, mon pauvre ami!» s'écriait-elle sur un ton d'extrême douleur. «Et moi, désormais je ne puis plus revenir. Dis-lui — elle s'adressa à son compagnon — que s'il veut me revoir, il doit me chercher au pays des Étoiles brillantes, et qu'avant d'arriver jusqu'à moi il lui faudra traverser trois royaumes et trois mers, ce qu'il ne pourra pas faire sans éprouver de grandes difficultés. Voici une troisième poire en or et un troisième mouchoir qui pourront plus tard lui rendre de très grands services.»

Elle remonta dans son carrosse couleur de lune, s'éleva dans les airs et disparut.

Quand le meunier se réveilla et qu'il apprit que la princesse était venue mais qu'elle ne reviendrait plus, il éclata en amers sanglots. Il s'arrachait les cheveux de désespoir. Cela fendait le cœur de le voir dans cet état. Il finit enfin par se calmer et déclara :

«J'irai à sa recherche, et je la retrouverai, dussé-je aller jusqu'en enfer pour la revoir!»

Il se mit aussitôt en route, en quête du pays des Étoiles brillantes. Il allait, allait, toujours plus loin, sans s'arrêter jamais. Il entra dans une forêt profonde dont il ne parvenait pas à trouver la fin. Il errait déjà depuis plusieurs jours et plusieurs nuits dans cette forêt lorsqu'il vit, au cours d'une nuit où il était grimpé sur un arbre pour s'orienter, une petite lumière dans le lointain. Il marcha dans la direction de cette lumière et arriva devant une petite cabane faite de branchages et d'herbes sèches. Il poussa la porte entrouverte et vit, à l'intérieur, un petit vieux avec une longue barbe blanche. Il le salua :

«Bonsoir, Grand-Père!»

«Bonsoir, l'ami», répondit le petit vieux, l'air fort surpris. «Je suis content de te voir, car depuis dix-huit cents ans que je suis ici, je n'ai vu personne jusqu'à ce jour. Sois le bienvenu, entre, assieds-toi et parle-moi un peu de ce qui se passe dans le monde dont je n'ai aucune nouvelle depuis si longtemps.»

Le meunier entra, se présenta, disant son nom, le pays d'où il venait, puis il exposa le but de son long voyage.

«Je veux faire quelque chose pour toi, mon cher fils», lui dit le vieillard à barbe blanche. «Voici des guêtres magiques, qui m'ont rendu de grands services quand j'avais ton âge. Aujourd'hui, elles ne me sont plus d'aucune utilité. Quand tu les chausseras, tu feras des pas de sept lieues, et tu parviendras ainsi sans trop de difficultés au château des Étoiles brillantes, qui se trouve encore loin d'ici, oui, très loin.»

Le meunier passa dans la cabane du vieillard cette nuit-là, mais le lendemain, dès le lever du soleil, il se remit en route, doté des guêtres magiques.

Le chemin filait sous ses pas de sept lieues. Plus rien ne l'arrêtait, ni les fleuves, les lacs, ni les forêts, ni les montagnes. Au moment où le soleil se couchait,

il vit une autre cabane, qui ressemblait à la précédente, à l'orée d'une forêt. Comme il avait faim et qu'il était assez fatigué, il pensa :

«Je vais demander l'hospitalité pour la nuit en cette cabane. Peut-être me donnera-t-on à manger, et peut-être aussi un bon conseil.»

Il poussa la clôture de roseaux, qui céda aisément, et vit au fond du logis une petite vieille assise à croupetons dans les cendres, au coin du feu. Elle avait des dents longues comme le bras.

«Bonsoir, Grand-Mère», lui dit le meunier. «Aurais-tu la bonté de m'offrir un gîte pour cette nuit?»

«Hélas, mon fils, répondit la vieille, tu tombes très mal, et il vaudrait mieux pour toi que tu t'en ailles d'ici le plus vite possible. J'ai trois fils, trois terribles géants, et s'ils te trouvent ici je crains fort qu'ils ne te dévorent. Or ils vont revenir d'un instant à l'autre.»

«Comment s'appellent tes fils?»

«Ils s'appellent Vent de Janvier, Vent de Février et Vent de Mars.»

«Ainsi, tu es la mère des vents d'hiver?»

«Oui, je suis la mère des vents d'hiver. Mais va-t-en vite! Hélas, les voilà déjà qui arrivent.»

«Pour l'amour du ciel, Grand-Mère, je t'en supplie, offre-moi l'asile pour une nuit, et cache-moi en un endroit où tes fils ne me découvriront pas.»

Juste à ce moment-là, un grand bruit se fit entendre, au dehors.

«Voilà mon fils aîné qui arrive, Vent de Janvier», dit la vieille. «Que faire? Bon, je vais lui dire que tu es mon neveu, le fils de mon frère, que tu es venu me rendre visite et que tu ferais volontiers connaissance avec tes cousins. Je vais leur dire que tu t'appelles Yvon Pharaon. Sois aimable à leur égard, je te le conseille!»

Juste quand la vieille eut dit cela, un grand géant à barbe blanche fit irruption par la cheminée. Il tremblait de tout son corps, de froid, et il s'écria :

«Brr! Mère, j'ai froid et j'ai faim! Brr!»

«Assieds-toi près du feu, mon fils, je vais te préparer ton repas.»

Mais le géant aperçut le meunier, blotti dans un coin, et il demandé :

«Mère, quel est ce petit ver de terre? Je vais l'avaler, en attendant mon souper . . .»

«Mon fils, reste tranquille sur ton tabouret, et ne t'avise pas de faire du mal à cet enfant», dit la

vieille. «C'est Yvon Pharaon, mon neveu, et ton cousin.»

«Mère, j'ai grand-faim, et je vais le manger», répéta le géant en montrant les dents.

«Reste tranquillement assis, te dis-je! Et ne fais aucun mal à cet enfant, sinon, gare au sac!»

Le doigt tendu, elle montra un grand sac qui pendait à une poutre. Le géant resta alors tranquille, sans rien ajouter.

Les deux autres fils de la vieille, Vent de Février et Vent de Mars arrivèrent aussi à grand bruit, l'un après l'autre. C'était effrayant de les entendre. Les arbres craquaient et tombaient, les pierres volaient dans les airs et les loups hurlaient. La vieille avait fort à faire pour défendre son protégé contre la voracité de ses fils, et elle ne put le protéger qu'en les menaçant du sac.

Pour finir, ils se retrouvèrent tous à table comme de bons amis. Ils mangèrent trois bœufs entiers, et burent trois tonneaux de vin. Quand les géants eurent bien mangé, ils se calmèrent et entreprirent de converser avec leur prétendu cousin.

«Dis-nous maintenant, Cousin», demanda Vent de Janvier, «es-tu venu chez nous seulement pour nous rendre visite, ou bien ton voyage a-t-il encore un autre but?»

«Oh, oui! Chers Cousins! Je veux aller au château de la Princesse des Étoiles brillantes. Si vous pouvez m'indiquer le chemin, vous me rendrez un immense service.»

«Je n'ai jamais entendu parler du château des Étoiles brillantes», répondit Vent de Janvier.

«Moi, j'en ai entendu parler, mais j'ignore où il se trouve», dit Vent de Mars.

«Moi, je sais où se trouve ce château, dit Vent de Février. J'ai même circulé tout autour, hier soir, et j'ai vu que l'on y prépare une grande fête pour le mariage de la princesse, qui doit se célébrer demain. On a abattu cent bœufs et cent veaux, autant d'agneaux et de poulets, et des canards, en une quantité que je ne peux pas dire, tant il y en avait. Tout cela pour le grand festin que l'on doit offrir aux hôtes.»

«La princesse va se marier? s'écria le meunier. Il me faut absolument être là avant la cérémonie. Indique-moi le chemin, Cousin Vent de Février!»

«Volontiers, répondit Vent de Février. Je vais par là demain, mais tu ne pourras pas me suivre.»

«Oh, si! J'ai des guêtres de sept lieues.»

«Alors, d'accord. Nous irons ensemble, demain.»

A minuit, Vent de Janvier partit le premier, dans un grand fracas. Une heure après, Vent de Février partit, en compagnie du meunier. Le meunier l'accompagna sans encombre jusqu'au bord de la mer, mais là, il lui fallut s'arrêter.

«Porte-moi par dessus la mer, Cousin», pria-t-il le Vent de Février.

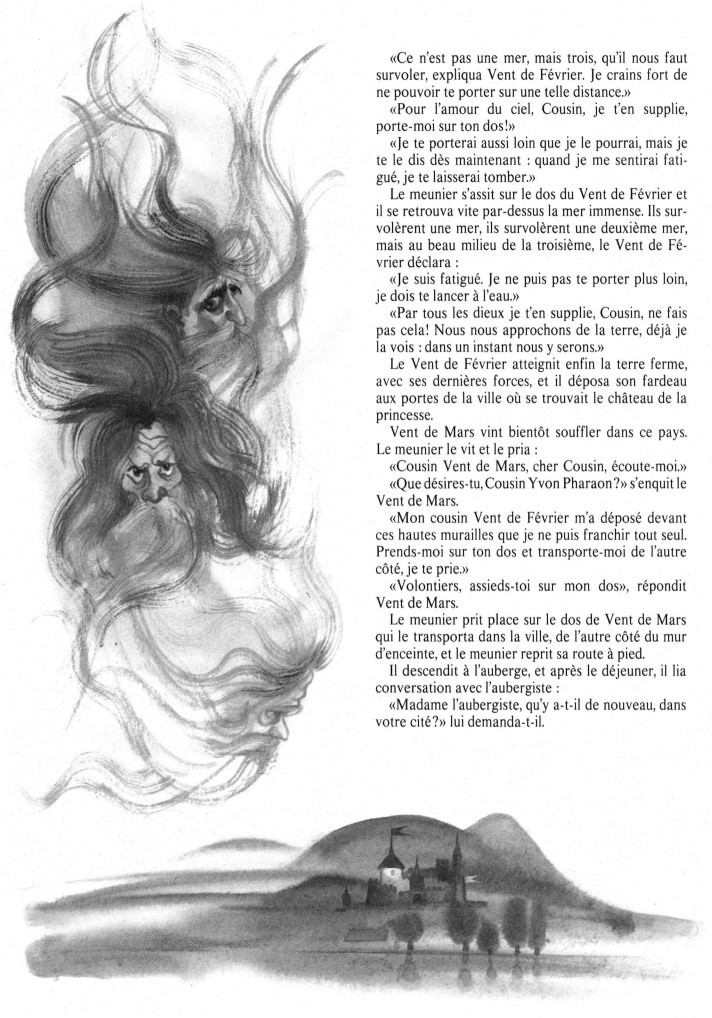

«Ce n'est pas une mer, mais trois, qu'il nous faut survoler, expliqua Vent de Février. Je crains fort de ne pouvoir te porter sur une telle distance.»

«Pour l'amour du ciel, Cousin, je t'en supplie, porte-moi sur ton dos!»

«Je te porterai aussi loin que je le pourrai, mais je te le dis dès maintenant : quand je me sentirai fatigué, je te laisserai tomber.»

Le meunier s'assit sur le dos du Vent de Février et il se retrouva vite par-dessus la mer immense. Ils survolèrent une mer, ils survolèrent une deuxième mer, mais au beau milieu de la troisième, le Vent de Février déclara :

«Je suis fatigué. Je ne puis pas te porter plus loin, je dois te lancer à l'eau.»

«Par tous les dieux je t'en supplie, Cousin, ne fais pas cela! Nous nous approchons de la terre, déjà je la vois : dans un instant nous y serons.»

Le Vent de Février atteignit enfin la terre ferme, avec ses dernières forces, et il déposa son fardeau aux portes de la ville où se trouvait le château de la princesse.

Vent de Mars vint bientôt souffler dans ce pays. Le meunier le vit et le pria :

«Cousin Vent de Mars, cher Cousin, écoute-moi.»

«Que désires-tu, Cousin Yvon Pharaon?» s'enquit le Vent de Mars.

«Mon cousin Vent de Février m'a déposé devant ces hautes murailles que je ne puis franchir tout seul. Prends-moi sur ton dos et transporte-moi de l'autre côté, je te prie.»

«Volontiers, assieds-toi sur mon dos», répondit Vent de Mars.

Le meunier prit place sur le dos de Vent de Mars qui le transporta dans la ville, de l'autre côté du mur d'enceinte, et le meunier reprit sa route à pied.

Il descendit à l'auberge, et après le déjeuner, il lia conversation avec l'aubergiste :

«Madame l'aubergiste, qu'y a-t-il de nouveau, dans votre cité?» lui demanda-t-il.

«On ne parle que du mariage de la Princesse des Étoiles brillantes, qui doit se célébrer aujourd'hui», répondit l'aubergiste.

«Vraiment? Alors, elle a fini par trouver un mari à son goût?»

«On raconte qu'elle n'aime pas le prince qu'elle va épouser, et qu'elle se marie contre son gré. Bientôt le cortège nuptial va passer près de ma maison, en se rendant à l'église.»

Le meunier s'assit sur un petit banc, à la porte de l'auberge, et plaça sur une table la première poire et le premier mouchoir que la princesse avait remis à son ami pour qu'il les lui donnât. Puis il attendit.

Bientôt arriva le cortège, la princesse et son fiancé en tête. La princesse remarqua tout de suite la poire et le mouchoir, et elle vit aussi le meunier, qui se trouvait tout près. Elle s'arrêta soudain, puis elle dit qu'elle ne se sentait pas bien et elle demanda que la cérémonie du mariage soit remise au lendemain. Ce fut ce qui eut lieu, sans que personne ne se doutât de la vraie raison de cette décision.

Le cortège retourna au palais. Dès qu'elle se fut retirée dans sa chambre, le princesse envoya l'une de ses femmes de chambre pour acheter au meunier la poire et le mouchoir. La femme de chambre lui rapporta la poire et le mouchoir.

Le jour suivant, le cortège nuptial reprit le même chemin vers l'église. Le meunier avait placé devant l'auberge la deuxième poire et le deuxième mouchoir. En voyant cela, la princesse, une nouvelle fois, simula un malaise. Le cortège, tout comme la veille, fit demi-tour et rentra au palais. La princesse envoya

encore sa femme de chambre acheter au meunier la deuxième poire et le deuxième mouchoir.

Et le surlendemain, tout se répéta, comme les deux jours précédents, mais avec cette différence que la princesse dit à sa femme de chambre de lui conduire l'homme qui vendait les poires et les mouchoirs. Et cela se passa ainsi.

Le meunier et la princesse s'embrassèrent tendrement; ils pleuraient de joie de s'être retrouvés. Le prince fiancé, lui, constatant que la princesse se trouvait toujours mal avant d'aller à l'église, décida que le repas de noces se ferait avant la cérémonie religieuse.

La princesse procura au meunier de beaux habits de fête, et lui recommanda d'attendre dans sa propre chambre jusqu'à ce qu'elle vienne l'y chercher.

Les voilà tous à table, les invités et les mariés futurs, chacun dans ses plus beaux atours, paré de son mieux. Quelle belle fête! La princesse était si resplendissante qu'elle semblait un soleil illuminant toute la salle. Vers la fin du repas, tout le monde était gai, on parlait, on chantait, on racontait des histoires.

«Maintenant c'est à ton tour, chère future bru, de nous raconter quelque chose», dit à la princesse le père de son fiancé.

Alors, ainsi parla la princesse :

«Beau-père, vois ce qui me met dans le plus grand embarras. J'aimerais connaître ton avis là-dessus. Je possède un joli petit coffre pour lequel j'avais une adorable clé d'or, j'aimais beaucoup cette clé. Mais voilà, je l'ai perdue, et j'en ai fait faire une nouvelle. La vieille clé était très bonne, et je ne sais pas encore comment sera la nouvelle. Or je viens de retrouver la vieille avant d'avoir essayé la nouvelle. Dis-moi à laquelle des deux je dois donner la préférence, à l'ancienne, ou à la neuve?»

«Nous devons toujours apprécier et considérer les vieilles choses, répondit le vieillard. Pourtant, je voudrais voir les deux clés avant de me décider pour l'une ou pour l'autre.»

«C'est juste, répondit la princesse, je vais te les montrer toutes les deux.»

Elle se leva de table, se rendit dans sa chambre, et en revint bien vite. Elle tenait par la main le meunier, qu'elle présenta à l'assemblée en disant :

«Voici la vieille clé, que j'avais perdue et que je viens de retrouver. Pour ce qui est de la nouvelle clé, c'est ce jeune prince auquel je suis fiancée, mais la cérémonie du mariage n'a pas encore eu lieu. Je suis encore libre d'offrir ma main à celui qui me plaît. Comme tu l'as très justement dit, Seigneur, ce qui est ancien mérite notre estime et notre considération. Je garde donc pour moi l'ancienne clé, récemment re-

trouvée, et je te laisse la nouvelle. Par ancienne clé, je veux dire ce jeune, courageux et fidèle homme — et elle indiquait le meunier — qui m'a libérée du château où j'étais retenue en captivité par un méchant magicien. Il est venu à ma recherche jusqu'ici, surmontant vaillamment des milliers de difficultés. Quant à la clé nouvelle, c'est ton fils, tu le comprends, celui que je devais épouser et à qui je rends aujourd'hui sa liberté.»

Ces paroles suscitèrent une grande effervescence dans l'assistance. La princesse quitta aussitôt la salle, avec le meunier, et personne ne tenta de les retenir. Ils allèrent immédiatement dans la cour du château, où les attendait un splendide carrosse d'or tiré par quatre magnifiques coursiers. Ils y prirent place, et s'envolèrent comme l'éclair.

Quand ils arrivèrent dans leur grande et belle ville du sud de la Bretagne, ils se rendirent aussitôt à l'église où fut bénie leur union, puis de grandes fêtes eurent lieu réunissant tant de monde que jamais je n'en ai vu de pareilles, pas même en rêve.

Les maris-animaux et le château enchanté

Aurelio M. Espinosa Junior

Il était une fois un père, qui avait trois filles et un fils. Le fils grandit et alla s'engager dans l'armée. Le père était très pauvre, et tous les jours il allait en forêt couper du bois qu'il revendait.

Un jour, il était justement en train de charger du bois sur son âne, quand un inconnu lui apparut et lui dit »Écoutez-moi bien. Donnez-moi votre fille aînée, et moi je vous donnerai un plein chargement de lingots d'or autant qu'en pourra porter votre âne.»

«Je veux bien, si elle est d'accord, répondit le père. En rentrant à la maison, je le lui dirai.»

Ce fut tout content qu'il prit le chemin du retour, et arrivé chez lui il raconta à sa fille aînée ce qui lui était arrivé dans le bois.

«Imagine-toi, ma fille, qu'alors que je chargeais mon bois, un homme inconnu s'est présenté devant moi, et m'a dit que si je lui donnais ma fille aînée, il me chargerait mon âne de lingots d'or. Je lui ai répondu que si tu étais d'accord, je ne m'y opposerais pas ...»

La fille accepta. Elle aurait accepté ne fût-ce que pour qu'ils eussent assez de pain à la maison.

Le lendemain, le père retourna en forêt avec la réponse affirmative de sa fille aînée. L'homme vint, et après avoir remis l'or au père, il emmena sa fille.

Un proverbe dit que plus on boit, plus on a soif. Le père, en dépit de tout son or, retourna encore le lendemain en forêt pour y couper du bois. Et un deuxième homme lui apparut, qui lui dit : «Si vous me donnez votre fille cadette, je vous donnerai une pleine charge d'argent.»

«Je veux bien, si elle est d'accord, répondit le père. En arrivant chez moi, je le lui dirai.»

Dès son arrivée à la maison, il parla de l'affaire à sa fille, et elle lui répondit: «D'accord, père. Quand ce ne serait que pour que vous ayez assez de pain à la maison!»

Le père alla donc, le jour suivant, porter la réponse de sa fille à l'inconnu. Ce dernier lui donna un lourd chargement d'argent, et il emmena la fille cadette.

Le jour suivant, le père retourna encore en forêt pour y couper du bois, et un troisième inconnu se présenta devant lui : «Si vous me donnez la plus jeune de vos filles, je vous donnerai une lourde charge de sous de cuivre.»

Et le père répondit encore de la même façon : si sa fille acceptait, lui-même ne s'y opposerait pas. Il rentra chez lui et fit part à sa troisième fille de cette demande. Elle accepta elle aussi. Le lendemain, l'inconnu remit au père un plein chargement de pièces de cuivre, et il emmena la plus jeune des filles.

Entre-temps le fils avait fini son temps à l'armée. Il rentra aussitôt dans son foyer. Il fut fort étonné de voir combien ses parents s'étaient enrichis, alors qu'il

les avait quittés si pauvres. Il leur demanda où étaient ses sœurs, et les parents répondirent qu'ils n'en savaient rien. Des hommes inconnus étaient venus les chercher, et les avaient emmenées. Eux n'en avaient plus eu de nouvelles; ils ne savaient ni où elles étaient parties ni où elles habitaient maintenant.

Le fils était fort étonné de voir que ses parents ne savaient même pas où étaient leur trois filles, et il ne comprenait pas pourquoi ils les avaient données à des inconnus. Le père expliqua alors à son fils : «Regarde, pour notre fille aînée nous avons reçu une charge d'or; pour notre cadette, une d'argent; et pour la plus jeune un chargement de pièces de cuivre. Tu peux le constater, nous ne sommes plus pauvres comme lorsque tu es parti pour servir!»

«Fort bien, mais moi, je vais aller à leur recherche», déclara le fils.

Naturellement, le père ne voulut pas le laisser aller à l'aventure; il répétait sans cesse qu'il ne savait pas où étaient ses filles. Mais le jeune homme persista à dire que cela ne faisait rien, que de toute façon il chercherait ses sœurs. Il se munit d'une bonne somme d'argent, et se mit en route.

Il avait déjà parcouru un long trajet lorsqu'il déboucha dans un ravin où il vit deux bergers en train de se quereller furieusement. Il leur cria : «Dites donc, les amis, pourquoi vous disputez-vous de la sorte?»

Les jeunes gens lui répondirent qu'ils se battaient pour trois choses qu'ils avaient trouvées : une serviette, une paire de sandales d'écorce et un chapeau.

«Et qu'ont-elles de si extraordinaire, ces trois choses, que vous alliez jusqu'à vous battre pour elles?»

«Voyez vous-même, dit l'un des bergers. La serviette a un tel pouvoir que si vous l'étalez par terre en lui disant "Petite nappe, couvre-toi!" elle se couvre des meilleurs mets du monde. Le chapeau a un autre pouvoir : si vous vous en coiffez, vous devenez invisible. Et si vous chaussez les sandales d'écorce en leur disant : "Petites sandales, menez-moi...", elles vous transporteront où vous leur commanderez d'aller.»

«Si vous voulez, je vous mettrai vite d'accord. Courez jusqu'au sommet de cette colline, et celui de vous deux qui arrivera le premier pourra choisir la chose à laquelle il tient le plus.»

Aussitôt que les deux bergers furent un peu éloignés, le jeune homme ramassa chapeau et serviette, puis chaussa les sandales en leur disant «Petites sandales, menez-moi vers ma sœur aînée!»

Les sandales se mirent aussitôt en route, et il marcha, marcha... Soudain, les sandales s'arrêtèrent au pied d'un rocher. Le jeune homme ne savait dans quelle direction aller, ni à quelle porte frapper, puisqu'il ne voyait pas de maison. Comme il tenait son bâton en main, il en frappa le sol. Des profondeurs, une voix se fit entendre, et qui disait : «Qui est là?»

«C'est moi, à votre service», répondit le jeune homme.

La sœur aînée sortit. En se voyant, le frère et la sœur se jetèrent dans les bras l'un de l'autre, s'em-

brassèrent fraternellement, et la sœur demanda : «Comment es-tu arrivé, et pourquoi es-tu venu?»

«Je te cherche... Sais-tu où sont nos autres sœurs?»

«Chacune d'elles est partie avec son mari, comme j'ai suivi le mien. Le mien a donné à notre père une pleine charge de lingots d'or; celui de notre cadette un chargement d'argent; celui de la plus jeune un chargement de pièces de cuivre. Je suppose que tu as pu voir combien nos parents se sont enrichis, et qu'ils t'ont tout raconté. Mais prends garde, petit frère, tu peux rester ici, mais seulement tant que mon mari est absent.»

«Pourquoi?» s'étonna le frère.

«Parce que s'il arrivait, il te mangerait.»

«Qui est donc ton mari?» demanda-t-il.

«Le roi des béliers.»

«N'aie crainte, il ne me fera rien, car si je me coiffe de ce chapeau, je deviens invisible.»

La sœur aînée lui répondit : «Mais lui, il te sentira, et si je ne te livre pas, c'est moi qu'il tuera et mangera.»

Là-dessus le mari arriva et dit : «Femme, je sens l'homme. Si tu ne me donnes pas cet homme-là, je te tue!»

«Mon cher mari, mais ce malheureux est mon frère! Il s'est lancé à la recherche de ses trois sœurs, car il languissait fort de nous revoir.»

«Alors qu'il se montre, je ne lui ferai aucun mal!»

Le jeune homme réapparut alors. Le roi des béliers le salua, et lui dit : «Beau-frère, tu viens à un mauvais moment. Je n'ai pas d'argent. Mais prends une touffe de mes cheveux, et si tu as besoin de moi, appelle : Roi des béliers, viens à mon aide!»

Après cette première visite, le jeune homme partit à la recherche de la sœur cadette. Il commanda à ses sandales de le mener vers elle. Quand il eut marché longtemps, très longtemps, les sandales s'arrêtèrent au pied d'un rocher semblable au premier. Et comme il savait maintenant qu'il suffisait de frapper le sol avec son bâton, il le fit aussitôt. Une voix venue des grandes profondeurs demanda: «Qui est-ce?»

Il répondit : «C'est moi, à votre service.»

Comme la fois précédente, sa sœur cadette sortit. Ils s'embrassèrent fraternellement, et sa sœur lui demanda, elle aussi, pourquoi il était venu.

«Je suis venu à ta recherche, comme à celle de nos deux autres sœurs.»

«Prends garde, mon frère, dit la sœur cadette, tu dois t'en aller d'ici avant que mon mari ne revienne, car s'il te trouvait ici, il te tuerait et te mangerait.»

«Qui est donc ton mari?» demanda le frère.

«Le roi des aigles», lui répondit sa sœur.

«N'aie aucune crainte! Notre sœur aînée aussi m'avait dit que son mari me tuerait. Mais je possède

un chapeau qui me rend invisible si je m'en coiffe.»

«Mais lui, il te sentira, et je serai obligée de te trahir.»

«Notre sœur aînée m'a dit la même chose, et son mari ne m'a fait aucun mal... il semblait plutôt content d'avoir fait ma connaissance.»

Sur ces entrefaites le mari de la sœur cadette arriva.

«Je sens l'homme. Si tu ne me le livres pas, je te tue!» menaça-t-il.

«Mon petit mari, mais ce malheureux est mon frère! Il s'est lancé à ma recherche et à celle de nos autres sœurs, et il est tout heureux de m'avoir déjà retrouvée, ainsi que notre sœur aînée.»

«Si c'est ainsi, qu'il se montre, je ne lui ferai aucun mal!»

Le jeune homme fit son apparition; les deux beaux-frères se saluèrent, et le roi des aigles dit : «Beau-frère, tu viens à un mauvais moment. Je n'ai pas d'argent. Mais prends une plume de ma tête, et en cas de besoin, appelle : «Que le roi des aigles apparaisse!»

Après cela, le jeune homme se mit à la recherche de sa plus jeune sœur. Il chaussa ses sandales et leur ordonna : «Sandales, menez-moi vers ma plus jeune sœur!»

Il marcha longtemps, très, très longtemps... Il eut grand-faim, alors il commanda à la serviette : «Petite nappe, couvre-toi!»

La petite nappe se couvrit de toutes sortes de bonnes choses à manger. Le jeune homme mangea ce dont il avait envie, puis il replia la serviette. Il se remit en route. Il marcha encore très longtemps, puis les sandales s'arrêtèrent au bord d'une rivière. Le jeune homme ne savait où frapper. Pour finir il lui vint à l'idée de frapper dans l'eau. Des grandes profondeurs, une voix se fit entendre : «Qui est-ce?»

Il répondit : «C'est moi, à votre service!»

Sa jeune sœur sortit et vint à lui. Ils se reconnurent, et la plus jeune sœur lui demanda ce qui l'amenait en ces parages. Il lui répondit qu'il était venu à sa recherche. Ils parlaient ainsi depuis un moment quand sa sœur lui dit : «Prends garde, frère, tu dois t'en aller d'ici avant que mon mari ne revienne. S'il revenait et te voyait ici, cela irait très mal.»

«Qui est donc ton mari?» demanda le jeune homme.

«Le roi des poissons, répondit la sœur. Il te mangerait.»

«Mais non, il ne me mangera pas, car je possède un chapeau qui me rend invisible quand je m'en coiffe.»

«Mais il te sentira, et je serai obligée de te trahir.»

«C'est ce que m'ont dit nos deux autres sœurs, quand j'ai été les voir, mais mes beaux-frères ne m'ont fait aucun mal... Ils ont plutôt été contents de me connaître.»

Comme il disait ces mots, le mari arriva.

«Femme, je sens ici une odeur d'homme. Si tu ne me dis pas où se trouve cet homme-là, c'est toi que je tue!»

«Mon bon mari, ce malheureux, c'est mon frère! Il est venu à la recherche de ses trois sœurs.»

«Si c'est ainsi, qu'il se montre, je ne lui ferai aucun mal!»

Le jeune homme enleva son chapeau qui le rendait invisible, les deux hommes se saluèrent, et le roi des poissons dit au frère de sa femme : «Beau-frère, tu arrives à un mauvais moment.» Je n'ai pas d'argent.

Mais prends une écaille de ma tête, et si tu es en difficulté, appelle : «Roi des poissons, viens à mon aide!»

Le jeune homme, peu après, repartit. Il ordonna à ses sandales : «Petites sandales, menez-moi vers mon bonheur ou mon malheur!» et les sandales le menèrent par un petit chemin étroit et sombre. Quand il eut marché longtemps, très longtemps, il vit enfin une lumière. Il se dirigea par là, et arriva devant un château. Il entra, et dans une chambre il vit une jeune fille. Un géant lui apportait justement son souper.

Le jeune homme coiffa son chapeau, et comme personne ne le voyait, il se mit à souper avec eux. Il mangea en se servant dans l'assiette de la jeune fille, et but dans son verre.

Quand la jeune fille eut fini son assiette, elle dit au géant : «Géant, tu m'as apporté bien peu de chose, pour mon souper!»

«Il y en avait exactement autant que les autres jours», rétorqua le géant.

«Non, dit la jeune fille, car j'ai encore faim!»

«Vraiment, je t'ai apporté autant de nourriture que les autres jours», insista le géant.

Là-dessus ils se retirèrent pour la nuit.

Dès qu'ils furent chacun sur leur lit, le jeune homme s'approcha de la couche de la jeune fille. Celle-ci prit peur, et elle cria : «Géant, il y a quelqu'un ici!»

Le géant se leva pour regarder, mais il ne vit personne. «Non, ce n'est pas possible qu'il y ait ici quelqu'un d'autre que nous!» et il alla se recoucher sur ces mots.

Il avait à peine regagné son lit que la jeune fille appelait une nouvelle fois : «Géant, il y a quelqu'un ici!»

Le géant se leva encore pour aller voir. «Je te l'ai déjà dit : il est impossible qu'à part nous deux, il y ait ici âme qui vive. Et si tu me déranges encore une fois, je te tue!» déclara-t-il en bougonnant.

Dès que le géant se fut recouché, le jeune homme s'approcha de la couche de la jeune fille. De peur du géant, la jeune fille n'osa plus souffler mot. Le jeune homme lui chuchota à l'oreille : «N'aie pas peur. Et dis-moi comment se fait-il que vous soyez ici tous les deux seuls?»

La jeune fille lui répondit : «Ce château est enchanté, et je ne puis en sortir.»

«Pourquoi ne peux-tu sortir d'ici?»

«Il faudrait d'abord que quelqu'un tue le géant, et personne n'y parviendra.»

«Et pourquoi personne n'y parviendrait-il?»

«Vois toi-même : dans la mer, se trouve un rocher, et enfermée dans ce rocher il y a une colombe. Il faudrait extraire ce rocher de la mer. Quand il serait enlevé, le rocher devrait être réduit en miettes. Alors la colombe en sortirait, et il faudrait l'attraper. Elle porte un œuf, et il faut lui prendre cet œuf tant qu'elle est vivante.»

Le jeune homme affirma : «Cela pourrait se faire. Tu vas voir; je vais t'apporter cet œuf, et tu en feras ce que tu voudras!»

A ses sandales d'écorce il commanda : «Sandales, menez-moi à la mer, où se trouve le rocher dont a parlé la jeune fille!»

Arrivé au rocher, il dit : «Roi des poissons, portez-moi ce rocher hors de la mer!»

Tous les poissons poussèrent sur le rocher, jusqu'à le faire sortir de l'eau. Quand le rocher fut sur le rivage, le jeune homme appela : «Roi des béliers, émiettez-moi ce rocher!»

Vous auriez dû voir comme tous les béliers accoururent, comme ils donnèrent des coups de corne sur cette roche, jusqu'à la réduire en miettes. La colombe, libérée, s'envola alors. Le jeune homme cria : «Roi des aigles, attrapez-moi cette colombe, apportez-la moi!»

Tous les aigles arrivèrent, ailes déployées, ils happèrent la colombe et l'apportèrent au jeune homme.

Il rechaussa ses sandales et leur donna cet ordre :

«Mes sandales, ramenez-moi auprès de la jeune fille que j'avais quittée pour venir ici!» Il donna alors la fameuse colombe à la jeune fille du château ensorcelé. Ensemble, ils retirèrent l'œuf de la colombe vivante.

Au moment où ils tenaient l'œuf en main, le géant ressentit un étrange malaise. Il déclara à la jeune fille : Hélas, tu avais raison, hier soir, il y avait sûrement quelqu'un ici!»

Lorsque le jeune homme se retrouva seul avec la jeune fille, il lui demanda ce qu'il devait faire, avec cet œuf de colombe, pour tuer le géant. La jeune fille lui expliqua : «Quand le géant sera endormi, tu dois le frapper au front avec cet œuf.

C'est ainsi que tu le tueras. C'est alors que le charme sera rompu, et je pourrai m'en aller d'ici. Mais fais bien attention : le géant ne dort que lorsqu'il a les deux yeux fermés. S'il n'a qu'un œil fermé et l'autre ouvert, il est complètement éveillé.» Elle lui donna également ce conseil : «Fais ton possible pour le frapper en plein milieu du front, sinon tu ne le tueras pas. Alors il serait capable de nous manger tous les deux!»

Le jeune homme se coiffa de son chapeau magique et attendit que le géant s'endorme. Il visa si bien en lançant l'œuf qu'il atteignit le géant en plein milieu du front, le tuant d'un seul coup.

Le château enchanté se transforma en une très belle gentilhommière. La jeune fille et toutes ses sœurs ensorcelées furent libérées de leur charme. Le jeune homme se maria avec la jeune fille, et l'on célébra cela par une très grande fête. Les sœurs étaient toutes venues, et moi aussi, j'y étais, et j'ai mangé, j'ai bu ... jusqu'à plus faim, plus soif!

Le petit soldat

Charles Deulin

Au temps jadis, il y avait un petit soldat qui revenait de la guerre. C'était un brave petit soldat, ni manchot, ni borgne, ni boiteux, ni hors d'âge, et qui n'avait pas eu besoin de numéroter ses membres pour les rapporter au complet. Mais la guerre était finie, et on avait licencié l'armée.

Il s'appelait Jean de la Basse-Deûle, étant fils de bateliers de la Basse-Deûle, vers Lille en Flandre, et de bonne heure on l'avait surnommé le Rôtelot, ce qui chez nous se dit pour le roitelet, le petit roi.

L'avait-on ainsi baptisé à cause qu'il était de courte taille, chose rare chez les Flandrins, ou bien parce qu'il devait un jour être roi, ou encore de ce qu'il semblait, comme les roitelets, d'humeur peu défiante et facile à apprivoiser? Je l'ignore, et lui-même n'aurait point été fâché de le savoir au juste.

En attendant, le four de sa maison était chu, ce qui signifie qu'il n'avait plus au pays ni père, ni mère, ni frères, ni sœurs pour le recevoir. Bien qu'il ne fût pas près d'arriver, il y retournait tranquillement et sans trop se presser.

Il marchait fièrement : une, deux, une, deux! Sac au dos et sabre au flanc, une, deux! Lorsqu'un soir, en passant par un bois inconnu, il lui prit envie de fumer une pipe. Il chercha son briquet pour faire du feu, mais, à son grand ennui, il s'aperçut qu'il l'avait perdu.

Il s'avança encore une portée d'arbalète, après quoi il distingua une lumière à travers les arbres; il se dirigea de ce côté, et se trouva bientôt devant un vieux château dont la porte était ouverte.

Il entra dans la cour et vit par une fenêtre un large brasier qui brillait au fond d'une salle basse. Il bourra sa pipe et heurta doucement en disant : «Peut-on l'allumer?» comme c'est l'habitude. Personne ne répondit.

Jean frappa plus fort : rien ne bougea. Il haussa le loquet et entra. La salle était vide.

Le petit soldat alla droit à la cheminée, saisit les pincettes et se baissa pour choisir une braise, quand tout à coup, clic! il entendit comme le bruit d'un ressort qui se débande, et un énorme serpent lui jaillit au nez du milieu des flammes.

Chose singulière! ce serpent avait une tête de femme.

J'en sais plus d'un qui aurait pris ses jambes à son cou, mais le petit soldat était un vrai soldat. Il fit

laient autant que les lumerotes du marais de Vicq et illuminaient une figure ravissante, encadrée par de longs cheveux dorés. Vous auriez cru voir une tête d'ange sur un corps de serpent.

«Que dois-je faire?» dit le Rôtelot.

«Ouvre cette porte. Tu te trouveras dans un corri-

seulement un pas en arrière et porta la main sur la poignée de son sabre.

«Garde-toi de dégainer, dit le serpent. Je t'attendais, et c'est toi qui vas me délivrer.»

«Qui êtes-vous?»

«Je m'appelle Ludovine, et suis la fille du roi des Pays-Bas. Tire-moi d'ici, je t'épouserai et je ferai ton bonheur.»

Si un serpent à tête de femme me proposait de faire mon bonheur, je demanderais à réfléchir; mais le Rôtelot ne savait point que méfiance est mère de sûreté. D'ailleurs, Ludovine le regardait avec des yeux qui le fascinaient, comme s'il eût été une alouette.

C'étaient de très beaux yeux verts, non pas ronds comme ceux des chats, mais fendus en amande, et dont le regard rayonnait d'un éclat étrange; ils bril-

dor au bout duquel est une salle toute pareille à celle-ci. Va jusqu'au fond, prends mon corsage, qui est dans la garde-robe, et apporte-le moi.»

Le petit soldat partit hardiment. Il traversa le corridor sans encombre, mais, arrivé dans la salle, il vit, au clair des étoiles, huit mains qui se tenaient en l'air à la hauteur de sa figure. Il eut beau écarquiller les yeux, il ne put apercevoir ceux à qui elles appartenaient.

Il s'élança bravement, tête baissée, sous une grêle de soufflets, auxquels il riposta par une dégelée de coups de poing. Parvenu à la garde-robe, il l'ouvrit, décrocha le corsage et l'apporta dans la première salle.

«Voici!» fit Jean un peu essoufflé.

Clic! Ludovine jaillit des flammes. Cette fois elle

était femme jusqu'aux hanches. Elle prit le corsage et le revêtit.

C'était un magnifique corsage de velours orange, tout brodé de perles; n'importe, il fallait que Ludovine fût bien femme pour recouvrer ainsi ses blanches épaules, rien qu'en le voyant.

«Ce n'est point tout, dit-elle. Va dans le corridor, prends l'escalier à gauche, monte au premier étage, et, dans la seconde chambre, tu trouveras une autre garde-robe où est ma jupe. Apporte-la-moi.»

Le Rôtelot obéit. En pénétrant dans la chambre, il vit, au lieu de mains, huit bras armés d'énormes bâtons. Il dégaina sans pâlir, et s'élança, comme la première fois, en faisant avec son sabre un tel mouli-net, que c'est au plus s'il fut effleuré par un ou deux coups.

Il apporta la jupe, une jupe de soie bleue comme le ciel d'Espagne.

«Voici la jupe!» dit Jean, et le serpent parut. Il était femme jusqu'aux genoux.

«Il ne me manque plus que mes bas et mes sou-liers, fit-elle. Va me les quérir dans la garde-robe qui est au deuxième étage.»

Le petit soldat y alla et se trouva en présence de huit gobelins armés de marteaux, et dont les yeux lançaient des pétards.

A cette vue, il s'arrêta sur le seuil.

«Ce n'est point mon sabre, se dit-il, qui pourra me garantir. Ces brigands-là vont me le briser comme verre, et je suis un homme mort, si je n'avise à un autre moyen.»

Il regarda la porte, et vit qu'elle était de bois de chêne. Il la prit dans ses bras, l'enleva des gonds et se la mit sur la tête: Il marcha droit aux gobelins, rejeta la porte sur eux, courut à la garde-robe et y trouva les bas et les souliers. Il les apporta à Ludovine, qui cette fois redevint femme de la tête aux pieds.

S'il lui resta encore quelque chose du serpent, le Rôtelot ne le remarqua point, et, du reste, plus fin que lui n'y aurait vu que du feu.

Ludovine, tout en chaussant ses jolis bas de soie blanche à coins brodés et ses mignons souliers bleus, garnis d'escarboucles, dit à son libérateur:

«Tu ne peux rester ici plus longtemps, et, quoi qu'il advienne, tu ne dois plus y remettre les pieds. Voici une bourse qui contient deux cents ducats. Va loger cette nuit à l'auberge des Trois-Tilleuls, qui est au bord du bois, et tiens-toi prêt demain matin. Je pas-serai à neuf heures devant la porte et te prendrai dans mon carrosse.»

«Pourquoi ne partons-nous pas tout de suite?» ha-sarda le petit soldat.

«Parce que le moment n'est point venu.»

Et la princesse accompagna ces paroles de ce re-gard dominateur qui ensorcelait le Rôtelot.

Elle était grande et fière, elle avait la taille mince et flexible du bouleau, et, dans tous ses mouvements, je ne sais quoi d'onduleux et de hautain.

Jean faisait déjà un demi-tour pour sortir, quand la princesse parut se raviser.

«Attends, dit-elle. Tu as bien gagné de boire un petit verre.»

Un soldat, et surtout un soldat flamand, ne refuse jamais le coup de l'étrier.

Le Rôtelot s'arrêta, et Ludovine tira d'un vieux dressoir un flacon de cristal où scintillait une liqueur qui semblait rouler des paillettes d'or. Elle en versa un plein verre et le présenta à Jean.

«A votre santé, ma belle princesse, s'écria le Rôtelot, et à notre heureux mariage!»

Et il avala le verre d'un trait, sans remarquer que, dans le coin gauche, la lèvre de Ludovine se plissait d'un fin sourire, pareil à la petite queue d'un lézard qui se blottit.

«Surtout n'oublie point l'heure», recommanda la princesse.

«Soyez tranquille, on sera exact.»

Et Jean, après avoir allumé sa pipe, sortit en faisant le salut militaire.

«Il faut croire, se dit-il à part lui, que si on m'a appelé le Rôtelot, c'est que décidément je dois un jour être roi.»

Il ne réfléchit pas qu'il avait oublié un point : c'était de demander ce qu'avait bien pu faire une si belle princesse pour devenir ainsi les trois quarts d'un serpent.

Arrivé à l'auberge des Trois-Tilleuls, Jean de la Basse-Deûle commanda un bon souper. Par malheur, en se mettant à table il fut pris d'une si forte envie de dormir, que, bien qu'ayant grand-faim, il s'endormait sur son assiette.

«C'est sans doute l'effet de la fatigue», pensa Jean.

Il recommanda qu'on l'éveillât le lendemain à huit heures et monta à sa chambre.

Le petit soldat dormit toute la nuit à poings fermés. Le lendemain, à huit heures, quand on vint frapper à sa porte : «Présent!» s'écria-t-il, et il retomba dans un sommeil de plomb. A huit heures et demie, à huit heures trois quarts, on frappa derechef, et toujours Jean se rendormit. On se décida à le laisser en paix. Midi sonnait quand le dormeur se réveilla. Il sauta à bas de son lit, prit à peine le temps de s'habiller, et s'enquit auprès de l'hôtesse s'il n'était venu personne le demander.

«Il est venu, répondit l'hôtesse, une belle princesse dans un carrosse tout doré. Elle a dit qu'elle repasserait demain à huit heures précises, et a recommandé de vous remettre ce bouquet.»

Le petit soldat fut désolé de ce contre-temps, et maudit cent fois son sommeil; il songea même à aller

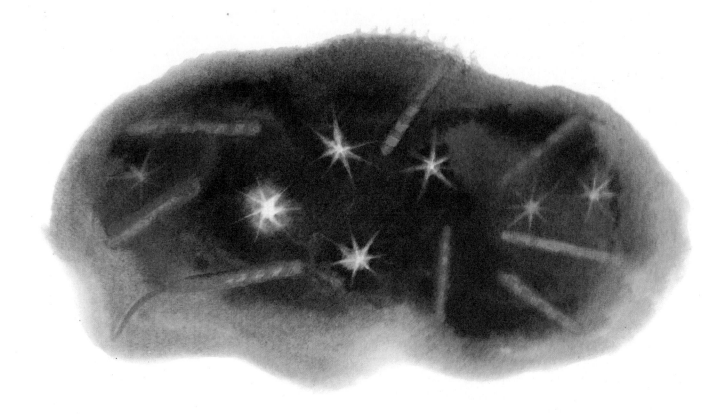

s'excuser au château; mais il se souvint que Ludovine lui avait défendu d'y reparaître, et il craignit de lui déplaire. Il se consola en regardant son bouquet, qui était un bouquet d'immortelles.

«C'est la fleur du souvenir», pensa-t-il. Il ne réfléchit point que c'était aussi la fleur des tombeaux.

La nuit venue, il ne dormit que d'un œil, et s'éveilla vingt fois par heure. Quand il entendit les oiseaux souhaiter le bonjour à l'aurore, il sauta du lit, sortit de l'auberge par la fenêtre et grimpa sur le plus gros des trois tilleuls qui ombrageaient la porte.

Il s'assit à califourchon sur la maîtresse branche, et se mit à contempler son bouquet, qui brillait au crépuscule comme une gerbe d'étoiles.

Il le regarda tant et tant, qu'à la fin il se rendormit. Rien ne put le réveiller, ni l'éclat du soleil, ni le babillage des oiseaux, ni le roulement du carrosse doré de Ludovine, ni les cris de l'hôtesse, qui le cherchait par toute la maison.

Cette fois encore, il s'éveilla à midi et fut tout penaud, quand il vit par la fenêtre qu'on dressait la table pour le dîner.

«La princesse est-elle venue?» demanda-t-il.

«Oui bien. Elle a remis pour vous cette écharpe couleur de feu et a dit qu'elle repasserait demain à sept heures, mais pour la dernière fois.»

«Il faut qu'on m'ait jeté un sort», pensa le petit soldat. Il prit l'écharpe, qui était en soie brodée d'or au chiffre de la princesse, et qui exhalait un parfum doux et pénétrant. Il la noua autour de son bras gauche, du côté du cœur, et réfléchissant que le meilleur moyen d'être levé à l'heure était de ne point se coucher du tout, il régla sa dépense, acheta un cheval vigoureux avec l'argent qui lui restait, puis, quand vint le soir, il monta en selle et se tint devant la porte de l'auberge, bien décidé à y passer la nuit.

De temps à autre il penchait la tête sur son bras pour respirer le doux parfum de son écharpe. Il la pencha tant et tant, qu'à la fin il la laissa tomber sur le cou de sa monture, et bientôt cheval et cavalier ronflèrent de compagnie.

Cheval et cavalier dormirent jusqu'au lendemain, sans débrider.

Lorsque arriva la princesse, on eut beau les appeler, les secouer et les battre, rien n'y fit. L'homme et l'animal ne s'éveillèrent qu'après son départ, au moment où le carrosse disparaissait au tournant de la route.

Jean lança son cheval à fond de train, en criant du haut de sa tête : «Arrêtez, arrêtez!»

C'était une excellente bête qui allait comme le vent, mais le carrosse de son côté roulait comme la foudre, et ils coururent un jour et une nuit, toujours à la même distance et sans que le cheval pût gagner un tour de roue sur le carrosse.

Ils traversèrent ainsi dans une course infernale des villes, des bourgs, des villages, et les gens venaient sur le pas de leurs portes pour les voir passer.

Enfin, ils arrivèrent au bord de la mer. Jean espéra que le carrosse s'arrêterait, mais, chose merveilleuse! il entra dans les flots et glissa sur la plaine liquide comme il avait roulé sur la terre ferme.

Le brave cheval tomba d'épuisement pour ne plus se relever, et le petit soldat s'assit sur le rivage, regardant d'un œil désolé le carrosse qui s'évanouissait à l'horizon.

Pourtant il ne se rebuta point, et, après avoir repris haleine, il se mit à marcher le long de la côte pour voir s'il ne découvrirait pas une embarcation quelconque, afin de suivre la princesse. Il ne trouva ni barque, ni barquette, et finit par s'asseoir, rompu de fatigue, sur le seuil d'une maisonnette de pêcheur.

Il n'y avait dans la maison qu'une jeune fille, qui raccommodait un filet. Elle se leva aussitôt, invita Jean à entrer chez elle et lui présenta son escabeau. Elle servit ensuite, sur une table de bois blanc, une cruche de vin, quelques poissons frits et un chanteau de pain bis. Jean but et mangea, et, tout en se réconfortant, il raconta son aventure à la jolie pêcheuse.

Elle était jolie, en effet, et malgré le grand hâle de la mer, elle avait la peau aussi blanche que les ailes des mouettes sous un ciel noir d'orage. Aussi ne l'appelait-on que la Mouette.

Mais Jean ne remarqua ni la blancheur de son teint, ni la douceur infinie de ses yeux, qui ressemblaient à des violettes dans du lait : il ne songeait qu'aux yeux verts de sa princesse.

Quand il eut terminé son récit, elle parut touchée de compassion, et lui dit :

«La semaine passée, en pêchant à marée basse, je sentis, au poids de mon haveneau, qu'il ramenait autre chose que des crevettes. Je le retirai avec précaution, et, à travers les mailles, je vis un grand vase de cuivre fermé et scellé de plomb. Je l'apportai ici et le mis sur le feu. Quand le plomb eut un peu fondu, j'achevai de l'enlever avec mon couteau et j'ouvris le vase. J'y trouvai un manteau de drap rouge et une boursette contenant cinquante florins. Voilà le manteau sur mon lit, vous voyez le vase là, sur la cheminée, et j'ai enfermé la bourse dans ce tiroir.»

Et, ce disant, elle ouvrit le tiroir de la table.

«Je gardais les cinquante florins pour ma dot, car je ne puis toujours rester seule…»

«Vous n'avez donc, interrompit Jean, ni père ni mère?»

«Ma mère est morte en me mettant au monde; mon père et mes deux frères sont depuis un an au fond de la mer avec notre barque.»

«Pauvre enfant! vous ferez bien, en effet, de vous marier le plus tôt possible.»

«Oh! rien ne presse; et comme il n'est guère probable que je trouve si tôt un mari à mon goût, voici la bourse, prenez-la. Après que vous vous serez bien

«Où suis-je?» lui dit-il.

«Eh! parbleu! vous le voyez bien, devant le palais du roi.»

«Quel roi?»

«Le roi des Pays-Bas», fit le marchand riant à demi et le prenant pour un fou.

Je vous laisse à penser si Jean fut étonné. Comme il était honnête, il réfléchit qu'il allait passer aux yeux de la Mouette pour un voleur, et cette idée l'attrista. Il se promit de lui reporter le manteau avec la bourse.

Il s'avisa alors qu'une vertu était peut-être attachée à ce manteau et qu'elle avait suffi pour le transporter tout à coup au but de son voyage. Voulant s'en assurer, il se souhaita dans la meilleure hôtellerie de la ville. Il y fut sur-le-champ.

Enchanté de cette découverte, il se fit servir un

reposé, allez au port voisin, qui n'est qu'à une demi-heure d'ici, embarquez-vous sur un vaisseau, et, lorsque vous serez devenu roi des Pays-Bas, vous me rapporterez mes cinquante florins. J'attendrai votre retour.»

En achevant ces mots, la pauvre petite ne put se tenir de soupirer.

Ce soupir signifiait : «A-t-il besoin de courir après des princesses qui m'ont toute la mine de se moquer de lui? Il ferait bien mieux de rester auprès de moi. Il paraît un si brave cœur, que, s'il me demandait pour femme, je ne voudrais point d'autre mari.»

Mais le Rôtelot ne vit pas ce soupir, et, s'il l'avait vu, il n'en eût point compris la cause, que la Mouette ne démêlait pas bien elle-même.

«Quand je serai roi des Pays-Bas, dit-il, je vous nommerai dame d'honneur de la reine, car vous êtes aussi bonne que belle.»

La jeune fille sourit faiblement, et reprit :

«Voici le moment d'aller faire ma récolte. Si je ne vous retrouve plus ici, portez-vous bien et soyez heureux.»

«A bientôt!» dit Jean, et pendant que la Mouette prenait son filet, il s'enveloppa du manteau et s'étendit sur un tas d'herbes sèches.

Il repassa alors dans sa tête tout ce qui lui était arrivé depuis qu'il avait cherché son briquet, et ne put s'empêcher de s'écrier en pensée : «Ah! que je voudrais donc être dans la ville capitale du royaume des Pays-Bas!»

Soudain, le petit soldat se trouva debout sur une grande place et devant un superbe palais. Il écarquilla les yeux, il se les frotta, il se tâta partout, et, quand il fut bien sûr qu'il ne rêvait point, il s'approcha d'un marchand qui fumait sa pipe sur sa porte :

bon souper, but deux bouteilles de bière de Louvain. et, comme il était trop tard pour rendre visite au roi, il alla se coucher. Il l'avait bien gagné.

Le lendemain matin, en mettant le nez à la fenêtre, il vit que les maisons étaient pavoisées de drapeaux, ornées de maïs et enguirlandées de festons qui traversaient la rue en se croisant d'une lucarne à l'autre. Tous les clochers de la ville carillonnaient, et, dans ce grand bruit, on distinguait le doux cliquetis des pendeloques de verre suspendues aux couronnes.

Le petit soldat demanda si on attendait quelque prince ou si l'on célébrait le sacre de la rue.

«On attend, lui fut-il répondu, la fille du roi, la belle Ludovine, qui est retrouvée et qui va faire son entrée triomphale. Tenez, entendez-vous les trompettes? Voici le cortège qui s'avance.»

«Cela tombe à merveille, pensa le Rôtelot. Je vais me mettre sur la porte, et nous verrons bien si ma princesse me reconnaîtra.»

Il acheva dare-dare de s'habiller et, franchissant en deux sauts les marches de l'escalier, il arriva juste au moment où le carrosse doré de Ludovine passait devant la porte. Elle était vêtue d'une robe de brocart, avec un diadème d'or sur la tête et ses blonds cheveux tombant sur ses épaules.

Le roi et la reine étaient assis à ses côtés, et les courtisans, en habit de soie et de velours, caracolaient à la portière. Elle arrêta par hasard son regard impérieux sur le petit soldat, pâlit légèrement et détourna la tête.

«Est-ce qu'elle ne m'aurait point reconnu? se demanda le Rôtelot, ou serait-elle fâchée de ce que j'ai manqué au rendez-vous?»

Il paya l'hôte et suivit la foule. Quand le cortège fut rentré au palais, il demanda à parler au roi; mais il eut beau affirmer que c'était lui qui avait délivré la princesse, les gardes le crurent féru de la cervelle et lui barrèrent obstinément le passage.

Le petit soldat était furieux. Il sentit le besoin de fumer une pipe. Il entra dans un cabaret et but une pinte de bière.

«C'est cette misérable casaque de soldat, se dit-il. Il n'y a pas de danger qu'on me laisse approcher du roi tant que je ne reluirai point comme ces beaux seigneurs, et ce n'est mie[1] avec mes cinquante florins, que j'ai déjà écornés...»

Il tira sa bourse, et se rappela qu'il n'en avait point vérifié le contenu. Il y trouva cinquante florins.

«La Mouette aura mal compté», pensa Jean, et il paya sa pinte. Il recompta ce qui lui restait, et trouva encore cinquante florins! Il en mit cinq à part, et compta une troisième fois : il y avait toujours cinquante florins. Il vida la bourse tout entière et la referma. En l'ouvrant, il y trouva cinquante florins!

«Parbleu! dit Jean, me voilà plus riche que le Juif errant qui n'a jamais que cinq sous vaillant! je commence à espérer que les gens du palais ne me recevront plus comme un chien dans le jeu de balle de Condé.»

Il lui vint alors une idée, qu'il mit sans plus tarder à exécution. Il alla droit chez le tailleur et le carrossier de la cour.

Par le tailleur il se fit faire un justaucorps et un manteau de velours bleu, tout brodés de perles. Il avait choisi la couleur bleue, parce que c'était celle que semblait préférer la princesse. Au carrossier il commanda un carrosse doré en tout pareil à celui de la belle Ludovine. Il paya double pour être plus tôt servi.

---
1. Pas

Quelques jours après, le petit soldat parcourut les rues de la ville dans son carrosse, attelé de six chevaux blancs richement caparaçonnés et conduits par un gros cocher à grande barbe. Derrière le carrosse se tenaient quatre grands diables de laquais tout chamarrés.

Jean, paré de ses beaux habits, qui ne laissaient point de relever sa bonne mine, avait à la main le bouquet d'immortelles et au bras gauche l'écharpe de la princesse. Il fit deux fois le tour de la ville et passa deux fois devant les fenêtres du palais.

Au troisième tour, il tira sa bourse et jeta des poignées de florins à droite et à gauche, comme les parrains et marraines jettent chez nous des doubles[1] et des patards[2], en revenant du baptême. Tous les petits polissons et les porte-sacs de la ville suivirent la voiture en criant : Hai! hai! du haut de leur tête.

Il étaient au nombre de plus de mille, quand le carrosse arriva, pour la troisième fois, sur la place du palais. Le Rôtelot vit Ludovine qui cousait près de la fenêtre, lever le coin du rideau et le regarder à la dérobée.

Le jour suivant, il ne fut bruit dans la ville que du seigneur étranger qui tirait les florins à poignées d'un boursicaut inépuisable. On en parla même à la cour, et la reine, qui était fort curieuse, eut un violent désir de voir ce merveilleux boursicaut.

«Il y a moyen de vous satisfaire, dit le roi. Qu'on aille de ma part inviter ce seigneur à venir faire ce soir un cent de piquet.»

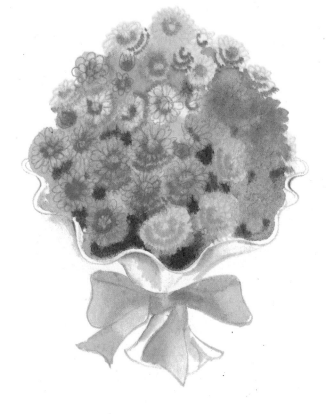

1. 2. — Anciennes monnaies.

Vous pensez si le Rôtelot eut garde d'y manquer. Le roi, la reine et la princesse l'attendaient dans leur petit salon ponceau. La reine et la princesse filaient pendant que le roi fumait sa pipe. Le chat tournait aussi son rouet au coin de la cheminée et le marabout babillait sur le feu.

Le roi demanda des cartes et invita Jean à s'attabler. Jean perdit une, deux, trois, six parties. Il crut s'apercevoir que le monarque trichait un peu, mais ce n'était point la peine : Jean faisait exprès de perdre.

L'enjeu était de cinquante florins, et chaque fois il vidait sa bourse qui se remplissait toujours.

A la sixième partie, le roi dit :

«C'est étonnant!»

La reine dit :

«C'est surprenant!»

La princesse dit :

«C'est étourdissant!»

«Pas si étourdissant, fit le petit soldat, que votre métamorphose en serpent!»

«Chut!» interrompit le monarque, qui n'aimait point ce sujet de conversation.

«Si je me permets de parler ainsi, continua Jean, c'est que vous voyez devant vous celui qui a eu le bonheur de tirer votre demoiselle des mains des gobelins, à preuve qu'elle m'avait promis de m'épouser pour la peine.»

«Est-ce vrai?» demanda le roi à la princesse.

«C'est vrai, repartit la belle Ludovine, mais j'avais recommandé à mon sauveur de se tenir prêt à l'heure où je passerais avec mon carrosse; j'ai passé trois fois, et toujours il dormait si bien qu'on n'a jamais pu le réveiller.»

«Ce n'est point faute de m'être débattu contre ce maudit sommeil, soupira le petit soldat, mais si c'était un effet de votre bonté...»

«Comment t'appelles-tu?» demanda le monarque.

«Je m'appelle Jean de la Basse-Deûle, autrement dit le Rôtelot.»

«Es-tu roi ou fils de roi?»

«Je suis soldat et fils de batelier.»

«Tu ne seras pas un mari bien cossu pour notre fille. Pourtant si tu veux nous donner ta bourse, la princesse est à toi.»

«Ma bourse ne m'appartient pas, et je ne puis la donner.»

«Mais tu peux bien me la prêter jusqu'au jour des noces», répliqua la princesse en lui versant de sa blanche main une tasse de café et en le regardant de ce singulier regard auquel Jean ne savait rien refuser.

«Quand nous marierons-nous?»

«A Pâques», répondit le roi.

«Ou à la Trinité!», murmura tout bas la princesse.

Le Rôtelot ne l'entendit point, et laissa prendre sa bourse par Ludovine.

Le monarque alla quérir une bouteille de vieux schiedam pour arroser le marché; il invita le petit soldat à bourrer sa pipe, et tous deux causèrent si longtemps avec la bouteille, que Jean sortit du palais deux heures après que la cloche du beffroi eut sonné le couvre-feu. Il allait un peu en zigzag, et, bien qu'il fût nuit noire, car en ce temps-là, on éteignait les réverbères à neuf heures, il voyait tout couleur de rose.

Le lendemain soir, il se présenta au palais pour faire son piquet avec le roi et sa cour à la princesse; mais on lui dit que le roi était allé à la campagne toucher ses fermages.

Il revint le surlendemain, même réponse. Il demanda à voir la reine; la reine avait sa migraine. Il revint trois, quatre, six fois, et toujours visage de bois. Il comprit qu'on s'était gaussé de lui.

«Pour un roi, voilà qui n'est point juste, dit Jean en lui-même. Je ne m'étonne plus s'il trichait. Vieux filou!»

Pendant qu'il se dépitait ainsi, il avisa par hasard son manteau rouge.

«Par saint Jean, mon patron, s'écria-t-il, je suis bien sot de me faire de la bile. J'y entrerai quand bon me semblera dans leur cassine.»

Et le soir il alla se promener devant le palais, vêtu de son manteau rouge.

Il n'y avait qu'une seule fenêtre d'éclairée au premier étage. Une ombre se dessinait sur les rideaux. Jean, qui avait des yeux d'émouchet, reconnut l'ombre de la princesse.

«Je souhaite, dit-il, d'être transporté dans la chambre de la princesse Ludovine.» Et il y fut.

La fille du roi était assise devant une table, en train de compter des florins qu'elle tirait de la bourse inépuisable.

«Huit cent cinquante, neuf cents, neuf cent cinquante...»

«Mille! fit Jean. Bonsoir la compagnie.»

La princesse se retourna et poussa un petit cri.

«Vous ici! Qu'y venez-vous faire? Que voulez-vous? Sortez! sortez, vous dis-je, ou j'appelle...»

«Je viens, répondit le Rôtelot, réclamer votre promesse. C'est après-demain jour de Pâques, et il est temps de songer à notre mariage.»

Ludovine partit d'un grand éclat de rire.

«Notre mariage! Avez-vous bien été assez sot pour croire que la fille du roi des Pays-Bas épouserait le fils d'un batelier?»

«En ce cas, rendez la bourse», fit Jean.

„Jamais!» répliqua la princesse, et d'un mouvement rapide elle saisit la bourse et la mit dans sa poche.

«Ah! c'est ainsi! dit le petit soldat. Rira bien qui rira le dernier.»

Il prit la princesse dans ses bras:

«Je souhaite, s'écria-t-il, d'être au bout du monde.»

Et il y fut, tenant toujours la princesse embrassée.

«Ouf! dit Jean en la déposant au pied d'un arbre. Je n'ai jamais fait un si long voyage. Et vous, mademoiselle?»

La princesse comprit qu'il n'était plus temps de rire et ne répondit mot. Étourdie d'ailleurs par une course aussi rapide, elle avait peine à rassembler ses idées.

Le roi des Pays-Bas était un roi peu délicat, et sa fille ne valait guère mieux. Tarte pareille au pain, comme on dit chez nous. C'est pourquoi la belle Ludovine avait été métamorphosée en serpent. Elle devait être délivrée par un petit soldat et, pour la peine, épouser son libérateur, à moins qu'il ne manquât trois fois de suite au rendez-vous. La rusée princesse s'était donc arrangée en conséquence.

La liqueur qu'elle avait fait boire à Jean, au château des gobelins, le bouquet d'immortelles et l'écharpe qu'elle lui avait donnés, étaient doués tous les trois d'une vertu dormitive. On ne pouvait boire la liqueur, contempler le bouquet, ni respirer le parfum de l'écharpe sans choir en un profond sommeil.

Dans ce moment critique, la belle Ludovine ne perdit point la tête.

«Je vous croyais simplement un pauvre batteur de pavé, dit-elle de sa voix la plus douce, mais je m'aperçois que vous êtes plus puissant qu'un roi. Voici

64

votre bourse. Avez-vous là mon écharpe et mon bouquet?»

«Les voici», fit le Rôtelot charmé de ce changement de ton, et il tira de son sein le bouquet et l'écharpe. Ludovine attacha l'un à la boutonnière, et l'autre au bras du petit soldat :

«Maintenant, dit-elle, vous êtes mon seigneur et maître, et je vous épouserai quand ce sera votre bon plaisir.»

«Vous êtes meilleure que je n'aurais cru, dit Jean touché de son humilité, et je vous promets que vous ne serez point malheureuse en ménage, parce que je vous aime.»

«Bien vrai?»

«Bien vrai.»

«Alors, mon petit mari, dites-moi comment vous avez fait pour m'enlever et me transporter si vite au bout du monde.»

Le petit soldat se gratta la tête :

«Parle-t-elle sincèrement, se dit-il, ou va-t-elle encore me tromper?»

Mais Ludovine lui répétait : «Voyons, dites, dites», d'une voix si câline et avec des regards si tendres qu'il n'y sut pas résister.

«Après tout, pensa-t-il, je peux lui confier mon secret, du moment que je ne lui confie point mon manteau.»

Et il lui révéla la vertu du manteau rouge.

«Je suis bien fatiguée, soupira alors Ludovine. Voulez-vous que nous dormions un somme? Nous aviserons ensuite à ce qu'il faudra faire.»

Elle s'étendit sur le gazon et le Rôtelot l'imita. Il avait la tête appuyée sur son bras gauche, et, comme il respirait à plein le parfum de l'écharpe, il ne tarda guère à s'endormir profondément.

Ludovine, qui le guettait de l'œil et de l'oreille, ne l'entendit pas plus tôt ronfler qu'elle dégrafa le manteau, le tira doucement à elle, s'en enveloppa, prit la bourse dans la poche du dormeur et dit : «Je désire être dans ma chambre!» et elle y fut.

Qui fut penaud? ce fut messire Jean, lorsqu'il s'éveilla, vingt-quatre heures après, sans princesse, sans bourse et sans manteau. Il s'arracha les cheveux, il se donna des coups de poing, il foula aux pieds le bouquet de la perfide et mit son écharpe en mille pièces.

«Décidément, dit-il, je crois que si on m'a appelé le Rôtelot, c'est que je n'ai point assez de méfiance et que je me laisse piper comme un oiselet.»

Mais ce n'est point tout de se désoler, encore faut-il vivre, et Jean avait une faim à faire rôtir les alouettes en l'air, rien qu'en les regardant. Se trouvait-il dans un désert ou dans un lieu habité, et quel serait le menu de son dîner? Voilà ce qui l'inquiétait en ce moment.

Du temps qu'il était petit garçon, il avait souvent ouï dire à sa grand-mère qu'au bout du monde les ménagères mettaient sécher le linge sur les barres de l'arc-en-ciel. C'eût été un bon moyen de reconnaître si l'endroit était habité : il eût suffi d'arriver après la lessive.

D'autre part, la brave femme lui avait aussi conté que la lune était une grosse pomme d'or; que le bon Dieu la cueillait quand elle était mûre, et qu'il la serrait avec les autres pleines lunes, dans la grande armoire qui se trouve au bout du monde, là où il est fermé par des planches.

Un quartier de lune n'eût pas été un mets à dédaigner pour un homme aussi affamé. Jean se sentait même d'appétit à avaler une lune tout entière.

Par malheur, il avait toujours soupçonné sa grandmère de radoter un peu, et d'ailleurs il ne voyait ni clôture de planches, ni armoire, et, comme il n'avait pas plu, l'arc-en-ciel était absent pour le quart d'heure.

Le petit soldat leva le nez et reconnut, dans l'arbre sous lequel il avait dormi, un superbe prunier tout chargé de fruits jaunes comme de l'or.

«Va pour des mirabelles! dit-il. A la guerre comme à la guerre!»

Il grimpa sur l'arbre et se mit à table. Prodige incroyable! il eut à peine mangé deux prunes qu'il lui sembla que quelque chose lui poussait sur le front. Il y porta la main et sentit que c'étaient deux cornes.

Il sauta tout effrayé à bas de l'arbre et courut à un ruisseau qui jasait à quelques pas. C'étaient, hélas! deux charmantes cornes, qui auraient été du meilleur effet sur le front d'une chèvre, mais qui n'avaient point la même grâce sur celui du petit soldat.

Il recommença de se désespérer.

«Ce n'est pas assez, dit-il, qu'une femme me détrousse, il faut encore que le diable s'en mêle et me prête ses cornes! La jolie figure que j'aurai maintenant pour retourner dans le monde!»

Mais comme le malheureux n'était nullement rassasié, que ventre affamé n'a point d'oreilles, même quand il court risque d'avoir des cornes; qu'après tout, le mal étant fait, il ne pouvait guère en arriver pis, qu'enfin Jean n'avait pas autre chose à se mettre sous la dent, il escalada résolument un second arbre, qui portait des prunes du plus beau vert, des prunes de reine-claude.

A peine en eut-il croqué deux que ses cornes disparurent. Le petit soldat, surpris mais enchanté de ce nouveau prodige, en conclut qu'il ne fallait jamais se hâter de crier misère. Il apaisa sa faim, après quoi il eut une idée.

„Voilà, pensa-t-il, de jolies petites prunes qui vont peut-être me servir à rattraper mon manteau, ma bourse et mon cœur des mains de cette coquine de princesse. Elle a déjà les yeux d'une gazelle, qu'elle en ait les cornes! Si je parviens à lui en planter une paire, il y a gros à parier que je me dégoûterai de la vouloir pour femme. Le bel animal qu'une fille cornue!"

Pour s'assurer de la double vertu des prunes, il recommença bravement l'expérience. Il fabriqua ensuite une manière de corbeille avec des brins d'osier qu'il cueillit le long du ruisseau, y déposa des prunes des deux espèces, puis il alla à la découverte. Il marcha plusieurs jours, ne vivant que de fruits et de racines, avant d'arriver à un endroit habité. Sa seule crainte était que les prunes ne vinssent à se gâter en route : il reconnut avec bonheur qu'à leur merveilleuse propriété elles joignaient celle de se garder intactes.

Il souffrit vaillamment la faim, la soif, le chaud, le froid et la fatigue; il faillit plusieurs fois être dévoré par les animaux féroces, ou mangé par les sauvages; rien ne put le décourager. Il était soutenu par cette idée qu'il aurait sa revanche.

«Je leur prouverai, se disait-il, que pour être petit et peu défiant de sa nature, le Rôtelot n'est mie plus bête que messieurs les rois, ses grands compères.»

Enfin, il parvint en pays civilisé, et avec le produit de quelques bijoux, dont il était paré le soir de l'enlèvement, il prit passage sur un vaisseau qui faisait voile pour les Pays-Bas. Il aborda, au bout d'un an et un jour, à la ville capitale du royaume.

Le lendemain de son arrivée, qui était un dimanche, il se mit une fausse barbe, se pocha un œil et s'habilla comme le marchand de dattes qui vient tous les ans à la kermesse de Valenciennes. Il prit ensuite une petite table et alla se poster à la porte de l'église.

Il étala sur une belle nappe blanche ses prunes de mirabelle, qui semblaient toutes fraîches cueillies, et, au moment où la princesse sortit de la messe avec ses dames d'honneur, il commença de crier, en déguisant sa voix :

«Prunes de madame! prunes de madame!»

„Je connais les prunes de monsieur, dit la princesse, mais je n'ai jamais ouï parler des prunes de madame. Combien valent-elles?»

«Cinquante florins la pièce.»

«Cinquante florins? Qu'ont-elles donc de si extraordinaire? Donnent-elles de l'esprit, ou si elles augmentent la beauté?»

«Elles ne sauraient augmenter ce qui est parfait, divine princesse, mais elles peuvent y ajouter des ornements étrangers.»

Pierre qui roule n'amasse pas mousse, mais elle se polit. On voit que Jean n'avait point perdu son temps à courir le monde. Un compliment si bien tourné flatta Ludovine.

«Quels ornements?» fit-elle en souriant.

«Vous le verrez, belle princesse, quand vous en aurez gouté. On tient à vous en faire la surprise.»

La curiosité de Ludovine fut piquée au vif. Elle tira la bourse de cuir et versa sur la table autant de fois cinquante florins qu'il y avait de prunes dans la corbeille. Le petit soldat fut pris d'une furieuse envie de lui arracher son boursicaut en criant au voleur, mais il sut se contenir.

Ses prunes vendues, il plia boutique, alla se débarrasser de son déguisement, changea d'auberge et se tint coi, attendant les événements, ou, comme on dit chez nous, les avoines levées.

A peine rentrée dans sa chambre : «Voyons, fit la princesse, quels ornements ces belles prunes ajoutent à la beauté.» Et, tout en ôtant ses coiffes, elle en prit un couple et les mangea.

Vous imaginez-vous avec quelle surprise mêlée d'horreur elle sentit tout à coup son front se fertiliser! Elle se regarda dans son miroir et poussa un cri perçant.

«Des cornes! Voilà donc ce bel ornement! Le misérable! qu'on m'aille quérir le marchand de prunes! qu'on lui coupe le nez et les oreilles! qu'on l'écorche! qu'on le brûle à petit feu et qu'on sème ses cendres au vent! Ah! je mourrai de honte et de désespoir.”

Ses femmes accoururent à ses cris et se mirent toutes après ses cornes pour les enlever, mais vainement. Elles ne parvinrent qu'à lui donner un violent mal de tête.

Le monarque alors fit annoncer à son de trompe que la main de sa fille appartiendrait à quiconque réussirait à la délivrer de son étrange coiffure.

Tous les médecins, tous les sorciers, tous les rebouteurs des Pays-Bas et des contrées voisines vinrent à la file proposer leurs remèdes. Les uns voulaient macérer, ramollier et dissoudre l'appendice au moyen d'eaux, d'onguents ou de pilules; les autres essayaient de le couper ou de le scier. Rien n'y fit.

Le nombre des essayeurs fut si grand et la princesse souffrait tellement de leurs expériences que le roi

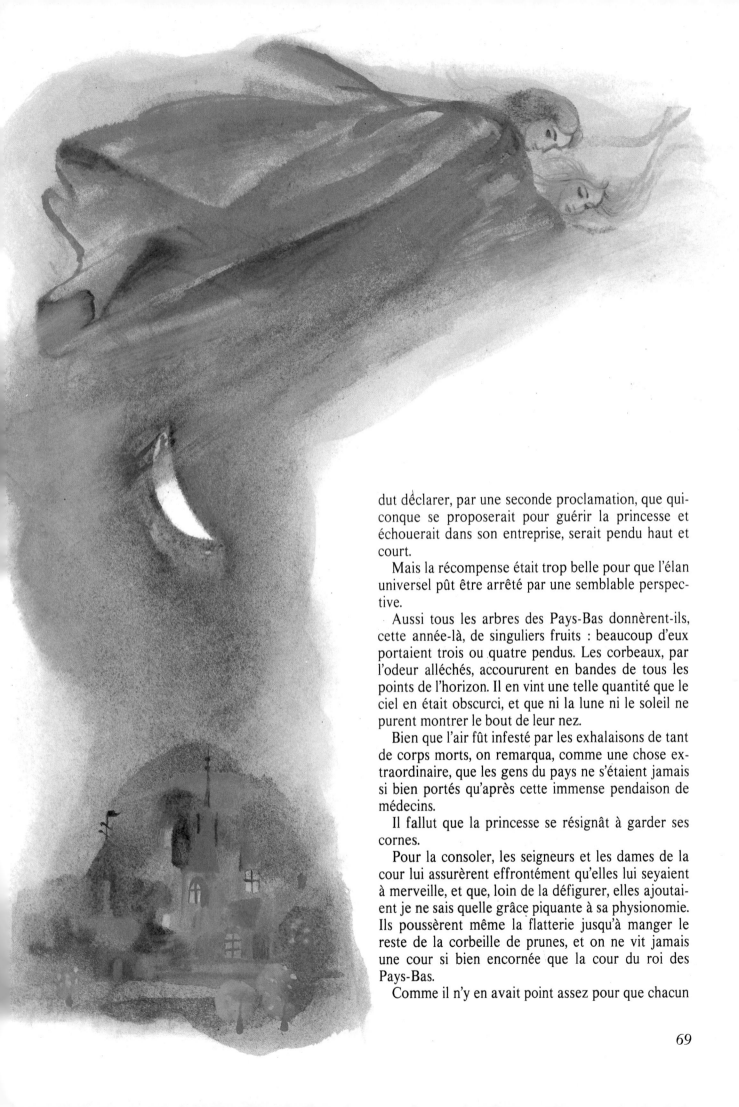

dut déclarer, par une seconde proclamation, que quiconque se proposerait pour guérir la princesse et
échouerait dans son entreprise, serait pendu haut et
court.

Mais la récompense était trop belle pour que l'élan
universel pût être arrêté par une semblable perspec-
tive.

Aussi tous les arbres des Pays-Bas donnèrent-ils,
cette année-là, de singuliers fruits : beaucoup d'eux
portaient trois ou quatre pendus. Les corbeaux, par
l'odeur alléchés, accoururent en bandes de tous les
points de l'horizon. Il en vint une telle quantité que le
ciel en était obscurci, et que ni la lune ni le soleil ne
purent montrer le bout de leur nez.

Bien que l'air fût infesté par les exhalaisons de tant
de corps morts, on remarqua, comme une chose extraordinaire, que les gens du pays ne s'étaient jamais
si bien portés qu'après cette immense pendaison de
médecins.

Il fallut que la princesse se résignât à garder ses
cornes.

Pour la consoler, les seigneurs et les dames de la
cour lui assurèrent effrontément qu'elles lui seyaient
à merveille, et que, loin de la défigurer, elles ajoutaient je ne sais quelle grâce piquante à sa physionomie.
Ils poussèrent même la flatterie jusqu'à manger le
reste de la corbeille de prunes, et on ne vit jamais
une cour si bien encornée que la cour du roi des
Pays-Bas.

Comme il n'y en avait point assez pour que chacun

en eût sa part, ceux ou celles qui ne purent en obtenir se firent planter des cornes postiches. Bientôt on estima cette coiffure fort belle, parce qu'elle était bien portée, et de là vint sans doute que plus tard, quand la mode en fut passée, on appela raisons cornues des raisons bizarres et extravagantes.

Le monarque avait donné ordre qu'on se mît en quête du marchand de prunes, mais, malgré la plus extrême diligence, on n'avait pu le découvrir.

Lorsque le petit soldat crut qu'on ne songeait plus à le chercher, il exprima dans une fiole le jus des prunes de reine-claude, acheta chez un fripier une robe de médecin, — on les avait presque pour rien, — mit une perruque et des lunettes, puis il se présenta ainsi accoutré chez le roi des Pays-Bas.

Il se donna pour un fameux docteur étranger et promit de guérir la princesse, à la condition qu'on le laisserait seul avec elle.

«Encore un fou qui vient se faire pendre, dit le roi. Qu'on lui accorde ce qu'il désire. Il est d'usage de ne rien refuser aux condamnés à mort.»

Aussitôt que le petit soldat fut en présence de la princesse, il versa quelques gouttes de sa fiole dans un verre. La princesse n'eut pas plutôt bu que le bout des cornes disparut.

«Elles seraient parties entièrement, dit le faux médecin, si quelque chose ne contrecarrait la vertu de mon élixir. Il ne guérit radicalement que les malades qui ont l'âme nette comme un denier. N'auriez-vous point, par hasard commis quelque menu péché? Cherchez bien.»

Ludovine n'eut pas besoin de se livrer à un long examen, mais elle flottait entre une confession humiliante et le désir d'être décornée. Le désir l'emporta.

«J'ai dérobé, dit-elle en baissant les yeux, une bourse de cuir à un petit soldat nommé Jean de la Basse-Deûle.»

«Donnez-la-moi. Le remède n'agira que lorsque j'aurai cette bourse entre les mains.»

Il en coûtait à Ludovine de se dessaisir de la bourse, mais elle réfléchit qu'il ne lui servirait de rien d'être immensément riche, si elle devait rester cornue.

Son père, d'ailleurs, n'avait-il pas assez de trésors?

Elle remit sa bourse au docteur, non pourtant sans soupirer. Il versa encore quelques gouttes de la fiole et, quand la princesse eut bu, il se trouva que les cornes n'avaient décru que de la moitié.

«Vous devez avoir quelque autre peccadille sur la conscience? N'avez-vous rien pris à ce soldat que sa bourse?»

«Je lui ai aussi enlevé son manteau.»

«Donnez-le moi.»

«Le voici.»

Ludovine se fit cette fois ce petit raisonnement

que, la cure terminée, elle appellerait ses gens, et saurait bien forcer le docteur à restitution.

Elle riait déjà sous cape à cette idée, quand tout à coup le faux médecin s'enveloppa du manteau, jeta loin de lui perruque et lunettes, et montra à la perfide les traits de Jean de la Basse-Deûle.

Elle resta muette de stupeur et d'effroi.

«Je pourrais, dit Jean, vous laisser encornée pour le restant de vos jours, mais je suis bon enfant, je me souviens que je vous ai aimée, et d'ailleurs, pour ressembler au diable, vous n'avez que faire de ses cornes!»

Il versa le reste de la fiole et disparut. La princesse vida le verre d'un trait et sans en laisser une seule goutte pour les dames de la cour.

Jean s'était souhaité dans la maison de la Mouette. La Mouette était assise près de la fenêtre, et, tout en raccommodant son filet, elle jetait de temps à autre les yeux sur la mer, comme si elle avait attendu quelqu'un. Au bruit que fit le petit soldat elle tourna la tête et rougit.

«C'est vous! dit-elle. Par où êtes-vous entré?» Puis elle ajouta d'une voix émue : «Et votre princesse, vous l'avez donc épousée?»

Jean lui raconta ses aventures, et, quand il eut fini, il lui remit la bourse et le manteau.

«Que voulez-vous que j'en fasse? dit-elle. Votre exemple me prouve que le bonheur n'est point dans la possession de ces trésors.»

«Il est dans le travail et dans l'amour d'une honnê-

te femme, dit le petit soldat, qui remarqua alors, pour la première fois, les doux yeux couleur de violette. Chère Mouette, voulez-vous de moi pour mari?» et il lui tendit la main.

«Je veux bien, répondit la pêcheuse en rougissant de plus en plus fort, mais à une condition, c'est que nous remettrons la bourse et le manteau dans le vase de cuivre, et que nous rejetterons le tout à la mer.»

Et ils le firent.

La Mouette était une fille sage : elle avait deviné que ce qui vient de la flûte s'en retourne au tambour, et que le seul bien qui profite est le bien qu'on a gagné.

Jean de la Basse-Deûle épousa la Mouette, et ils vécurent aussi heureux qu'on peut l'être ici-bas, quand on sait borner ses désirs. C'est lui-même qui m'a conté son histoire, et il ajouta en terminant :

«Je crois bien que si on m'a appelé le Rôtelot, c'est simplement que je ne brille point comme vous autres, grands Flandrins, — par la taille.»

Contes d'un buveur de bière

Le vilain petit

canard

Hans Christian Andersen

Comme il faisait bon dans la campagne! C'était l'été. Les blés étaient dorés, l'avoine verte, les foins coupés embaumaient, ramassés en tas dans les prairies, et une cigogne marchait sur ses jambes rouges, si fines et si longues et claquait du bec en égyptien (sa mère lui avait appris cette langue-là).

Au-delà, des champs et des prairies s'étendaient, puis la forêt aux grands arbres, aux lacs profonds.

En plein soleil, un vieux château s'élevait entouré de fossés et au pied des murs poussaient des bardanes aux larges feuilles, si hautes, que les petits enfants pouvaient se tenir tout debout sous elles. L'endroit était aussi sauvage qu'une épaisse forêt, et c'est là qu'une cane s'était installée pour couver. Elle commençait à s'ennuyer beaucoup. C'était bien long et les visites étaient rares; les autres canards préféraient nager dans les fossés plutôt que de s'installer sous les feuilles pour caqueter avec elle.

Enfin, un œuf après l'autre craqua. «Pip, pip», tous les jaunes d'œuf étaient vivants et sortaient la tête.

«Coin, coin», dit la cane, et les petits se dégageaient de la coquille et regardaient de tous côtés sous les feuilles vertes. La mère les laissait ouvrir leurs yeux très grands, car le vert est bon pour les yeux.

«Comme le monde est grand», disaient les petits, ils avaient bien sûr beaucoup plus de place que dans l'œuf.

«Croyez-vous que c'est là tout le grand monde, dit leur mère, il s'étend bien loin, de l'autre côté du jardin, jusqu'au champ du pasteur — mais je n'y suis jamais allée.»

«Êtes-vous bien là, tous? Elle se dressa. Non, le plus grand œuf est encore tout entier. Combien de temps va-t-il encore falloir couver? J'en ai par-dessus la tête.»

Et elle se recoucha dessus.

«Eh bien! comment ça va?» demanda une vieille cane qui venait enfin rendre visite.

«Ça dure et ça dure, avec ce dernier œuf qui ne

veut pas se briser. Mais regardez les autres, je n'ai jamais vu des canetons plus ravissants. Ils ressemblent tous à leur père, ce coquin, qui ne vient même pas me voir.»

«Montre-moi cet œuf qui ne veut pas craquer, dit la vieille. C'est, sans doute, un œuf de dinde, j'y ai été prise moi aussi une fois, et j'ai eu bien du mal avec celui-là. Il avait peur de l'eau et je ne pouvais pas obtenir qu'il y aille. J'avais beau courir et crier. Fais-moi voir. Oui, c'est un œuf de dinde, sûrement. Laisse-le et apprends aux autres enfants à nager.»

«Je veux tout de même le couver encore un peu, dit la mère. Maintenant que j'y suis depuis si longtemps.»

«Fais comme tu veux», dit la vieille, et elle s'en alla.

Enfin, l'œuf se brisa.

«Pip, pip», dit le petit en roulant dehors. Il était si grand et si laid que la cane étonnée, le regarda.

«En voilà un énorme caneton, dit-elle, aucun des autres ne lui ressemble. Et si c'était un dindonneau, eh bien, nous allons savoir ça au plus vite.»

Le lendemain, il faisait un temps splendide. La cane avec toute sa famille s'approcha du fossé. Plouf! elle sauta dans l'eau. «Coin! coin!» commanda-t-elle, et les canetons plongèrent l'un après l'autre, même l'affreux gros gris.

«Non, ce n'est pas un dindonneau, s'exclama la mère. Voyez comme il sait se servir de ses pattes et comme il se tient droit. C'est mon petit à moi. Il est même beau quand on le regarde bien. Coin! coin : venez avec moi, je vous conduirai dans le monde et vous présenterai à la cour des canards. Mais tenez-vous toujours près de moi pour qu'on ne vous marche pas dessus, et méfiez-vous du chat.»

Ils arrivèrent à l'étang des canards où régnait un effroyable vacarme. Deux familles se disputaient une tête d'anguille. Ce fut le chat qui l'attrapa.

«Ainsi va le monde! dit la cane en se pourléchant le bec. Elle aussi aurait volontiers mangé la tête d'anguille. Jouez des pattes et tâchez de vous dépêcher et courbez le cou devant la vieille cane, là-bas, elle est la plus importante de nous tous. Elle est de sang espagnol, c'est pourquoi elle est si grosse. Vous voyez qu'elle a un chiffon rouge à la patte, c'est la plus haute distinction pour un canard. Cela signifie qu'on ne veut pas la manger et que chacun doit y prendre garde. Ne mettez pas les pattes dedans, un caneton bien élevé nage les pattes en dehors comme père et mère. Maintenant, courbez le cou et faites coin!»

Les petits obéissaient, mais les canards autour d'eux les regardaient et s'exclamaient à haute voix :

«Encore une famille de plus, comme si nous n'étions pas déjà assez. Et il y en a un vraiment affreux,

celui-là nous n'en voulons pas.» Une cane se précipita sur lui et le mordit au cou.

«Laissez-le tranquille, dit la mère. Il ne fait de mal à personne.»

«Non, mais il est par trop grand et mal venu. Il a besoin d'être rossé.»

«Elle a de beaux enfants, cette mère! dit la vieille cane au chiffon rouge, tous beaux, à part celui-là : il n'est guère réussi. Si on pouvait seulement recommencer les enfants ratés!»

«Ce n'est pas possible, Votre Grâce, dit la mère des canetons ; il n'est pas beau mais il est très intelligent et il nage bien, aussi bien que les autres, mieux même. J'espère qu'en grandissant il embellira et qu'avec le temps il sera très présentable.»

Elle lui arracha quelques plumes du cou, puis le lissa : «Du reste, c'est un mâle, alors la beauté n'a pas tant d'importance!»

«Les autres sont adorables, dit la vieille. Vous êtes chez vous, et si vous trouvez une tête d'anguille, vous pourrez me l'apporter.»

Cependant, le pauvre caneton, trop grand, trop laid, était la risée de tous. Les canards et même les poules le bousculaient.

Le dindon — né avec des éperons — et qui se croyait un empereur, gonflait ses plumes comme des voiles. Il se précipitait sur lui en poussant des glouglous de colère. Le pauvre caneton ne savait où se fourrer. La fille de basse-cour lui donnait des coups de pied. Ses frères et sœurs, eux-mêmes, lui criaient :

«Si seulement le chat pouvait te prendre, phénomène!»

Et sa mère : «Si seulement tu étais bien loin d'ici.»

C'en était trop! Le malheureux, d'un grand effort s'envola par-dessus la haie, les petits oiseaux dans les buissons se sauvaient à tire d'aile.

«Je suis si laid que je leur fais peur», pensa-t-il en fermant les yeux.

Il courut tout de même jusqu'au grand marais où vivaient les canards sauvages. Il tombait de fatigue et de chagrin et resta là toute la nuit.

Au matin, les canards en voyant ce nouveau camarade s'écrièrent : «Qu'est-ce que c'est que celui-là!»

Notre ami se tournait de droite et de gauche, et saluait tant qu'il pouvait.

«Tu es affreux, lui dirent les canards sauvages, mais cela nous est bien égal pourvu que tu n'épouses personne de notre famille.»

Il ne songeait guère à se marier, le pauvre! Si seulement on lui permettait de coucher dans les roseaux et de boire un peu d'eau du marais.

Il resta là deux jours. Vinrent deux oies sauvages, mais deux jars plutôt, car c'étaient des mâles, il n'y avait pas longtemps qu'ils étaient sortis de l'œuf et ils étaient très désinvoltes.

«Écoute, camarade, dirent-ils, tu es laid, mais tu nous plais. Veux-tu venir avec nous et devenir oiseau migrateur? Dans un marais à côté il y a quelques charmantes oiselles sauvages, toutes demoiselles bien capables de dire coin, coin (oui, oui), et laid comme tu es, je parie que tu leur plairas.»

Au même instant, il entendit Pif! Paf!, les deux jars tombèrent raides morts dans les roseaux, l'eau devint rouge de leur sang. Toute la troupe s'égailla et les fusils claquèrent de nouveau.

Des chasseurs passaient, ils cernèrent le marais, il y en avait même grimpés dans les arbres. Les chiens de chasse couraient dans la vase. Platch! Platch! Les roseaux volaient de tous côtés; le pauvre caneton, épouvanté, essayait de cacher sa tête sous son aile quand il vit un immense chien terrifiant, la langue pendante, les yeux étincelants. Son museau, ses dents pointues étaient déjà prêts à le saisir quand — Klap! il partit sans le toucher.

«Oh! Dieu merci! je suis si laid que même le chien ne veut pas me mordre.»

Il se tint tout tranquille pendant que les plombs sifflaient et que les coups de fusils claquaient.

Le calme ne revint qu'au milieu du jour, mais le pauvre n'osait pas se lever, il attendit encore de longues heures, puis quittant le marais il courut à travers les champs et les prés, malgré le vent qui l'empêchait presque d'avancer.

Vers le soir, il atteignit une pauvre masure paysanne, si misérable qu'elle ne savait pas elle-même de quel côté elle avait envie de tomber, alors elle restait debout provisoirement. Le vent sifflait si fort qu'il fallait au caneton s'asseoir sur sa queue pour lui résister. Il s'aperçut tout à coup que l'un des gonds de la porte était arraché ce qui laissait un petit espace au travers duquel il était possible de se glisser dans la cabane. C'est ce qu'il fit.

Une vieille paysanne habitait là, avec son chat et sa poule. Le chat pouvait faire le gros dos et ronronner. Il jetait même des étincelles si on le caressait à rebrousse-poil. La poule avait les pattes toutes courtes, elle pondait bien et la femme les aimait tous les deux comme ses enfants.

Au matin, ils remarquèrent l'inconnu.

Le chat fit «chum» et la poule fit «cotcotcot».

«Qu'est-ce que c'est que ça!» dit la femme. Elle n'y voyait pas très clair et crut que c'était une grosse cane égarée.

«Bonne affaire, pensa-t-elle, je vais avoir des œufs de cane. Pourvu que ce ne soit pas un mâle. Nous verrons bien.»

Le caneton resta à l'essai, mais on s'aperçut très vite qu'il ne pondait aucun œuf. Le chat était le maître de la maison et la poule la maîtresse. Ils disaient : «Nous et le monde», ils pensaient bien en être la moitié, du monde, et la meilleure. Le caneton était d'un autre avis, mais la poule ne supportait pas la contradiction.

une telle envie de glisser sur l'eau. Il ne put s'empêcher d'en parler à la poule.

«Qu'est-ce qui te prend, répondit-elle. Tu n'as rien à faire, alors tu te montes la tête. Tu n'as qu'à pondre ou à ronronner, et cela te passera.»

«C'est si délicieux de glisser sur l'eau, dit le caneton, si exquis quand elle vous passe par-dessus la tête et de plonger jusqu'au fond!»

«En voilà un plaisir, dit la poule. Tu es complètement fou. Demande au chat, qui est l'être le plus intelligent que je connaisse, s'il aime glisser sur l'eau ou plonger la tête dedans. Je ne parle même pas de moi. Demande à notre hôtesse, la vieille paysanne. Il n'y a pas plus intelligent. Crois-tu qu'elle a envie de nager et d'avoir de l'eau par-dessus la tête?«

«Vous ne me comprenez pas», soupira le caneton.

«Alors, si nous ne te comprenons pas, qui est-ce qui te comprendra! Tu ne vas tout de même pas croire que tu es plus malin que le chat ou la femme... ou moi-même! Remercie plutôt le ciel de ce qu'on a fait pour toi. N'es-tu pas là dans une chambre bien chaude avec des gens capables de t'apprendre quelque chose. Mais tu n'es qu'un vaurien, et il n'y a aucun plaisir à te fréquenter. Remarque que je te veux du bien et si je te dis des choses désagréables, c'est que je suis ton amie. Essaie un peu de pondre ou de ronronner!»

«Je crois que je vais me sauver dans le vaste monde», avoua le caneton.

«Eh bien! vas-y donc.»

Il s'en alla.

L'automne vint, les feuilles dans la forêt passèrent du jaune au brun, le vent les faisait voler de tous côtés. L'air était froid, les nuages lourds de grêle et de neige, dans les haies nues les corbeaux croassaient kré! kru! krà! oui, il y avait de quoi grelotter. Le pauvre caneton n'était guère heureux.

Un soir, au soleil couchant, un grand vol d'oiseaux sortit des buissons. Jamais le caneton n'en avait vu de si beaux, d'une blancheur si immaculée, avec de longs cous ondulants. Ils ouvraient leurs larges ailes et s'envolaient loin des contrées glacées vers le midi, vers les pays plus chauds, vers la mer ouverte. Ils volaient si haut, si haut, que le caneton en fut impressionné ; il tournait sur l'eau comme une roue, tendait le cou vers le ciel... il poussa un cri si étrange et si puissant que lui-même en fut effrayé.

Jamais il ne pourrait oublier ces oiseaux merveilleux! Lorsqu'ils furent hors de sa vue, il plongea jusqu'au fond de l'eau et quand il remonta à la surface, il était comme hors de lui-même. Il ne savait pas le nom de ces oiseaux ni où ils s'envolaient mais il les aimait comme il n'avait jamais aimé personne. Il ne les enviait pas, comment aurait-il rêvé de leur ressembler...

«Sais-tu pondre?» demandait-elle.

«Non.»

«Alors, tais-toi.»

Et le chat disait :

«Sais-tu faire le gros dos, ronronner?»

«Non.»

«Alors, n'émets pas des opinions absurdes quand les gens raisonnables parlent.»

Le caneton, dans son coin, était de mauvaise humeur ; il avait une telle nostalgie d'air frais, de soleil,

L'hiver fut froid, terriblement froid. Il lui fallait nager constamment pour empêcher l'eau de geler autour de lui. Mais chaque nuit, le trou où il nageait devenait de plus en plus petit. La glace craquait, il avait beau remuer ses pattes, à la fin, épuisé, il resta pris dans la glace.

Au matin, un paysan qui passait le vit, il brisa la glace de son sabot et porta le caneton à la maison à sa femme qui le ranima.

Les enfants voulaient jouer avec lui, mais lui croyait qu'ils voulaient lui faire du mal, il s'élança droit dans la terrine de lait éclaboussant toute la pièce; la femme criait et levait les bras au ciel. Alors, il vola dans la baratte où était le beurre et, de là, dans le tonneau à farine. La paysanne le poursuivait avec des pincettes; les enfants se bousculaient pour l'attraper … et ils riaient… et ils criaient. Heureusement, la porte était ouverte! Il se précipita sous les buissons, dans la neige molle, et il y resta anéanti.

Il serait trop triste de raconter tous les malheurs et les peines qu'il dut endurer en ce long hiver. Pourtant, un jour enfin, le soleil se leva, déjà chaud, et se mit à briller. C'était le printemps.

Alors, soudain, il éleva ses ailes qui bruirent et le soulevèrent, et avant qu'il pût s'en rendre compte, il se trouva dans un grand jardin plein de pommiers en fleurs. Là, les lilas embaumaient et leurs longues

branches vertes tombaient jusqu'aux fossés.

Comme il faisait bon et printanier! Et voilà que, devant lui, sortant des fourrés, trois superbes cygnes blancs s'avançaient. Ils ébouriffaient leurs plumes et nageaient si légèrement, et il reconnaissait les beaux oiseaux blancs. Une étrange mélancolie s'empara de lui.

«Je vais voler jusqu'à eux et ils me battront à mort, moi si laid, d'avoir l'audace, de les approcher! Mais tant pis, plutôt mourir par eux que pincé par les canards, piqué par les poules ou par les coups de pied des filles de basse-cour!»

Il s'élança dans l'eau et nagea vers ces cygnes pleins de noblesse. A son étonnement, ceux-ci, en le voyant, se dirigèrent vers lui.

«Tuez-moi», dit le pauvre caneton en inclinant la tête vers la surface des eaux. Et il attendit la mort.

Mais alors, qu'est-ce qu'il vit, se reflétant sous lui, dans l'eau claire? C'était sa propre image, non plus comme un vilain gros oiseau gris et lourdaud… il était devenu un cygne!!!

Car il n'y a aucune importance à être né parmi les canards si on a été couvé dans un œuf de cygne!

Il ne regrettait pas le temps des misères et des épreuves puisqu'elles devaient le conduire vers un tel

bonheur! Les grands cygnes blancs nageaient autour de lui et le caressaient de leur bec.

Quelques enfants approchaient, jetant du pain et des graines. Le plus petit s'écria :

«Oh! il y en a un nouveau.»

Et tous les enfants de s'exclamer et de battre des mains et de danser en appelant père et mère.

On lança du pain et des gâteaux dans l'eau. Tous disaient : Le nouveau est le plus beau, si jeune et si gracieux. Les vieux cygnes s'inclinaient devant lui.

Il était tout confus, notre petit canard, et cachait sa tête sous l'aile, il ne savait lui-même pourquoi. Il était trop heureux, pas du tout orgueilleux pourtant, car un grand cœur ne connaît pas l'orgueil. Il pensait combien il avait été pourchassé et haï alors qu'il était le même qu'aujourd'hui où on le déclarait le plus beau de tous!

Les lilas embaumaient dans la verdure, le chaud soleil étincelait. Alors il gonfla ses plumes, leva vers le ciel son col flexible et de tout son cœur comblé il cria : «Aurais-je pu rêver semblable félicité quand je n'étais que le vilain petit canard!»

Traduction de Anne-Mathilde Paraf

La Tirelire

Hans Christian Andersen

Il y avait une quantité de jouets dans la chambre d'enfants. Tout en haut de l'armoire trônait la tirelire sous la forme d'un cochon en terre cuite; il avait naturellement une fente dans le dos, et cette fente avait été élargie à l'aide d'un couteau pour pouvoir y glisser aussi de grosses pièces. On en avait déjà glissé deux dedans, en plus de nombreuses menues monnaies.

Le cochon était si bourré que l'argent ne pouvait plus tinter dans son ventre et c'est bien le maximum de ce que peut espérer un cochon-tirelire. Il se tenait tout en haut de l'armoire et regardait les jouets en bas, dans la chambre; il savait bien qu'avec ce qu'il avait dans le ventre il aurait pu les acheter tous et cela lui donnait quelque orgueil.

Les autres le savaient aussi même s'ils n'en parlaient pas, ils avaient d'autres sujets de conversation. Le tiroir de la commode était entrouvert et une poupée un peu vieille et le cou raccommodé regardait au-dehors. Elle dit :

«Je propose de jouer aux grandes personnes, ce sera une occupation.»

Alors, il y eut tout un remue-ménage, les tableaux eux-mêmes se retournèrent contre le mur — ils savaient pourtant qu'ils avaient un envers — mais ce n'était pas pour protester.

On était au milieu de la nuit; la lune, dont les rayons entraient par la fenêtre, offrait un éclairage gratuit. Le jeu allait commencer et tous étaient invités, même la voiture de poupée bien qu'elle appartînt aux jouets dits vulgaires.

«Chacun est utile à sa manière, disait-elle; tout le monde ne peut pas appartenir à la noblesse, il faut bien qu'il y en ait qui travaillent.»

Le cochon-tirelire seul reçut une invitation écrite. On craignait que, placé si haut, il ne pût entendre une invitation orale. Il se jugea trop important pour donner une réponse et ne vint pas. S'il voulait prendre part au jeu, ce serait de là-haut, chez lui; les autres s'arrangeraient en conséquence. C'est ce qu'ils firent.

Le petit théâtre de marionnettes fut monté de sorte qu'il pût le voir juste de face. Il devait y avoir d'abord une comédie, puis le thé, ensuite des exercices intellectuels. Mais c'est par ceux-ci qu'on commença tout de suite.

Le cheval à bascule parla d'entraînement et de pur-sang, la voiture de poupée de chemins de fer et de traction à vapeur : cela sa rapportait toujours à leur spécialité. La pendule parla politique — tic, tac — elle savait quelle heure elle avait sonné, mais les mauvaises langues disaient qu'elle ne marchait pas bien.

La canne se tenait droite, fière de son pied ferré et de son pommeau d'argent; sur le sofa s'étalaient deux coussins brodés, ravissants mais stupides. La comédie pouvait commencer.

Tous étaient assis et regardaient. On les pria d'applaudir, de claquer ou de gronder suivant qu'ils seraient satisfaits ou non. La cravache déclara qu'elle ne claquait jamais pour les vieux, mais seulement pour les jeunes non encore fiancés.

«Moi, j'éclate pour tout le monde», dit le pétard.

«Être là ou ailleurs...» déclarait le crachoir. Et c'était bien l'opinion de tous sur cette idée de jouer la comédie.

La pièce ne valait rien, mais elle était bien jouée. Les acteurs présentaient toujours au public leur côté peint, ils étaient faits pour être vus de face. Tous jouaient admirablement, tout à fait en avant et même hors du théâtre, car leurs fils étaient trop longs, mais ils n'en étaient que plus remarquables.

La poupée raccommodée etait si émue qu'elle se décolla et le cochon-tirelie, bouleversé à sa façon, décida de faire quelque chose pour l'un des acteurs, par exemple : le mettre sur son testament pour qu'il soit couché près de lui dans un monument funéraire quand le moment serait venu.

Tous étaient enchantés, de sorte qu'on renonça au thé et on s'en tint à l'intellectualité. On appelait cela jouer aux grandes personnes et c'était sans méchanceté puisque ce n'était qu'un jeu. Chacun ne pensait qu'à soi-même et aussi à ce que pensait le cochon-tirelire et lui pensait plus loin que les autres : à son testament et à son enterrement. Quand en viendrait l'heure? Toujours plus tôt qu'on ne s'y attend...

Patatras! Le voilà tombé de l'armoire. Le voilà gisant par terre en mille morceaux; les pièces dansent et sautent à travers la pièce, les plus petites ronflent, les plus grandes roulent, surtout le thaler d'argent qui avait tant envie de voir le monde. Il y alla, bien sûr; toutes le pièces y allèrent, mais les restes du cochon allèrent dans la poubelle.

Le lendemain, sur l'armoire, se tenait un nouveau cochon-tirelire en terre vernie. Il ne contenait encore pas la moindre monnaie, et rien ne tintait en lui. En cela, il ressemblait à son prédécesseur. Il n'était qu'un commencement — et, pour nous, ce sera la fin du conte.

Traduction de Anne-Mathilde Paraf

Le moulin qui moud au fond de la mer

Peter Christen Asbjörnsen et Jörgen Engebretsen Moe

Il y a longtemps, bien longtemps, vivaient deux frères dont l'un était riche et l'autre pauvre. A l'approche du réveillon de Noël, le pauvre n'avait plus rien à la maison, pas même de pain, ni la moindre nourriture, pour le repas de fête. Il alla donc trouver son frère riche en le priant de lui donner, pour tout au monde, de quoi fêter Noël. Ce n'était pas la première fois que le frère aîné devait aider son cadet pauvre, et cela ne lui faisait pas grand plaisir!

«Si tu fais ce que je te commanderai, tu recevras un jambon entier!» dit le frère aîné.

Le cadet pauvre promit aussitôt, et encore il remercia.

«Le voici, ton jambon. Et maintenant va en enfer!» lança le frère riche, en lui jetant effectivement un beau jambon.

«Chose promise chose due», déclara le pauvre, il prit le jambon et se mit en route.

Il marcha, encore et encore marcha — toute la journée. Au soir tombant, il arriva à un endroit débordant de lumière rayonnante. Ce sera ici sans doute, se dit-il. Sous un hangar, il y avait un petit vieux à longue barbe blanche, qui coupait du bois pour la nuit de Noël.

«Bonsoir», lui dit le jeune frère.

«Bonsoir! Où donc allez-vous si tard?» s'étonna le petit vieux.

«Je vais en enfer. C'est le bon chemin?» demanda le jeune frère.

«Oui, mon garçon, c'est le bon chemin, c'est précisément ici. Mais écoute mon conseil, mon petit. Quand tu te présenteras à l'entrée de l'enfer, les diables vont tous vouloir t'acheter ton jambon, car en

81

enfer le jambon, c'est un régal rare! Mais n'accepte point de le vendre pour autre chose que ce petit moulin à main qui se trouve derrière la porte de l'enfer. Ne vends ton jambon que contre ce moulin! Quand tu reviendras, je t'enseignerai la manière de t'en servir. C'est vraiment une chose sans prix!»

Le frère pauvre remercia le vieux de son conseil, et il frappa à la porte de l'enfer. Quand il entra, tout se passa comme avait dit le petit vieux. Tous les diables, petits et grands, l'entourèrent avidement, chacun voulant lui acheter ce jambon.

«Nous voulions avoir ce jambon à la maison pour les fêtes, mais puisque vous insistez tant, je vous le cèderai bien volontiers», dit le pauvre homme. «Mais si je le vends, ce sera en échange du petit moulin qui se trouve derrière cette porte.»

Les diables ne voulaient pas de ce troc. Ils marchandèrent tant qu'ils purent. Mais comme le pauvre s'obstinait à dire qu'il n'échangerait pas le jambon contre autre chose que le petit moulin, leur envie fut si forte qu'ils finirent par céder.

Lorsque le frère pauvre, sorti de l'enfer, se retrouva dans la cour de l'entrée, il demanda au vieux coupeur de bois la manière de se servir du moulin. Quand le petit vieux le lui eut indiqué, il le remercia, et il reprit le plus vite qu'il put le chemin de sa maison. Mais déjà sonnaient les douze coups de minuit de Noël quand enfin il arriva chez lui.

«Pour l'amour du ciel, où as-tu été si longtemps? lui demanda sa femme. Je suis là et j'attends, une heure après l'autre, et je n'ai toujours rien pour préparer un repas de réveillon!»

«D'accord, mais je n'ai pas pu arriver plus tôt. J'avais une chose à régler, et un fameux bout de chemin à parcourir, lui répondit-il. Mais maintenant, tu vas voir ce que tu vas voir!» Il installa le petit moulin sur la table et le pria de moudre d'abord des bougies, puis une nappe de fête et ensuite de la nourriture, des boissons, tout ce qui convient à une table de Noël. Et tandis qu'il commandait, le moulin moulait tout, bien gentiment. La bonne femme n'en croyait pas ses yeux, et elle voulait tout de suite savoir d'où son mari tenait ce moulin miraculeux.

«Ce n'est pas cela l'important, répliqua le mari à ses questions pressantes. L'important, c'est qu'il nous moude ce que je lui demande, à n'importe quelle heure du jour ou de la nuit. Fini pour nous la misère!»

Il se fit alors moudre de la nourriture et des boissons à profusion pour tous les jours de fête. Et le jour de Noël, il invita à un grand festin tous ses amis et connaissances.

Il avait invité également son frère aîné. Lorsque le riche constata la prospérité de son cadet, il en conçut de la jalousie, car il n'aimait pas son jeune frère. Il se dit : «Pour le réveillon il est venu me supplier, pour tout au monde, de lui donner de quoi manger, et maintenant il organise un festin comme s'il était à la fois le comte et le roi en une seule personne!»

«Diable, comment es-tu devenu si riche?» demanda-t-il à son frère cadet.

«Par le diable!» s'esclaffa l'ancien pauvre. Mais il n'avait pas la moindre envie d'expliquer avec plus de détails comment. Ce n'est que plus tard dans la soirée, alors qu'il avait bu au point de se trouver en état d'euphorie, qu'il ne résista pas à l'envie de montrer le petit moulin à son frère. «Voici l'objet qui est la source de mon bien-être», dit-il tout en se rengorgeant. Et il demanda au moulin de moudre encore quelque friandise.

En voyant cela, le frère aîné voulut acquérir le moulin magique coûte que coûte. Le frère cadet finit par le lui promettre contre trois cents thalers, et à condition de ne livrer cet engin prodigieux qu'au moment de la fenaison. Il se disait qu'entre-temps, il pourrait se faire moudre des provisions pour de nombreuses années.

Ainsi, au moment où l'on commençait à faire les foins, l'ancien pauvre remit son moulin à son frère aîné. Mais il omit une chose : il ne révéla pas à son frère le mode d'emploi du moulin magique. Le frère riche rapporta chez lui le petit moulin vers le soir. Le lendemain matin, il envoya sa femme au pré pour éparpiller l'herbe fauchée par les hommes. Il lui promit de s'occuper lui-même du repas qu'il apporterait

sur le pré. Lorsque ce fut le moment d'aller porter à manger aux faucheurs, il installa le petit moulin sur la table et lui commanda — «Mouds de la morue avec de la purée de pommes de terre!» Le moulin se mit à moudre, moudre de la morue avec de la purée de pommes de terre, moudre et moudre, si bien que le frère riche avait déjà tous les plats de la maison remplis de morue avec de la purée, déjà la purée à la morue coulait de la table sur le sol de la cuisine, déjà toute la cuisine en était couverte. Et le moulin moulait, moulait toujours. Le frère riche aurait voulu l'arrêter, ce moulin diabolique, mais il avait beau faire, supplier, commander «Arrête-toi!» le moulin moulait toujours allègrement. Déjà la couche de purée à la morue était si haute sur le sol de la cuisine que ce fut miracle que le frère envieux ne s'y noyât pas. Il ouvrit la porte, mais il ne fallut pas longtemps pour que toute la maison fût envahie. Vous pouvez me croire : lorsqu'il parvint à ouvrir la porte extérieure, il ne demanda pas son reste et s'enfuit à toutes jambes. La morue à la purée le poursuivait, si bien qu'en peu de temps elle inonda toute la cour, puis toute l'aire.

Sur le pré, la femme commençait à trouver le temps long, ne voyant pas son mari apporter le repas des faucheurs. Elle leur dit : «Nous allons rentrer à la maison pour déjeuner. Un homme, ça ne s'y connaît pas trop en cuisine, sans doute devrai-je lui venir en aide!»

Ils se dirigèrent donc vers la maison. Ils avaient à

peine fait un court chemin quand ils virent couler vers eux une avalanche de purée à la morue. Devant elle, courait, éperdu, le malheureux fermier.

«Il faudrait que chacun de vous ait au moins cent estomacs, leur cria-t-il de loin. Prenez garde! N'allez pas vous noyer dans toute cette purée!» Il courait et courait, comme s'il avait eu le diable à ses trousses. Il courait vers la maison de son jeune frère, où il le supplia, pour tout l'or du monde, de reprendre ce moulin, mais vite, avant qu'il n'ait englouti le village tout entier.

«Pourquoi pas? dit le jeune frère. Mais pour cela tu devras me redonner encore trois cents thalers!» Que pouvait faire le frère riche? Il lui fallut bien s'exécuter!

Le cadet ordonna au moulin de s'arrêter, et il avait désormais beaucoup d'argent et le moulin magique. Il ne lui fallut alors pas beaucoup de temps pour se faire construire une maison bien plus belle que celle de son frère riche. Il fit même couvrir cette maison d'une toiture d'or, et comme sa ferme se dressait au bord de la mer, on la voyait briller et resplendir par-delà le fjord. Tous les bateaux qui naviguaient dans les environs venaient y jeter l'ancre, les capitaines venaient saluer l'homme riche dans sa ferme d'or, et demandaient à voir le fameux moulin dont la renommée était devenue mondiale.

Un navigateur vint un jour à la ferme d'or, pour voir le fameux moulin. Il demanda ce que le moulin pouvait moudre — ce qui l'intéressait surtout, c'était de savoir si le moulin pouvait moudre du sel. «Bien sûr, qu'il peut en moudre!» affirma son propriétaire. En apprenant cela, le navigateur voulut acheter le moulin, coûte que coûte. A n'importe quel prix. Il se disait que s'il possédait ce moulin, il ne devrait plus aller dans de lointains pays pour chercher le sel dont il faisait commerce. Le moulin le lui moudrait aisément. Le frère autrefois pauvre et maintenant riche ne voulait pas entendre parler de se défaire de son moulin, mais lorsque le marchand lui en eut promis un prix fabuleux, il finit par accepter de le vendre, contre beaucoup, beaucoup de millions!

Dès qu'il eut le moulin sur son dos, le saunier eut grande hâte de l'emporter, craignant que le vendeur ne se ravisât. Il partit en courant, oubliant de s'informer sur la manière d'arrêter le moulin quand il s'était mis à moudre.

Dès qu'il eut rejoint son bateau, il fit lever l'ancre, et une fois en pleine mer il installa le moulin et lui ordonna : «Mouds-moi du sel!» L'aimable moulin se mit aussitôt à moudre du sel, à moudre et moudre, si bien que déjà le bateau en était rempli. Le saunier aurait bien voulu l'arrêter, mais il ne connaissait pas la parole magique. Et le moulin a ainsi moulu, moulu du sel, une montagne blanche s'est élevée par-dessus la mâture, si bien que le bateau n'a plus pu porter tout ce poids, et il s'est enfoncé dans l'eau, puis s'est englouti complètement.

Et jusqu'à nos jours, comme personne ne lui a ordonné de s'arrêter, le moulin moud et moud du sel, au fond de la mer. Et voilà pourquoi la mer est salée.

Le Château bâti sur des colonnes d'or

Gunnar Olof Hylten-Cavallius et Georg Stephens

Il était une fois un vieux et une vieille, qui habitaient une chaumière délabrée loin, loin de tout, dans les bois. Ils avaient deux enfants, un fils et une fille. Ils étaient vraiment très pauvres, et ils possédaient juste une vache et un chat.

Ce vieux et sa femme se chamaillaient sans cesse, et il était presque sûr que si l'un voulait faire une chose d'une façon, l'autre prétendait faire le contraire.

Un jour, la vieille avait préparé de la purée pour le souper. Quand chacun eut reçu sa part, le vieux voulut encore gratter le fond de la casserole. Mais la vieille prétendit que personne d'autre qu'elle-même n'avait le droit de le faire.

Ils se mirent à se disputer, voire à en venir aux mains. Enfin la vieille parvint à arracher la casserole des mains de son mari, et se sauva hors de la chaumière, emportant son butin. Le vieux saisit une louche sur la table, et courut à sa poursuite.

Ils s'élancèrent ainsi, avec la casserole, au-delà de la forêt, par-dessus les montagnes; la vieille en avant et le vieux quelques pas derrière elle. Dommage que l'histoire ne nous raconte pas lequel des deux a fini par gratter le fond de cette casserole!

Comme cela durait depuis un certain temps, le fils et la fille se trouvant seuls à la maison, leurs parents ne revenant pas, ils décidèrent de se partager les pauvres biens laissés par eux, et d'aller chacun de son côté tenter sa chance. Seulement, le partage était chose bien difficile! Chacun des deux voulait la vache, personne ne souhaitait avoir le chat comme héritage. Tandis qu'ils discutaient ainsi tous les deux, le

chat vint tout près de la sœur, il se frotta contre ses jambes en lui miaulant :

«Prends-moi! Prends-moi!»

Comme le frère ne voulait absolument pas lui laisser la vache, la sœur cessa de se disputer avec lui à ce sujet, et elle garda le chat. Puis le frère et la sœur échangèrent des adieux fraternels, et chacun s'en alla de son côté.

Le frère attacha la vache à un licou et la mena par les prés verdoyants. La sœur, avec le chat, se dirigea vers la forêt, et personne ne sait comment ils vécurent tous les deux jusqu'à ce qu'ils arrivassent à proximité d'un très grand et très beau château royal. Là, le chat dit à la jeune fille :

«Si tu fais ce que je te dis, tu trouveras ton bonheur!»

La jeune fille avait confiance en la sagacité de son compagnon, et elle lui promit de lui obéir en tout. Là-dessus, le chat lui commanda de se déshabiller complètement, de dissimuler ses hardes, et de se cacher, toute nue, dans les buissons. Lui, irait au château raconter qu'il y avait, dans les buissons, une princesse que des bandits de grands chemins avaient dépouillée de tout ce qu'elle portait sur elle.

Le roi qui régnait sur ce pays-là fut réellement mortifié en apprenant ce qui était arrivé à une princesse, juste sous les fenêtres de son château. Il manda vite des serviteurs pour lui porter des vêtements et l'inviter à venir au château, où le souverain essayerait de lui faire oublier ce qu'elle avait souffert en son pays.

La fille des pauvres habitants d'une misérable chaumière fut ainsi revêtue de riches atours, parée de bijoux, et amenée au château. Là, elle plut de suite à chacun, par sa beauté et son amabilité, mais celui auquel elle plut le plus, ce fut le fils du roi. Il déclara qu'il ne voudrait plus vivre en ce monde s'il devait se séparer de la belle princesse.

Il n'y avait que la reine, à qui tout cela ne semblait pas très clair. Elle entreprit de questionner la jeune fille, lui demandant d'où elle venait et où se trouvait son château. La jeune fille répondait ce que le chat lui avait conseillé de répondre :

"Loin, bien loin d'ici se trouve mon château qui porte le nom de Chatterie."

Mais cela ne suffisait pas à la reine. Elle se mit en tête de tirer au clair si la princesse était ou n'était pas une véritable princesse. Alors, le soir venu, elle lui prépara elle-même son lit : elle le garnit de matelas et coussins de soie, et sous le drap, au milieu du lit, elle plaça un haricot sec.

«Si elle est une vraie princesse, cela ne lui échappera pas», pensa la reine.

Le chat observait tout, très attentivement. Alors, au moment où l'on conduisit la jeune fille dans sa chambre pour la nuit, il lui raconta ce que la reine avait préparé.

Au matin, en effet, la reine vint dans la chambre de la jeune fille s'informer si elle avait bien dormi.

«Bien sûr, j'ai dormi, j'étais si lasse! Mais c'était comme si j'avais été couchée directement sur du roc! Je peux dire qu'en mon château de Chatterie, j'ai un lit plus moelleux!»

La reine pensa que cette jeune fille devait être une princesse de très haute naissance, si elle avait été à ce point meurtrie par un haricot. Mais elle voulait encore éprouver une fois la délicatesse de la jeune

du chat. Quand on conduisit la jeune fille à sa chambre pour la nuit, le chat la mit en garde une nouvelle fois. Ainsi lorsqu'au matin la reine vint s'informer auprès de la jeune fille si elle avait bien dormi, cette dernière lui répondit ce que le chat lui avait conseillé :

«Hélas, oui, c'est certain, j'ai dormi. J'étais extrêmement fatiguée. Mais j'ai eu l'impression d'être couchée sur des pierres, tant mon lit était dur. Certes, en mon château de Chatterie, ma couche est plus moelleuse!»

La vieille reine considéra que la jeune fille avait

fille, et savoir si vraiment elle était ce qu'elle disait.

Ce fut pourquoi le deuxième soir elle prépara encore le lit. Elle entassa beaucoup de matelas soyeux, et sous le matelas du dessus, elle plaça une poignée de petits pois secs.

«Si c'est une princesse, elle le constatera sûrement», se dit encore la reine.

Mais la chose n'avait pas échappé à l'observation

bien passé son examen. Mais ensuite, elle fut encore prise de doutes. Elle décida de la mettre une dernière fois à l'épreuve. Elle voulait en avoir le cœur net, et savoir si cette jeune fille était une princesse d'aussi grande noblesse qu'elle le prétendait. Voilà pourquoi, le troisième soir, elle prépara encore elle-même le lit de la jeune paysanne, habitante d'une chaumière délabrée, en empilant de nombreux matelas soyeux, et ce fut sous le matelas inférieur qu'elle plaça un fétu de paille.

«Si c'est une princesse véritable, se dit-elle, elle s'en apercevra sûrement.»

Cette fois encore, le chat était sur ses gardes. Il confia à sa maîtresse ce que la reine avait préparé à son intention. Si bien que, le matin, lorsque la reine vint s'enquérir auprès de la princesse étrangère de la nuit qu'elle avait passée, celle-ci lui répondit, d'après les conseils de son chat :

«Oui, c'est vrai, j'ai dormi. J'étais si fatiguée! Mais j'ai eu l'impression d'avoir une poutre sous mon corps, tant ma couche était dure. Chez moi, en mon château de Chatterie, je dors sur une couche beaucoup plus moelleuse!»

La reine constatait que la jeune fille étrangère était fine mouche, et que de la façon dont elle s'y pre-

temps-là que les dames de très haute lignée. La fille des pauvres vieux de la chaumière délabrée ressentit une très grande joie de ce cadeau, et elle n'y avait rien vu de mal. Mais le chat, lui, flaira tout de suite de quoi il retournait, et il lui murmura de prendre garde, car sûrement la reine voulait encore une fois la mettre à l'épreuve.

Et en effet, la reine revint bientôt auprès de la jeune fille, l'invitant à faire une promenade. Elles sortirent dans le jardin, et toutes les dames de la cour craignirent de maculer leur traîne, car il avait plu récemment. Seule la princesse étrangère se promenait tranquillement, se prélassait sans se soucier si la traîne de sa toute nouvelle jupe se souillait et se mouillait.

Ce fut la reine qui finit par ne plus y tenir, et qui lui dit :

nait elle ne saurait jamais le fond des choses. Elle se dit qu'elle allait faire bien attention au comportement de la princesse durant la journée, pour voir si elle allait trahir sa véritable origine.

Le lendemain la reine fit porter à la jeune fille une très belle robe toute brodée de soie, avec une longue, très longue traîne, telle que n'en portaient en ce

«Chère petite princesse, prenez donc garde à votre jolie traîne!»

Mais la fille élevée dans une chaumine répondit fièrement :

«Est-ce que dans ce château l'on ne trouve point d'autre robe que celle-ci? Combien en ai-je de robes, en mon château de Chatterie!»

La vieille reine ne pouvait donc penser que cette princesse ne fût habituée à ne porter de la soie brodée, et elle jugea qu'elle était vraiment fille de roi. Dès lors elle n'interdit plus au prince, son fils, de faire la cour à la belle princesse. Comme lui aussi plaisait à la jeune fille, ce fut volontiers qu'elle accepta de devenir sa fiancée.

Un jour, assis auprès de la fenêtre, les deux amoureux bavardaient aimablement. Soudain, la jeune fille vit, au loin, sa mère et son père qui se poursuivaient, sortant du bois : la mère tenant toujours sa casserole, le père quelques pas derrière sa femme, brandissant sa louche de bois. D'où elle était, le spectacle parut si ridicule à la jeune fille, qu'elle ne put se retenir, et éclata de rire.

Le prince lui demanda la raison de son hilarité, et elle lui répondit ce que le chat lui avait vite chuchoté à l'oreille :

«Il me faut toujours rire quand je pense que votre château royal est bâti sur des colonnes de pierre, tandis que mon château de Chatterie est édifié sur des colonnes d'or.»

Fort surpris, le prince lui dit : «Je constate que tu penses sans cesse à ton beau château de Chatterie, où tout est plus beau et meilleur qu'ici. Alors, aussi loin que soit ce château, je veux me mettre immédiatement en route pour aller le voir.»

La fille des paysans aurait voulu s'enfoncer sous terre, tant ces paroles l'effrayèrent. Elle savait fort bien, elle, que la pauvre chaumière de ses parents ne lui appartenait même pas, alors... un château? Mais ce qu'elle avait dit, elle l'avait dit. Il n'y avait rien à faire. Elle ne laissa rien paraître de son émoi, et déclara qu'elle allait y réfléchir pour décider du jour convenant le mieux à un si long voyage.

A peine rentrée dans sa chambre, elle fondit en pleurs. Elle se sentait infiniment malheureuse à l'idée de ce qui l'attendait, quand tous ces gens allaient constater à quel point elle s'était vantée et avait menti. Ce fut alors que le chat arriva en courant, venant Dieu sait d'où. Il se frotta contre ses jambes et lui demanda ce qui la tourmentait :

La jeune fille lui répondit :

«Comment ne serais-je pas tourmentée quand le prince veut à toutes fins m'accompagner à Chatterie? Comme je vais payer cher, maintenant, de t'avoir obéi en toutes choses!»

Mais le chat la consola, lui dit de ne rien craindre : que tout s'arrangerait mieux qu'elle ne le croyait. Il l'exhorta à partir sans plus hésiter, le plus tôt serait le mieux pour elle comme pour le prince.

La jeune fille avait eu souvente fois l'occasion de constater la sagesse et l'astuce du chat, alors cette fois encore elle suivit son conseil. Cependant elle ne croyait pas qu'un tel commencement pouvait

mener à une bonne fin, et son cœur était lourd.

Dès le lendemain matin, le prince ordonna très tôt aux cochers de préparer la voiture et tout le nécessaire pour un long voyage. Une grande animation régna pendant un bon moment dans tout le château, et enfin ils se mirent en route. Le prince et sa fiancée allaient devant dans un carrosse doré, et ils étaient suivis de chevaliers montés sur de magnifiques coursiers et d'une nombreuse domesticité. En tête du cortège courait le chat, qui leur indiquait le chemin.

Ils trottaient ainsi depuis un bon moment quand le chat rencontra quelques bergers qui menaient un énorme troupeau de moutons bien gras. Le chat alla à eux, les salua et leur dit :

«Braves gens, gentils pastoureaux! Vous allez voir arriver bientôt un carrosse d'or menant le prince et sa fiancée. Le prince voudra savoir à qui appartiennent ces moutons. Il faudra lui répondre que ce sont les moutons de la jeune princesse de Chatterie, qui est assise près de lui dans le carrosse. Si vous obéissez, vous recevrez une forte récompense, sinon je reviendrai et vous mettrai tous en pièces et lambeaux!»

En entendant ce discours, les bergers eurent peur, et ils promirent au chat tout ce qu'il voulait. Bientôt le prince arriva avec sa suite. En voyant le magnifique troupeau, il fit arrêter le convoi et demanda aux bergers à qui appartenait ce beau bétail.

«Ce troupeau appartient à la princesse de Chatterie, qui est assise à côté de vous dans le carrosse», répondirent les bergers, selon l'injonction du chat.

Le prince, fort surpris, se dit que sa fiancée devait effectivement être une très riche princesse. La fille de la chaumière poussa un soupir de soulagement, et se reprit à espérer que tout finirait bien ainsi que l'avait promis le chat. Et en son for intérieur, elle se dit qu'elle n'avait pas fait une mauvaise affaire, lors du partage avec son frère des biens laissés par leurs parents.

Ils reprirent leur cheminement sur la route : le chat toujours en avant, comme c'était devenu son habitude. Au bout d'un certain temps, il vit un grand pré où des gens fauchaient le foin. Le chat courut vers eux, et les salua :

«Bonjour, braves gens. Vous allez voir arriver par ici un prince dans un carrosse d'or. Il voudra savoir à qui appartient ce pré. Vous devrez lui répondre que ce pré appartient à la jeune princesse de Chatterie, qui est assise à côté de lui. Si vous faites cela, vous recevrez une forte récompense, sinon je reviendrai et vous mettrai tous en pièces et lambeaux!»

En entendant cela, ces braves gens eurent peur, et ils promirent de faire tout ce que le chat voulait.

Il ne fallut pas longtemps au prince pour arriver sur les lieux. En voyant ce pré superbe et tant de

gens qui fauchaient l'herbe il fit arrêter le convoi et demanda à qui appartenait ce beau pré.

«A la princesse de Chatterie, qui est assise à côté de vous dans le carrosse!»

Le prince s'étonna encore plus, et se dit que sa fiancée devait décidément être bien riche, pour que ce pré immense lui appartienne.

Ensuite les cochers fouettèrent les chevaux, et ils repartirent, le chat courant toujours en avant. Ils arrivèrent bientôt le long d'un champ de blé. Un champ immense qui s'étendait en long et en large, on n'en voyait pas le bout, et des moissonneurs fourmillaient dessus, actifs à la tâche.

Le chat salua les moissonneurs :

«Bonjour, braves gens! Que votre travail aille comme vous le souhaitez! Tout de suite, vous allez voir arriver un carrosse d'or. Le prince qui est dedans va vous demander à qui appartient ce champ magnifique. Il faudra lui répondre que ce champ appartient à la jeune princesse de Chatterie, qui est assise à côté de lui. Si vous faites cela, vous recevrez une forte récompense, sinon je reviendrai et je vous taillerai tous autant que vous êtes en pièces et en lambeaux.»

En entendant cela, les moissonneurs prirent peur, et ils promirent au chat d'agir comme il le voulait.

Peu de temps après le prince et son escorte s'arrêtèrent près des moissonneurs, et le prince demanda aux gens à qui appartenait cet immense champ de blé.

«A la princesse de Chatterie, qui est assise à côté de vous dans le carrosse», répondirent les moissonneurs, obéissant ainsi à l'injonction du chat.

Le prince était très content d'entendre cela, mais la

fille de la chaumière se demandait ce que tout cela voulait dire.

Ils trottèrent ensuite encore un bon moment puis, comme le soir tombait, le prince décida de s'arrêter pour la nuit. Seul le chat ne dormit pas. Il courait toujours en avant, et il arriva devant un magnifique château aux nombreuses tours et aux murs à créneaux. Ce château se dressait sur des colonnes d'or. Il appartenait à un terrible géant qui régnait sur un immense empire.

Heureusement, le géant n'était pas en sa demeure. Le chat passa la porte, et la referma soigneusement derrière lui. Puis il se changea en une boule de pain, grosse exactement comme il le fallait pour qu'elle entrât tout entière dans le trou de la serrure, un trou énorme. Une fois dans le trou de la serrure sous forme de mie de pain, le chat attendit que l'ogre revienne.

A l'aube, dès les premières lueurs du jour, le terrible géant revint vers son château. Il était si grand, si lourd, que la terre tremblait sous ses pas. Il voulut ouvrir la porte de l'enceinte de son château, mais il ne pouvait enfoncer la clé dans le trou de la serrure, puisque la grosse boule de pain la bloquait.

Le géant, furieux, cria :

«Ôte-toi de là! Laisse-moi entrer!»

Mais le chat rétorqua :

«Attends un peu, le temps que je te raconte ce qui m'est arrivé : d'abord on m'a battu — encore heureux que l'on ne m'ait pas abattu!»

«Ôte-toi de là! Laisse-moi entrer!» répéta le géant de plus en plus furieux.

Mais le chat se remit à dire :

«Attends un petit moment, que je te raconte ce qui m'est arrivé : d'abord on m'a battu, encore heureux que l'on ne m'ait pas abattu, puis on m'a rebattu, j'en suis encore tout moulu.»

«Ôte-toi de mon chemin! Laisse-moi passer!» redit encore le géant d'une voix de plus en plus exaspérée. Mais le chat reprit sa litanie :

«Attends un petit instant, que je te raconte ce qui m'est arrivé : d'abord on m'a battu, encore heureux que l'on ne m'ait pas abattu. Puis on m'a rebattu, j'en suis encore tout moulu. Puis on m'a pétri dans la huche, encore heureux que j'en sois sorti.»

Le géant ne se tenait plus de rage, il criait, hurlait à en faire trembler tout le château :

«Ôte-toi de là! Laisse-moi passer, te dis-je!»

Mais le chat, sans lui prêter la moindre attention, poursuivait et recommençait :

«Attends un petit instant, que je te raconte ce qui m'est arrivé : d'abord on m'a battu, encore heureux que l'on ne m'ait pas abattu. Puis on m'a rebattu, j'en suis encore tout moulu. Puis on m'a pétri dans la huche, encore heureux que j'en sois sorti. Pour finir ils m'ont mis à cuire, encore heureux que je sois sorti du four!»

Là-dessus, le géant se mit à avoir peur. Ce fut sur un ton suppliant qu'il dit, cette fois :

«Ôte-toi de là! Laisse-moi passer!»

Mais ce ton tout humble ne lui servit à rien. Le chat-boule de pain restait fermement dans le trou de la serrure. Soudain le chat s'écria :

«Tu vois cette belle fille, là-bas, en haut?»

Le géant se retourna, et justement le soleil pointait à l'horizon. En regardant le soleil en face, le géant éclata en mille morceaux qui se dispersèrent en tous sens.

Désormais, la boule de pain pouvait rouler hors du trou de la serrure, et se laisser tomber par terre. Une fois là, le chat reprit sa forme initiale, et s'activa aussitôt pour préparer la réception des hôtes qui allaient arriver. Tout fut fait très vite, et il se présenta devant la portail d'entrée pour accueillir les arrivants juste au moment où le prince, avec la très belle fille de la chaumine et toute leur suite étaient eux aussi devant la porte.

Tous, n'avaient pas de mots pour exprimer leur admiration devant ce merveilleux château, rien n'y manquait; ni le boire ni le manger. Il y avait de tout à profusion. Les chambres regorgeaient d'or, d'argent et de pierres précieuses, de tout ce que l'on pouvait souhaiter. Jamais les invités n'avaient vu nulle part pareille merveille auparavant.

Après cette visite enchanteresse, la fille des paysans retourna avec le prince au château de son fiancé, où eurent lieu les cérémonies d'un mariage fastueux. Ceux qui avaient participé au voyage se disaient que la princesse avait raison — ô combien raison — quand elle avait dit naguère : «Chez moi, au château de Chatterie, tout ce que je possède est cent fois mieux qu'ici!»

Après le mariage, le prince et la princesse vécurent heureux, durant de très longues années, mais je n'ai plus jamais entendu parler du chat. J'ignore ce qu'il est devenu. On peut supposer que tout s'est bien terminé pour lui, mais je n'y étais plus pour le constater.

Le Calife-cigogne

Wilhelm Hauff

I.

Par un bel après-midi, le calife Chasid de Bagdad était assis sur son divan. Il s'était un peu assoupi, car il faisait très chaud ce jour-là, et après son petit somme, il avait maintenant l'air satisfait. Il fumait une longue pipe en bois de rose, de temps à autre buvait un peu de café que lui servait un esclave, et, chaque fois que le café lui semblait délicieux, il se caressait la barbe de contentement. A cette heure-là, l'on pouvait aisément s'entretenir avec lui, car étant de bonne humeur il était toujours très aimable et plein de clémence. C'était pourquoi son grand vizir Mansor avait l'habitude de venir le voir, chaque jour, à ce moment-là. Et en cet après-midi le calife était surpris de voir son grand vizir, contrairement aux autres jours, très pensif. Le calife retira l'embout de sa pipe d'entre ses lèvres, observa un bon moment son vizir, puis lui demanda : «Pourquoi sembles-tu si rêveur?»

Le grand vizir, se croisant les mains sur la poitrine, s'inclina profondément devant son maître en lui répondant : «Seigneur, j'ignore si j'ai l'air pensif, mais, en effet, je songe à un marchand qui s'est installé devant le palais. Il a de si belles choses à vendre, et cela me peine de n'avoir pas assez d'argent pour lui acheter l'une ou l'autre babiole.»

Le calife, qui depuis longtemps souhaitait accorder quelque faveur à son grand vizir, demanda à son esclave noir de lui amener le marchand. Bientôt l'esclave revint, accompagné du marchand. C'était un petit homme tout rond, de teint bistre, et vêtu de haillons. Il portait un petit coffre contenant toutes sortes de joyaux, des pistolets richement incrustés, des coupes et des peignes d'écaille. Le calife et son grand vizir examinèrent bien tout cela, puis le calife se décida à acheter un beau pistolet pour lui-même et un autre pour Mansor, ainsi qu'un joli peigne pour la femme de ce dernier. Au moment où le marchand s'apprêtait à refermer son coffre, le calife y aperçut un petit tiroir qui n'avait pas encore été ouvert. Il demanda au marchand s'il y avait encore là quelque marchandise intéressante. Le marchand ouvrit le tiroir, et montra son contenu : une petite boîte avec de la

poudre noire, et un papier portant une inscription d'une écriture que ni le calife ni son grand vizir n'étaient capables de déchiffrer. «J'ai un jour reçu ces deux choses d'un autre marchand, qui les avait trouvées dans la rue, à La Mecque, dit le marchand, et il ajouta : J'ignore leur nature et ce que cela vaut. Elles sont à vous pour un prix modique, si vous voulez. De toute façon je n'en ai pas l'usage.» Le calife aimait posséder dans sa bibliothèque de vieux manuscrits, quoiqu'il ne sût pas les lire; il acheta donc le grimoire et la petite boîte, puis congédia le marchand. Il aurait bien aimé savoir le contenu de cette inscription! Ce fut pourquoi il demanda à son grand vizir s'il ne connaissait pas quelqu'un capable de la déchiffrer. Le grand vizir lui répondit : «Très Auguste Majesté, je sais que près de la grande mosquée habite un homme du nom de Selim l'Érudit, qui connaît toutes les langues. Peut-être pourra-t-il déchiffrer ce texte.»

On conduisit bientôt l'érudit Selim auprès du calife. «Selim, lui dit le calife, on dit que tu es un grand savant. Regarde ce texte, et vois si tu peux le lire. Si tu y parviens, tu recevras de ma part un nouveau cafetan de fête, mais si tu n'y parviens pas tu auras droit à vingt-cinq coups de baguette sur la plante des pieds, car alors ce serait à tort que l'on te désigne sous le nom de Selim l'Érudit.» Selim s'inclina en répondant : «Ta volonté soit faite, Seigneur!» Il examina longtemps l'inscription mystérieuse, puis il s'écria soudain : «C'est du latin, Seigneur, sinon je veux bien être pendu!» — «Dis-moi ce qu'il y a là d'écrit!» ordonna le calife, impatient.

Selim se mit à traduire : «Toi qui découvriras ceci, remercie Allah de sa bonté! Quiconque reniflera la poudre de cette boîte en prononçant le mot magique *Mutabor* pourra se changer en n'importe quelle bête de son choix, et il en comprendra le langage. Lorsqu'il voudra reprendre son apparence humaine, il s'inclinera trois fois vers l'est en prononçant ce même mot. Mais surtout qu'il se garde bien de rire quand il sera sous sa forme animale, car en ce cas le mot magique s'effacerait de sa mémoire et il n'y aurait plus de remède : il demeurerait une bête!»

Lorsque Selim eut achevé cette lecture, le calife

était tout excité d'enthousiasme. Il fit jurer à l'érudit de ne trahir ce secret à qui que ce soit, il lui fit cadeau d'un somptueux cafetan et le congédia. Ensuite il dit à son grand vizir : «Mansor, je crois avoir fait un fameux achat! Demain matin, viens de bonne heure. Nous irons ensemble dans la campagne, puis nous humerons un peu de poudre de cette boîte, et nous pourrons écouter, en secret, ce qui se raconte dans les airs et dans l'eau, dans la forêt et dans les champs!»

II.

Le lendemain, le grand vizir, se présenta chez son maître, afin de l'accompagner en promenade. Le calife glissa la petite boîte avec la poudre magique dans sa large ceinture de soie, et, tout en ordonnant à sa suite de rester à bonne distance en arrière, il se mit en route, accompagné de Mansor. Ils traversèrent d'abord les vastes jardins du palais, mais ce fut en vain qu'ils y cherchèrent quelque animal vivant pour essayer le pouvoir de la poudre. Le vizir proposa alors d'aller plus loin, jusqu'à un étang au bord duquel il avait souvent vu beaucoup de bêtes, surtout des cigognes.

Le calife approuva la proposition de son vizir, et les voilà partis tous les deux vers le fameux étang Dès leur arrivée au bord de l'eau, ils virent une cigogne qui allait et venait d'un air digne, cherchant quelque grenouille, et qui semblait se parler à elle-même en claquant du bec. En même temps ils constataient que, bien haut dans les airs, une autre cigogne arrivait de toute la vitesse de ses grandes ailes.

Le grand vizir déclara : «Je parie ma barbe, Majesté, que ces deux longs échassiers vont avoir une fameuse conversation. Si nous nous changions en cigognes? Qu'en pensez-vous, Majesté?»

«Excellent! répondit le calife. Mais avant, rappelons-nous encore comment il faut agir pour reprendre notre forme humaine. Répétons : S'incliner trois fois vers l'est en disant "Mutabor". Moi, je redeviens calife, et toi grand vizir. Mais surtout, au nom d'Al-

lah, il ne faut pas rire sinon nous sommes perdus!»

Tandis qu'il parlait ainsi, le calife constatait que la deuxième cigogne volait au-dessus de sa tête et descendait lentement vers le sol. Vite, il retira la petite boîte de sa ceinture, renifla un beau coup de poudre, offrit la boîte à son vizir qui renifla à son tour, tandis que les deux hommes s'écriaient : «Mutabor!»

Là-dessus leurs jambes rétrécirent, s'amincirent, et devinrent toutes rouges, les belles babouches de soie jaune du calife et celles de son grand vizir se changèrent en des pattes de cigogne, leurs bras se transformèrent en ailes, leur cou sortit en s'allongeant des épaules pour former un coude, leur barbe disparut et tout leur corps se couvrit de plumes.

«Vous avez un bien joli bec, Monsieur le grand vizir, déclara le calife, après avoir longuement admiré son compagnon. Par la barbe du Prophète, je n'ai jamais rien vu de pareil!»

«Soyez-en humblement remercié, répondit le vizir en s'inclinant, mais si je puis me permettre une telle audace, j'oserais affirmer que Votre Majesté est presque encore plus majestueuse sous son aspect de cigogne que sous son aspect de calife. Cependant, si

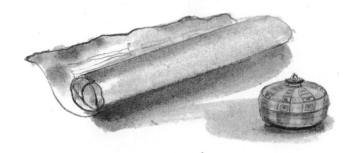

cela vous convient, je propose d'aller écouter ce que se racontent nos compagnes cigognes, pour voir si réellement nous en comprenons le langage.»

Entre-temps la deuxième cigogne s'était posée sur le sol. Elle se nettoya les pattes avec son bec, se lissa les plumes puis se dirigea vers la première cigogne. Les deux nouvelles cigognes s'approchèrent rapidement et elles entendirent cette conversation :

«Bonjour, Madame Longuespattes! Vous descendez bien tôt, ce matin, sur le pré?»

«Merci, chère Clapbec! Je ne suis descendue qu'un bref instant, pour un rapide petit déjeuner. Vous plairait-il de recevoir un petit morceau de lézard ou une patte de grenouille?»

«Je vous en remercie sincèrement, mais ce matin je n'ai pas faim. Je suis venue sur ce pré dans une toute autre intention que celle de manger. Ce soir je dois danser devant les invités de mon père, et je suis venue ici pour m'exercer un peu, dans le calme et la tranquillité.»

Tout en parlant, la jeune cigogne se dirigeait vers le champ voisin, en exécutant d'étranges mouvements. Le calife et Mansor la contemplaient pleins d'émerveillement. Mais quand l'oiseau s'arrêta d'avancer, et demeura sur une seule patte en une attitude pleine de grâce tout en faisant mollement tournoyer ses ailes, les deux hommes-cigognes ne purent résister : de leur bec sortit un fou rire inextinguible, un rire dont ils n'avaient souvenance de jamais avoir bénéficié de leur vie. Il leur fallut longtemps pour s'en remettre. Ce fut le calife qui se ressaisit le premier : «Dommage que notre rire ait effarouché cette stupide créature, sinon elle se serait peut-être mise à chanter, par-dessus le marché!»

Soudain le vizir se rappela qu'il leur était interdit de rire tant qu'ils avaient leur apparence animale. Il fit part de ses craintes au calife. «Par La Mecque et par Médine! Ce serait une détestable plaisanterie, si je devais rester cigogne! Rappelle-toi donc ce mot ridicule! Moi, je ne m'en souviens plus!»

«Nous devons nous incliner trois fois vers l'est en prononçant le mot magique : "Mu — Mu — Mu —".»

Ils se tournèrent vers le Levant, s'inclinèrent à se plier en deux si bien que leur bec touchait le sol. Mais hélas! Le mot magique s'était effacé de leur mémoire, et le calife avait beau s'incliner et s'incliner, son vizir sortait à grand effort son mu — mu —, il ne pouvait rien se rappeler de plus. Le pauvre calife Chasid et son vizir étaient devenus cigognes — et cigognes ils demeuraient.

III.

Nos deux cigognes erraient mélancoliquement à travers champs. Elles ne savaient vraiment que faire. Elles ne pouvaient pas sortir de leur peau de cigognes, et sous cette forme il leur était impossible de retourner en ville pour s'y faire reconnaître. Qui donc pourrait croire qu'une cigogne était le calife, et ceci déclaré — comment? — par une cigogne. Et si même on avait cru à cette étrange histoire, qui donc voudrait avoir une cigogne pour calife?

Ils errèrent ainsi plusieurs jours, tout malheureux, se nourrissant de fruits sauvages, que d'ailleurs ils avalaient à grand peine, pourvus qu'ils étaient d'un si long bec. Les lézards et les grenouilles, non, cela ne leur faisait pas la moindre envie. Dans leur malheur, leur seule consolation, c'était de pouvoir voler, si bien qu'ils décidèrent de voler bientôt jusqu'sur les toits de Bagdad pour voir ce qui se passait là-bas.

Dès les premiers jours, ils constatèrent qu'une grande agitation, une tristesse régnaient dans les rues. Vers leur quatrième jour de métamorphose, ils virent, dans la rue, un magnifique cortège qui s'avançait vers le palais. Les tambours battaient, les flûtes

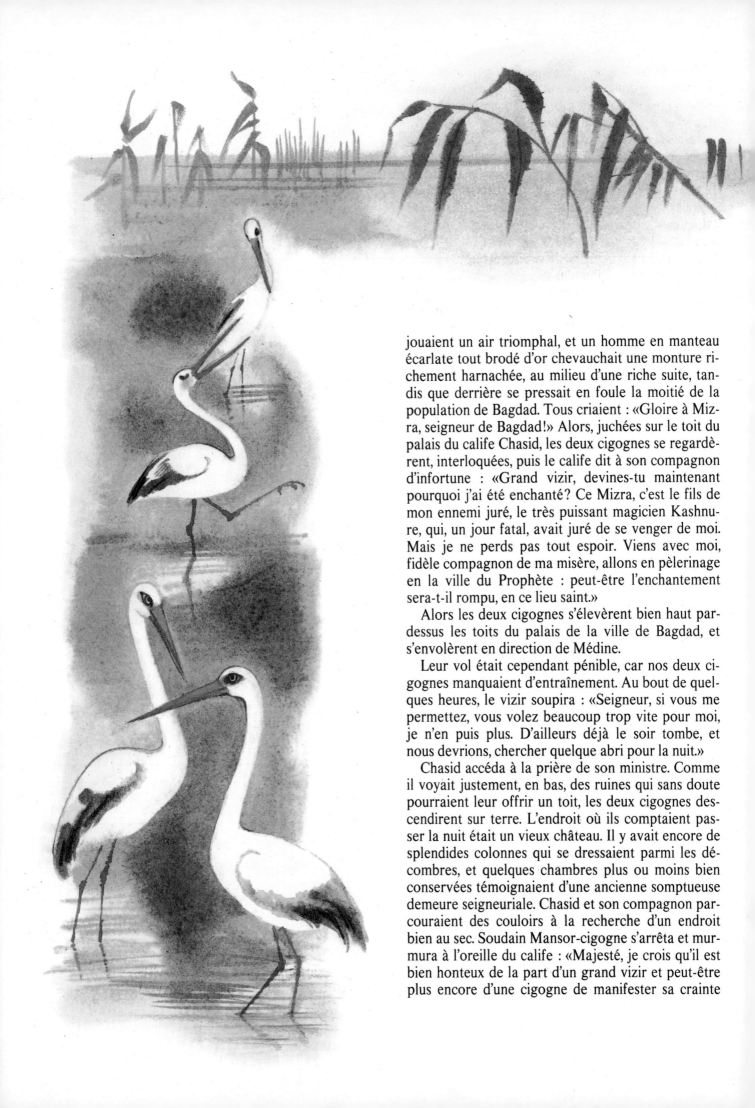

jouaient un air triomphal, et un homme en manteau écarlate tout brodé d'or chevauchait une monture richement harnachée, au milieu d'une riche suite, tandis que derrière se pressait en foule la moitié de la population de Bagdad. Tous criaient : «Gloire à Mizra, seigneur de Bagdad!» Alors, juchées sur le toit du palais du calife Chasid, les deux cigognes se regardèrent, interloquées, puis le calife dit à son compagnon d'infortune : «Grand vizir, devines-tu maintenant pourquoi j'ai été enchanté? Ce Mizra, c'est le fils de mon ennemi juré, le très puissant magicien Kashnure, qui, un jour fatal, avait juré de se venger de moi. Mais je ne perds pas tout espoir. Viens avec moi, fidèle compagnon de ma misère, allons en pèlerinage en la ville du Prophète : peut-être l'enchantement sera-t-il rompu, en ce lieu saint.»

Alors les deux cigognes s'élevèrent bien haut par-dessus les toits du palais de la ville de Bagdad, et s'envolèrent en direction de Médine.

Leur vol était cependant pénible, car nos deux cigognes manquaient d'entraînement. Au bout de quelques heures, le vizir soupira : «Seigneur, si vous me permettez, vous volez beaucoup trop vite pour moi, je n'en puis plus. D'ailleurs déjà le soir tombe, et nous devrions, chercher quelque abri pour la nuit.»

Chasid accéda à la prière de son ministre. Comme il voyait justement, en bas, des ruines qui sans doute pourraient leur offrir un toit, les deux cigognes descendirent sur terre. L'endroit où ils comptaient passer la nuit était un vieux château. Il y avait encore de splendides colonnes qui se dressaient parmi les décombres, et quelques chambres plus ou moins bien conservées témoignaient d'une ancienne somptueuse demeure seigneuriale. Chasid et son compagnon parcouraient des couloirs à la recherche d'un endroit bien au sec. Soudain Mansor-cigogne s'arrêta et murmura à l'oreille du calife : «Majesté, je crois qu'il est bien honteux de la part d'un grand vizir et peut-être plus encore d'une cigogne de manifester sa crainte des revenants, et pourtant j'ai peur! Je me sens très inquiet, car tout près d'ici on a manifestement soupiré et geint!» Alors le calife, lui aussi, s'arrêta. Il tendit l'oreille, et il entendit nettement des pleurs retenus qui, selon lui, provenaient plutôt d'une personne que d'un animal. Plein d'espérance, il voulait se diriger vers l'endroit d'où provenaient ces sons douloureux, quand son grand vizir lui saisit l'aile du bout de son long bec, le priant de ne pas se lancer vers un nouveau danger inconnu. Mais en vain! Le calife, qui sous son plumage de cigogne avait gardé son cœur d'homme courageux, dégagea son aile d'un geste brusque — au prix de quelques plumes — et s'avança résolument dans le sombre corridor qui semblait mener du bon côté. Il arriva bientôt devant une porte entrebâillée. Des soupirs entremêlés de hululements provenaient très audiblement de l'autre côté de la porte. Le calife poussa cette dernière du bout de son bec, mais, surpris, il resta sur le seuil. C'était une petite chambre délabrée, faiblement éclairée par un fenestron grillagé, et sur le sol, il y avait, immobile, une très grosse chouette. De ses énormes yeux tout ronds jaillissaient d'abondantes larmes, et de son bec crochu sortaient des plaintes rauques. Toutefois, dès que la chouette aperçut le calife-cigogne suivi de la cigogne-vizir, elle poussa un très sonore cri de joie. D'un geste gracieux, elle s'essuya les larmes du bout de son aile tachetée de brun, et au grand étonnement des deux arrivants, elle s'écria d'une belle voix parfaitement humaine : «Soyez les bienvenues, cigognes! Vous êtes les annonciatrices de ma prochaine délivrance, car il m'a été prédit qu'un grand bonheur me serait apporté par des cigognes!»

Une fois revenu de sa surprise, le calife inclina profondément son long cou, prit une attitude aussi charmeuse que possible sur ses grêles pattes, et répondit : «Chouette de la nuit! D'après tes paroles, je crois pouvoir estimer que je devine l'objet de ta douleur. Mais, hélas! c'est en vain que tu escomptes être sauvée grâce à notre aide. Quand tu auras entendu notre histoire, tu comprendras toi-même à quel point nous sommes impuissants.» Le calife lui exposa les faits que nous connaissons déjà.

IV.

Quand le calife eut achevé son récit, la chouette le remercia, et lui dit à son tour : «Écoute maintenant ma propre histoire, et tu comprendras que je suis aussi malheureuse que toi. Mon père est roi, en Inde, et je suis sa malheureuse fille unique. Je m'appelle Lusa. Ce même magicien Kashnure, qui vous a transformés en cigognes, m'a jeté le même sort, en faisant de moi une chouette. Il était venu, un jour, trouver mon père pour lui demander ma main pour son fils Mizra. Mais mon père, qui est d'un tempérament emporté, l'a fait jeter en bas des escaliers. Ce misérable est alors parvenu, sous un autre aspect, à s'introduire parmi mes gens. Un jour qu'étant au jardin je demandais quelque rafraîchissement à l'une de mes suivantes, c'est lui qui, habillé comme l'un de mes escla-

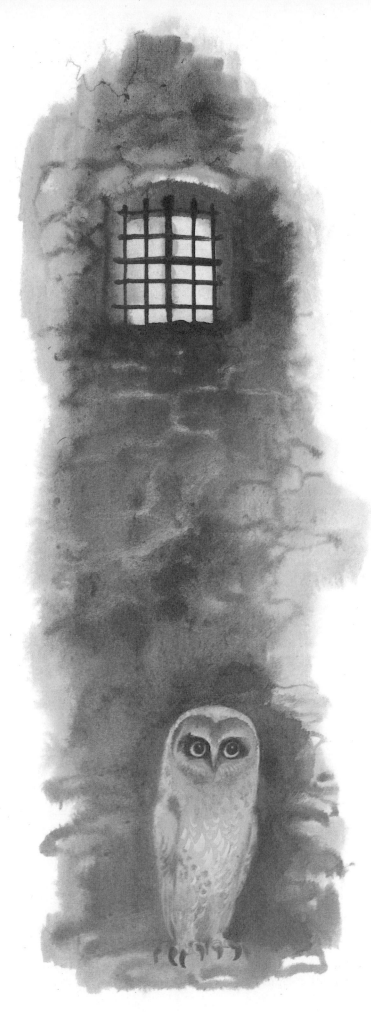

ves, m'a présenté une boisson. J'avais à peine porté la coupe à mes lèvres que je me retrouvais sous cet aspect répugnant de chouette. D'horreur, je me suis évanouie. Alors il m'a transportée ici, et d'une voix horrible il m'a crié à l'oreille, dès mon réveil :

«Tu resteras ici, en bête répugnante aux yeux de tous, jusqu'à ta mort, ou alors jusqu'à ce qu'un homme sollicite ta main, sous ton aspect présent. Telle est ma vengeance contre toi-même et contre ton orgueilleux père!»

Bien des mois se sont écoulés depuis lors. Je vis solitaire entre ces murs délabrés; le monde se détourne de moi, et même pour les autres bêtes je suis un objet de dégoût. La belle nature m'est interdite, car de jour je suis aveugle, et ce n'est que lorsque la lune dispense sa pâle lueur sur ces murailles que tombe de mes yeux ce rideau qui leur cache tout.»

Tandis qu'il écoutait le récit de la princesse, le calife se plongeait dans une méditation profonde. Enfin il dit : «Ou je me trompe fort, ou il y a un rapport secret entre nos malheurs : mais où trouverai-je la clé de ce hasard?» La chouette répondit : «Seigneur, je le devine, moi! Dans ma petite enfance, il m'a été prédit par une femme sage qu'une cigogne m'apporterait le bonheur, et je crois pouvoir deviner comment nous allons nous sauver.» Le calife, fort surpris, lui demanda ce qu'elle voulait dire par là. Elle expliqua : «Le magicien qui nous a rendus si malheureux, vient régulièrement, une fois par mois, dans ces ruines. Non loin de cette chambre-ci, il y a une salle où il festoie avec de nombreux compagnons. Souvent, je les ai épiés en secret, écoutant ce qu'ils disaient. Ils se racontaient les uns aux autres leurs sombres exploits, peut-être prononceront-ils à cette occasion le fameux mot magique que vous avez oublié.»

«Oh, chère princesse, s'écria le calife, dis-nous quand il doit venir, et où se trouve cette salle?»

La chouette garda le silence durant un moment, puis elle dit : «Ne le prenez pas en mauvaise part, mais je ne puis répondre à votre souhait que sous une certaine condition.»

«Parle, parle!» s'exclama Chasid, plein d'impatience. «Ordonne, et toute condition que tu poseras sera à ma convenance.»

«C'est que je souhaiterais bien être libérée de ce fatal enchantement en même temps que vous deux. Mais cela ne sera possible que si l'un ou l'autre de vous me propose le mariage.»

La proposition sembla quelque peu interloquer les cigognes. Le calife fit signe à son fidèle serviteur de sortir avec lui.

«Grand vizir, lui dit-il de l'autre côté de la porte, c'est un marché qui paraît stupide, mais sans doute pourrais-tu le conclure.»

«Moi? s'étonna le grand vizir. Mais ma femme

m'arracherait les yeux, quand je rentrerais à la maison! De plus, je suis déjà bien vieux, tandis que vous êtes encore jeune, et célibataire. Cela conviendrait mieux à vous de recevoir la main d'une jeune et jolie princesse.»

«C'est justement de cela qu'il s'agit, dit le calife en laissant tristement retomber ses ailes. Qui donc l'a dit, qu'elle est jeune et jolie, cette princesse? Cela s'appelle acheter chat en poche!»

Ils discutèrent encore longtemps pour se convaincre l'un l'autre. Quand au bout du compte le calife comprit bien que son grand vizir resterait cigogne le restant de ses jours plutôt que de rentrer bigame à la maison, et marié à une chouette de surcroît, il décida d'accepter personnellement la condition posée. La chouette en fut très contente. Elle leur avoua alors qu'ils n'eussent pu arriver en moment plus propice, car la réunion des magiciens devait probablement se faire le soir de ce même jour.

La chouette, précédant les cigognes, quitta la petite chambre et mena ses compagnons vers la fameuse salle. Ils déambulèrent par de longs corridors obscurs. Enfin une vive lumière leur apparut à travers un mur à moitié écroulé. Quand ils furent tout près, la chouette leur recommanda le plus grand silence. Ils pouvaient voir toute la salle à travers une large lézarde. La salle était entourée de colonnes et était richement décorée et meublée. Au milieu, une table ronde était abondamment garnie de mets les plus divers et les plus fins. Tout autour, huit hommes étaient assis dans de larges fauteuils. En l'un de ces convives, nos deux hommes-cigognes reconnurent leur marchand, celui qui leur avait vendu la poudre magique. Son voisin l'invita à raconter l'un de ses derniers exploits. Et, parmi d'autres histoires, il se vanta joyeusement de l'infortune du calife et de son grand vizir.

«Et quel est ce mot magique?» lui demanda un autre magicien.

«Un mot difficile, à consonance latine : Mutabor.»

V.

Quand les cigognes entendirent cela, par la crevasse, elles eurent peine à retenir leur joie. De toute la vitesse de leurs pattes, elles coururent vers la porte de sortie du château. Là, tout ému, le calife dit à la chouette : «Salvatrice de ma vie et de celle de mon ami le grand vizir, je te prie de m'agréer pour époux! C'est l'expression de mon éternelle reconnaissance!»

Puis il se tourna vers le Levant, et la cigogne-vizir en fit autant. Ensemble, les deux cigognes inclinèrent leur long cou vers le soleil qui justement se levait à l'horizon, en prononçant le mot magique : «Mutabor!»

A l'instant même, ils retrouvèrent leur forme humaine, et tombèrent dans les bras l'un de l'autre, riant et pleurant tout à la fois. Mais combien encore s'accrut leur joie quand ils se retournèrent! Devant leurs yeux étonnés, se dressait une belle jeune femme, richement vêtue. Avec un charmant sourire, elle tendit la main au calife, en lui disant : «Ne reconnaissez-vous plus votre chouette?» C'était elle. Le calife était si transporté d'admiration pour sa beauté et son charme, qu'il déclara que son enchantement en cigogne avait été le plus grand bonheur de sa vie.

Notre trio reprit maintenant dignement le chemin de Bagdad. Dans ses vêtements, le calife retrouva non seulement la petite boîte avec la poudre magique, mais aussi sa bourse, bien garnie. Il put donc acheter dans le premier village rencontré ce dont ils avaient besoin pour la route, si bien qu'ils arrivèrent assez rapidement aux portes de Bagdad. Le retour du calife provoqua dans la ville une sensation énorme. Tout le monde l'avait cru mort, mais comme on l'aimait beaucoup, toute la cité fut très heureuse de retrouver son cher souverain.

Mais la colère du peuple contre l'imposteur Mizra fut à la mesure de cette joie. Les gens firent irruption au palais, pour en arracher le vieux magicien et son fils, et les emprisonner. Le calife envoya le vieux magicien en ce même château en ruine où il avait naguère enfermé la princesse-chouette, puis il le fit pendre haut et court. Quant à son fils, qui ignorait tout des sciences occultes où excellait son père, il lui donna à choisir : préférait-il mourir tout de suite, ou renifler un peu de la fameuse poudre noire? Quand le fils eut choisi la deuxième solution, le calife lui tendit la petite boîte. Une bonne prise, et le mot magique prononcé par le calife, changèrent le fils du magicien en cigogne, tout comme naguère l'avait été le calife et son vizir. Puis le calife fit enfermer cette cigogne dans une cage munie de solides barreaux de fer, et la fit exposer dans son jardin.

Le calife Chasid vécut longtemps, très heureux, avec sa belle épouse. Les heures les plus agréables, ils les passaient dans l'après-midi, quand le grand vizir Mansor venait leur rendre visite. Quand le calife était particulièrement de bonne humeur, il s'amusait à imiter son vizir en cigogne. Il arpentait le salon, les jambes raides, agitait les bras comme des ailes, et contrefaisait le vizir en s'inclinant en vain vers le Levant en articulant à grand-peine : mu — mu — mu!

Mais quand le calife claque un peu fort et trop longtemps du bec, pour se moquer de son vizir, quand il s'attarde trop sur ses inclinations en répétant inlassablement mu — mu — mu —, pour mettre fin à ce manège, le vizir le menace, en souriant, de raconter à son épouse, ce qui s'était dit de l'autre côté de la porte de la chambre de la chouette.

Le vieux Sultan

Jacob et Wilhelm Grimm

Un fermier avait un chien fidèle, qu'il appelait Sultan. Le chien, étant devenu vieux, avait perdu toutes ses dents, si bien qu'il ne pouvait plus rien saisir fermement dans sa gueule.

Un jour que le paysan était assis devant le seuil de sa ferme avec sa femme, il dit à cette dernière :

«Demain, je vais abattre le vieux Sultan, il n'est plus bon à rien»

La femme, pleine de compassion pour le fidèle animal, répondit à son mari :

«Puisque si longtemps il nous a fidèlement servis, peut-être pourrions-nous maintenant le nourrir par simple compassion.»

«Mais voyons, femme, ne sois pas sotte, lui dit alors le mari, s'en tenant à son idée. Sultan n'a plus une seule dent, et aucun voleur ne le craint plus désormais. Il est donc temps qu'il s'en aille. Il nous a servis? Bon. Mais en revanche nous lui avons donné largement à manger.»

Le malheureux chien, qui se chauffait au soleil non loin de ses maîtres, entendit tout. Et il fut bien triste de penser que le lendemain devait être son dernier jour. Mais il avait un excellent ami, le loup. Alors, le soir venu, Sultan se glissa vers la forêt pour aller se plaindre au loup du sort qui l'attendait.

«Écoute-moi bien, compère, déclara le loup. Ne perds pas courage, je vais t'aider à sortir de ce pas difficile. J'ai une idée. Demain, au petit matin, ton maître ira avec sa femme sur le pré, pour faire les foins. Ils emmèneront leur bébé avec eux, puisque personne ne restera à la maison. Tandis qu'ils fauche-

ront l'herbe, ils laisseront le bébé, comme d'habitude, dans son berceau d'osier à l'ombre d'un buisson. Couche-toi près de l'enfant, comme si tu voulais veiller sur lui. Je sortirai bientôt du bois, et viendrai prendre le bébé, que j'emporterai. Toi, bondis vite, et cours à ma poursuite, comme pour me reprendre ma proie. Je te lâcherai l'enfant, que tu rapporteras à ses parents. Ils croiront que tu as sauvé le bébé, et ils te seront si reconnaissants qu'ils ne te feront sûrement aucun mal. Au contraire, ils t'estimeront par-dessus tout, et ils te donneront tout ce dont tu as besoin.»

Cette idée plut au chien. Et les deux compères firent, le lendemain, comme ils l'avaient projeté. Le père poussa de grands cris en voyant le loup emporter le poupon à travers champs. Mais quand le vieux Sultan le lui ramena, il fut si content qu'il caressa son chien fidèle, en disant :

«Je ne toucherai pas à un seul de tes poils, et tu auras à manger chez nous aussi longtemps que tu vivras.»

A sa femme, le fermier dit :

«Retourne à la maison, et prépare une bonne pâtée pour Sultan, afin qu'il puisse manger sans être obligé de mordre. Et donne-lui dans sa niche l'un des coussins de mon lit.»

Désormais, Sultan vivait dans la béatitude, mieux encore qu'il n'aurait pu le rêver. Mais bientôt le loup vint à son tour lui rendre visite. Il était content de voir que tout avait bien marché, et il dit à son compère :

«Te voilà tiré d'affaire, bien nourri, et tranquille,

grâce à mon aide. Pour cela, j'espère que tu fermeras les yeux si de temps à autre j'emporte un mouton gras du troupeau de ton maître. Il est si difficile de gagner sa vie, de nos jours!»

«Point du tout, répondit Sultan. Je resterai toujours fidèle à mon maître, je ne peux permettre une chose pareille.»

Le loup ne crut pas que le chien pensait vraiment ce qu'il disait là. Au cours de la nuit, il s'approcha du troupeau, dans l'intention d'emporter un mouton. Mais le fermier, alerté par les abois du chien, chassa le loup à coups de bâton. Le loup prit la fuite, tout en criant au chien :

«Attends seulement, faux frère, tu me le paieras!»

Dès le lendemain matin le loup envoyait au chien un jeune sanglier, pour le provoquer en duel dans la forêt. Le vieux Sultan n'avait point d'autre témoin à amener avec lui que le chat, qui n'avait plus que trois pattes. Si bien que les deux pauvres vieux arrivèrent dans la forêt, plutôt lamentables : le chat sautant sur trois pattes, en miaulant de douleur, la queue dressée et frissonnante. Le loup et son témoin étaient déjà sur le lieu de la rencontre. En voyant arriver leurs adversaires, ils crurent que ceux-ci étaient armés d'une épée — c'est ainsi qu'ils avaient vu la queue dressée du chat. Comme la malheureuse bête clopinait sur trois pattes, ils crurent encore que le chat apportait des pierres qu'il voulait leur lancer.

Le loup et le sanglier prirent peur. Le cochon sauvage se glissa parmi le feuillage, et le loup bondit sur un arbre. Le chien et le chat boiteux arrivèrent sur le lieu indiqué par le loup pour la rencontre, et ils furent bien surpris de n'y trouver personne. Au moment où le chat examinait les alentours, le sanglier pointa les oreilles hors du feuillage qui le protégeait. Le chat vit la pointe des oreilles, et il crut que c'était une souris des champs qui trottinait par là. Il bondit et mordit à belles dents. Le sanglier sauta en poussant des cris aigus, il se sauva en hurlant : «Le vrai coupable est là, sur cet arbre!»

Le chien et le chat levèrent la tête vers l'arbre, et ils y virent le loup perché. Ce dernier eut une telle honte de la couardise dont il venait de faire preuve, qu'il préféra faire la paix avec son vieux camarade Sultan.

Histoire de Futé

Clemens Brentano

Il était une fois un roi, au pays Toutenrond, et parmi ses très nombreux serviteurs ce roi avait un page qu'il aimait par-dessus tous les autres, et qu'il comblait de nombreuses faveurs et de riches cadeaux. Ce page s'appelait Futé. Il était extrêmement finaud, et accomplissait adroitement toute tâche que lui imposait le roi. Tous les autres courtisans lui enviaient cette grande faveur du roi, et ils étaient souvent irrités contre lui.

Alors que, pour sa finesse et son adresse, Futé re-cevait souvent des écus d'or, les autres ne faisaient qu'être grondés pour leur stupidité. Lorsque le roi exprimait sa gratitude à Futé, il abreuvait les autres d'invectives. Quand Futé recevait du roi des vête-ments neufs, eux étaient gratifiés d'une volée de bois vert! Aussi étaient-ils très courroucés à l'encontre de Futé et ne faisaient-ils que maugréer à son sujet, chu-choter, tenir ensemble des conciliabules en vue de trouver un moyen de priver Futé de la faveur du roi.

L'un d'eux eut l'idée de semer des petits pois secs autour du trône du roi, afin de faire tomber Futé au moment où il tendrait à son souverain la coupe en verre comme il le faisait toujours quand le roi voulait boire. Un autre écrasa de l'écorce de melon sur ses semelles pour le faire glisser et renverser la soupe sur le manteau du roi au moment où il le servirait à table. Un troisième chargea une sarbacane de puces, poux, moustiques et insectes divers, et les souffla de loin dans la perruque du roi, au moment où Futé coiffait Sa Majesté. Un quatrième inventa autre cho-se encore, de sorte que chacun s'efforçait par tous les moyens de priver Futé de l'affection du roi. Mais

château situé en plein cœur d'une forêt épaisse, au sommet d'une immense montagne. Outre son épouse nommée Dondone ce géant n'avait pour toute compagnie que le lion Terreurdescoqs, l'ours Barbamiel, le loup Croquemouton et le terrible dogue Alarmelièvre. C'était vraiment là toute sa domesticité. Mais il avait encore à l'écurie un bon cheval, rapide, Pattaillée.

Voisine du pays de Toutenrond, il y avait une très belle reine, la très, très belle Vertugadine, qui avait une fille, mademoiselle Délurée. Le roi du pays de Toutenrond, qui aurait volontiers régné sur tous les petits pays autour du sien, avait fort envie d'épouser la belle reine Vertugadine. Mais elle fit répondre à sa demande qu'elle avait quantité d'autres prétendants royaux, et qu'elle prendrait pour époux celui qui s'avérerait le plus rapide de tous. Elle l'informait que celui de ses prétendants qui arriverait le premier, le lundi suivant, à l'église où elle se rendrait à neuf heures et demie, celui-là recevrait sa main et tout son royaume de surcroît.

Le roi du pays de Toutenrond réunit aussitôt tous ses courtisans, et leur posa la question suivante :

«Comment dois-je faire pour être le premier à l'église, lundi matin, pour mériter la main de la belle reine Vertugadine et son royaume?»

Les courtisans lui répondirent :

«Vous devez vous emparer du cheval de Longvenin, le rapide coursier Pattaillée. Sur cette monture-là, personne ne vous dépassera. Et pour être encore plus sûr, pour que le cheval soit bien sellé, faites-le harnacher par le page Futé, qui fait tout si bien!»

Cela, les méchants courtisans le disaient en escomptant que le géant Longvenin ferait payer de sa vie la tentative de Futé de s'emparer de son cheval. Et le roi ordonna à son page favori de lui amener le cheval Pattaillée, et de le seller pour cette course à la main de la reine.

Futé commença par examiner dans les détails quelle était la situation du château du géant Longvenin. Ensuite, il prépara un petit chariot sur lequel il plaça une ruche pleine d'abeilles, puis il prit un sac dans lequel il fourra un coq, un lièvre et un mouton, et ce sac, il le plaça aussi sur le chariot. Il prit encore une longue corde et une grande boîte pleine de tabac à priser, accrocha au chariot un fouet comme ceux dont se servent les courriers rapides, fixa à ses hautes bottes de solides éperons, et se mit tranquillement en route.

Vers le soir, il parvint enfin en haut de cette grande montagne. Il traversa la forêt épaisse et sombre, et il vit se dresser devant lui le château fort du géant Longvenin. Entre-temps la nuit était tombée, et Futé pouvait entendre les puissants ronflements du géant Longvenin, de sa femme Dondone, du lion Terreur-

Futé était vraiment un fin renard, un jeune homme avisé, prudent, réfléchi, si bien que toutes les traîtrises des autres furent vaines, et Futé accomplit toujours avec soin les ordres du roi.

Quand toutes leurs embûches eurent échoué, les courtisans jaloux décidèrent de porter un grand coup. Le roi avait un ennemi, un personnage avec qui il ne pouvait s'entendre, et qui ne cessait de l'importuner intentionnellement. Cet ennemi était un géant du nom de Longvenin, qui habitait un superbe descoqs, de l'ours Barbamiel, du loup Croquemouton et du chien Alarmelièvre. Seul le cheval Pattailée était encore éveillé et piétinait dans l'écurie.

Alors Futé prit doucement, très, très doucement, sa longue corde et il la tendit d'un arbre à l'autre devant la porte du château fort. Au centre, il plaça la boîte de tabac à priser. Il prit encore la ruche pleine d'abeilles et il alla la fixer à un arbre, au bord du chemin, puis il se rendit à l'écurie. Il détacha le cheval Pattailée, s'installa dessus avec le sac contenant le coq, le mouton et le lièvre, incita sa monture à coups d'éperon, et fila.

Toutefois, le cheval Pattailée savait parler comme les humains, et il cria d'une voix très forte :

«Dondone, Longvenin, Barbamiel, Terreurdescoqs, Croquemouton, Alarmelièvre, Futé vient d'enlever le cheval Pattailée!»

Après avoir ainsi alerté les siens, le cheval fila comme l'éclair, tout droit devant lui, advienne que pourra!

Longvenin et Dondone entendirent l'avertissement du cheval, qui les réveilla. Vite, ils réveillèrent à leur tour le lion Terreurdescoqs, puis l'ours Barbamiel, le loup Croquemouton et le chien Alarmelièvre. Tous ensemble, ils se ruèrent hors du château, dans l'espoir de rattraper Futé monté sur le cheval Pattailée.

Mais, dans l'obscurité de la nuit, le géant Longvenin et son épouse Dondone s'entravèrent dans la corde que Futé avait tendue entre deux arbres devant la porte de leur château et — patatras — ils tombèrent le nez juste sur cette boîte de tabac à priser placée au bon endroit par Futé.

Ils se mirent à éternuer et éternuer, à se frotter les yeux, à s'essuyer le nez, et à chaque éternuement Longvenin disait : «A tes souhaits!» et Dondone répondait : «A tes souhaits, merci bien, Longvenin!» Puis elle recommençait : «A tes souhaits, Longvenin»; puis lui, quand c'était au tour de Dondone d'éternuer, ajoutait aussitôt : «A tes souhaits, Dondone!»

Cela dura longtemps, jusqu'à ce qu'ils eussent prisé, puis mouché et pleuré tout ce tabac. Et pendant ce temps-là, Futé était presque arrivé hors de la forêt.

L'ours Barbamiel s'était lancé le premier à sa poursuite, mais lorsqu'il arriva près de la ruche, il ne put résister à la tentation du miel. Mal lui en prit! Tout l'essaim d'abeilles sortit pour l'attaquer, et le piquer tant et si bien que l'ours à demi aveugle, fit demi-tour pour aller se réfugier au château.

Alors qu'il était depuis longtemps sorti de la forêt, Futé entendit le lion, qui se rapprochait. Terreurdescoqs était sur le point de le rattraper. Vite, il sortit son coq du sac où il le tenait enfermé; le coq se jucha

aussitôt sur une branche d'arbre où il lança de victorieux «Cocorico!» Le lion Terreurdescoqs en fut si effrayé qu'il prit ses pattes à son cou pour faire demi-tour et rentrer au château.

Là-dessus Futé entendit se rapprocher le loup Croquemouton. Vite, sans ralentir le galop de sa monture, Futé sortit du sac le mouton; le loup se jeta sur sa proie, ne se souciant plus de celui qu'il poursuivait.

Ensuite, en se retournant pour voir si tout allait bien, Futé vit accourir le chien Alarmelièvre. Alors, il sortit bien vite du sac le lièvre qu'il avait emporté, le lièvre fila à toute vitesse, le chien à ses trousses. Ce fut ainsi que Futé, monté sur Pattailée, parvint enfin heureusement en ville.

Le roi remercia vivement Futé pour ce cheval. Mais les courtisans hypocrites enragèrent de voir que Futé s'était encore une fois tiré d'affaire.

Le lundi matin, le roi monta le cheval Pattailée et fila vers le royaume de Vertugadine. Le cheval galopa si vite que le roi arriva au but longtemps avant les autres. Il avait même déjà eu le temps de faire une danse avec la reine Vertugadine en l'honneur de leur mariage, quand arrivèrent les autres prétendants des pays voisins.

Au moment où il voulait rentrer chez lui avec sa reine, ses courtisans lui dirent :

«Votre Majesté possède le cheval du géant Longvenin. Mais comme ce serait bien, si Votre Majesté possédait le merveilleux manteau du géant, et si vous ordonniez à Futé de vous l'apporter, il le ferait sûrement.»

Le roi, aussitôt, fut en proie à une forte envie de posséder le splendide manteau de Longvenin, et Futé reçut l'ordre d'accomplir cette nouvelle tâche difficile. Quand ils le virent partir pour le château du géant, les vilains courtisans hypocrites espérèrent, une fois de plus, que Futé ne reviendrait pas de cette périlleuse aventure.

Futé se munit seulement de plusieurs grands sacs. Il arriva, cette fois encore, au château de Longvenin après la tombée de la nuit. Il grimpa sur un arbre, d'où il observa que tous, au château, se préparaient à dormir. Lorsque plus une seule voix ne se fit entendre, Futé descendit de son perchoir, mais à ce moment il entendit Dondone qui demandait soudain à son époux :

«Longvenin, ma couche est trop mince, sous ma tête. Va dehors, me chercher une botte de paille.»

Futé se dissimula vite dans une botte de paille qui se trouvait devant la porte du château, et Longvenin l'emporta dans sa chambre à coucher. Il plaça la botte de paille sous l'oreiller et se remit au lit.

Dès que le mari et la femme commencèrent à s'en-

dormir, Futé sortit la main de la paille et se mit à tirer par les cheveux d'abord Longvenin, puis Dondone. Tous deux se réveillèrent en sursaut, et chacun croyant que c'était l'autre qui lui avait tiré les cheveux, ils commencèrent à se disputer véhémentement. Futé en profita pour sortir de sa cachette et se glisser sous le lit.

Enfin le mari et la femme se rendormirent, et le calme se rétablit. Futé fourra alors dans un sac tous les vêtements de Longvenin ainsi que ceux de Dondone et il accrocha ce sac, dans le silence le plus absolu, à la queue du lion Terreurdescoqs endormi. Quant au loup Croquemouton, à l'ours Barbamiel et au chien Alarmelièvre, profondément endormis eux aussi, il les ligota solidement aux pieds du lit, puis il ouvrit la porte en grand.

Tout se passa selon le plan prévu. Et même, Futé décida, à la dernière minute, de s'emparer également du splendide couvre-lit qui protégeait le sommeil des deux géants. Tout doucement, très, très doucement, il fit glisser le couvre-lit en tirant dessus. Ensuite, il s'enveloppa dedans et s'allongea sur le sac contenant les vêtements royaux, et qui était attaché à la queue du lion.

Le vent froid de la nuit pénétra dans la chambre par la porte large ouverte et glaça les pieds de Dondone qui se réveilla, transie de froid, et cria:

«Longvenin, tu m'a ôté la couverture, je suis complètement découverte.»

Ces récriminations réveillèrent Longvenin, qui sentit alors le froid lui aussi. Il répondit:

«Mais non, c'est moi qui suis complètement découvert. Dondone: c'est toi qui m'as retiré la couverture!»

Ils recommencèrent ainsi à se chamailler, si bien que Futé ne put se contenir, et il éclata de rire. Le géant et sa femme comprirent qu'il y avait quelque chose d'anormal, et ils se mirent à crier à tue-tête:

«Au voleur, au voleur! Attrape-le, Croquemouton! Attrapez-le, Terreurdescoqs, Barbamiel et Alarmelièvre! Au voleur! Au voleur!»

Les animaux se réveillèrent. Le lion Terreurdescoqs s'élança en avant. Comme sa queue était reliée au sac sur lequel Futé était allongé, enveloppé dans le couvre-lit, le lion le traîna ainsi à sa suite. Presque aussitôt Futé imita le chant du coq «Cocorico! Cocorico!» et cela fit si peur au lion qu'il galopa comme un fou hors du château et atteignit les portes de la ville. Là, Futé s'empara de son couteau et il trancha le lien qui l'attachait à la queue du lion. Ce dernier, débarrassé du poids qu'il traînait, courut avec une telle fougue qu'il alla heurter violemment un mur, et tomba raide mort.

Les autres animaux, que Futé avait solidement attachés aux pieds de l'immense lit des géants, ne pou-

vaient faire passer ce meuble qu'ils traînaient par la porte grande ouverte; il était bien trop large. Si bien qu'ils le tiraient à hue et à dia dans la chambre, sans résultat autre que de faire tomber les occupants de cette couche tant malmenée. Longvenin et Dondone s'irritèrent tant contre les animaux qui cependant n'en pouvaient mais, qu'ils les battirent à mort.

Lorsque les gardes municipaux entendirent le grand bruit provoqué par le lion en allant s'écraser la tête contre le mur, ils ouvrirent la porte, si bien que Futé put passer et aller porter à son roi les riches vêtements de Longvenin et de Dondone. Le roi en éprouva une joie extrême, car personne n'avait jamais vu de vêtements si somptueux. Il y avait, entre autres, un manteau de chasse habilement monté avec des peaux de tous les quadrupèdes. Il y avait aussi un justaucorps fait de plumes de tous les oiseaux vivant sur cette terre, avec une superbe plume d'aigle devant, des plumes de chouette derrière et,

dans une poche, un jeu de clochettes imitant le chant de tous les oiseaux, l'un après l'autre. Il y avait aussi des vêtements pour se baigner et pour aller à la pêche, et ceux-là étaient faits de peaux de tous les poissons des fleuves ou des mers du monde. Quand on les regardait, on croyait voir une pêche miraculeuse. Il faut encore signaler les robes de jardin de madame

Dondone ornées de toutes les espèces de fleurs et de plantes que l'on puisse rencontrer. Mais tout cela était encore dépassé en beauté par le couvre-lit : il était entièrement composé de peaux de chauves-souris et toutes les étoiles du ciel y étaient représentées par des brillants.

La famille royale en fut transportée d'admiration. On félicita Futé, on l'embrassa, on lui fit une telle fête que pour un peu ses ennemis en auraient éclaté de rage, en voyant qu'une fois encore il avait victorieusement affronté Longvenin.

Ils n'abandonnèrent cependant pas encore l'espoir de perdre définitivement Futé. Ils insinuèrent au roi que désormais il avait tout ce qu'il pouvait souhaiter — sauf le château de Longvenin. Et le roi, qui était comme un enfant qui veut posséder tout ce qu'il voit, ne tarda pas à dire à Futé qu'il devait s'arranger pour lui donner ce château, et qu'il en serait richement récompensé.

Futé, sans hésiter, reprit le chemin du château de Longvenin. Pour la troisième fois! Quand Futé y parvint, il constata que le géant ne s'y trouvait pas, mais il entendit, à l'intérieur, quelque chose qui lui sembla être un beuglement de veau. Il regarda par la fenêtre, et il vit la géante Dondone qui fendait du bois, tout en tenant sur un bras un petit bébé géant, qui grinçait des dents et émettait des sons semblables à des mugissements de veau.

Futé entra et dit :

«Bonjour, grande, belle, large et grosse dame! N'a-vez-vous donc ici aucun valet ni fille de ferme? Vous avez un si joli bébé, et c'est vous qui devez exécuter tous ces travaux ménagers? Et votre cher mari, où donc est-il?»

«Hélas, répondit Dondone, mon mari fait le tour de nos parents, pour les inviter à un grand repas que nous organisons. Et moi, il me faut tout cuisiner, rô-tir, bouillir, et cela toute seule, car mon mari a tué le chien, le loup et l'ours qui nous servaient de domesti-ques, et le lion aussi est parti.»

«Voilà certes un travail inhabituel pour vous, no-ble dame. Si vous le permettiez, je vous aiderais vo-lontiers», dit Futé.

Dondone le pria alors de couper à la hache quatre tronçons de bois. Futé saisit la hache, puis il dit à la géante :

«Tenez-moi un peu la souche!»

Quand la géante se pencha pour maintenir la sou-che, Futé leva la hache, à deux mains, bien haut par-dessus ses épaules et vlan! — il trancha la tête de la terrible Dondone, et — crac! — il trancha par-dessus le marché la tête au bébé géant.

Après cela, Futé alla creuser un grand trou bien profond autant que large, devant la porte du château, et il jeta dans ce trou les corps de Dondone et de son bébé géant, Crânemou, et il les recouvrit de branchages et de feuillages. Puis, il alluma, dans toutes les pièces du château, de nombreuses lampes, et il battit le tambour sur un énorme chaudron de cuivre. Ensui-te, embouchant un grand entonnoir de métal, il s'en servit de trompette pour sonner le branle-bas géné-ral, et il proclama à pleins poumons :

«Vivat! Vive Sa Majesté le Roi de Toutenrond!»

Lorsqu'en rentrant chez lui, vers le soir le géant Longvenin vit son château tout illuminé, il se fâcha tout rouge; fort excité, il se précipita vers la porte. Mais en passant au-dessus du trou tout couvert de branchages, le sol s'effondra sous son poids, et il tomba au fond du trou. Là, il se mit à hurler de dou-leur et de rage de n'en pouvoir sortir, et il hurla ainsi jusqu'à ce que Futé l'eût complètement enterré et étouffé sous les pierres, les cailloux, la terre, tout ce qu'il put trouver pour combler l'énorme fosse deve-nue la tombe du géant, de la géante et de leur reje-ton.

Futé prit ensuite la clé du château des géants, et il alla l'offrir à son roi, le monarque de Toutenrond. Ce dernier se hâta, accompagné de la reine et de sa fille la princesse Délurée — sans oublier Futé — d'aller inspecter le château avant d'en prendre possession. La visite dura quinze jours : il fallut bien tout ce temps-là pour passer en revue toutes les chambres, chambrettes, salons, salles, caves et greniers, lucar-nes, tabatières, trous de cheminées, fours et âtres, bû-chers, garde-manger et buanderies.

Quand il eut bien vu et revu le superbe château dont il venait de se rendre maître sans trop de diffi-culté, le roi de Toutenrond demanda à Futé ce qu'il pourrait lui donner en récompense d'un tel service. Futé demanda la main de la princesse Délurée, et elle accepta aussitôt. Le mariage eut lieu peu après. Futé et sa femme Délurée s'installèrent ensuite dans le château du géant. Vous pouvez toujours aller leur rendre visite; ils seront enchantés de vous y ac-cueillier.

Le prince Bajaja

Božena Němcová

Un jeune roi avait dû quitter sa femme pour aller à la guerre. Peu de temps après son départ, la reine mit au monde des jumeaux : deux garçons. Il y eut dans le pays des réjouissances sans nombre et des messagers furent envoyés au roi pour lui annoncer la bonne nouvelle. Les deux bébés étaient en excellente santé et poussaient comme deux petits anges joufflus. Celui qui était d'un bref instant plus âgé que l'autre était cependant plus vigoureux que le deuxième, et ils demeurèrent ainsi même en grandissant. L'aîné était toujours dehors, à courir, sauter et galoper sur un petit cheval qui avait exactement le même âge que lui, tandis que le second préférait se prélasser sur de moelleux tapis, se laisser pouponner par sa mère, et ne sortait pour n'aller nulle part d'autre qu'au jardin où il accompagnait sa maman. Il était le préféré de sa mère qui n'aimait pas beaucoup son aîné.

Les garçonnets avaient atteint l'âge de sept ans lorsque le roi, leur père, revint de guerre et put serrer sur son cœur, avec une joie indicible, sa femme et ses deux fils.

«Lequel des deux est l'aîné, et lequel le puîné?» demanda le roi à la reine.

Celle-ci, estimant que le roi lui posait la question pour savoir lequel de ses deux fils devait être le prince héritier, fit passer son petit préféré pour l'aîné. Certes, le roi aimait ses deux fils autant l'un que l'autre, mais tandis qu'ils avançaient en âge et devenaient des adolescents, l'aîné réel entendait de plus en plus souvent parler de son frère comme du futur roi.

Il en conçut un tel dépit que la vie au château lui devint intolérable, et qu'il se mit à aspirer à parcourir le monde plutôt que de rester chez ses parents. Un jour qu'il avait le cœur trop gros, il confia son chagrin à son cheval, et lui exprima son désir de s'en aller bien loin.

Là-dessus, voilà que son cheval lui répondit d'une voix humaine :

«Si tu ne te plais plus chez tes parents, va par le monde, mais ne quitte pas la maison familiale sans la permission de ton père. Je te conseille de n'emmener personne avec toi, et de ne monter pour ton voyage aucun autre cheval que moi. Et ce sera ton bonheur.»

Fort surpris d'entendre son cheval parler, le jeune prince lui demanda comment cela se faisait. Le petit cheval lui répondit :

«Ne me questionne point là-dessus; et je veux être ton protecteur aussi bien que ton conseiller, tant que tu m'écouteras.»

Le prince promit à son cheval qu'il agirait en toutes circonstances selon son avis, puis il rentra au château pour aller solliciter auprès de son père l'autorisation de partir par le vaste monde. Quand son fils lui eut exprimé ce désir, le père ne voulut d'abord pas en entendre parler, mais la mère consentit tout de suite. Comme le prince persista longtemps dans son désir, revenant sans cesse à la charge auprès de son

père, il finit par arracher son consentement. Le roi voulut alors que des serviteurs se préparassent à accompagner son fils comme il convenait à un prince royal. Mais ce dernier refusa tout ce que lui offrait le roi, lui disant :

«Qu'ai-je besoin, Père, d'un tel équipage, de tous ces gens, ces chevaux autour de moi. Si vous le permettez, j'emporterai un peu d'argent et je m'en irai par le monde tout seul sur mon petit cheval. Ce ne sera pour moi aucunement embarrassant de voyager seul; au contraire, je serai plus libre!»

Le jeune prince dut encore prier longtemps son père avant que le roi consentît à un voyage sans aucune escorte, mais un jour enfin tout fut prêt pour le départ : le jeune cheval attendait, tout sellé, devant la porte du château, cependant qu'à l'étage le prince faisait ses adieux à ses parents et à son frère. Tous pleurèrent à chaudes larmes, et au dernier moment sa mère éprouvait quelque regret de laisser ainsi partir son enfant par le monde. Les parents recommandèrent à leur fils de revenir au bout d'un an, ou tout au moins de donner alors de ses nouvelles.

Quelques heures plus tard, son cheval l'emportait au trot, à travers champs, déjà bien loin de la capitale. D'aucuns pourraient croire qu'un cheval de dix-sept ans n'était plus aussi fringant que cela! Mais ce cheval-là ne vieillissait pas, ce n'était pas un cheval

ordinaire. Il avait un poil de velours, des jarrets d'acier, il était leste comme un cerf. Sa monture avait déjà parcouru à toute vitesse bien des lieues sans que le prince ne sût où elle le menait, quand il vit au loin les tours d'une splendide ville. Là, le cheval quitta la route, il trotta à travers champs jusqu'à un rocher qui se dressait à proximité d'un joli petit bois. Quand ils furent tout près du rocher, le cheval tapa du sabot contre le roc qui s'ouvrit pour leur laisser passage. Ils entrèrent dans une très belle et confortable écurie. Le cheval dit alors au prince :

«Maintenant, tu vas me laisser ici. Tu iras tout seul jusqu'à la ville toute proche, et tu te présenteras à la cour. Mais tu te feras passer pour muet. Le roi te prendra à son service, mais prends bien garde de ne pas te trahir. Si tu as besoin de quoi que ce soit, viens vers ce rocher, frappe trois coups, et le rocher s'ouvrira.»

Le prince dit : «Mon cheval est si fin et si astucieux qu'il sait sûrement pourquoi il me dit d'agir ainsi.» Il prit donc un sac avec quelques vêtements, et s'en alla. Il arriva bientôt en cette capitale qui ne se trouvait pas loin du rocher, et là il se fit annoncer au roi. Constatant que ce beau jeune homme était muet, le roi en eut pitié et le garda près de lui. Cependant, il constata bientôt que le jeune muet lui rendait de grands services en diverses occasions. Quoiqu'il arrivât au château, le jeune étranger trouvait toujours ce qu'il fallait faire. Toute la journée, il allait de droite et de gauche, partout où sa présence s'avérait nécessaire et efficace. Si le roi avait besoin d'un scribe, il n'y en avait point de plus adroit que le jeune muet. Tout le monde l'aimait, mais comme il feignait ne pas savoir parler et ne répondait que «bajaja» à tout ce qu'on lui disait, ce fut ce nom de Bajaja qui lui resta comme surnom, et personne ne l'appela jamais autrement.

Le roi avait trois filles, plus belles l'une que l'autre. L'aînée s'appelait Ornement, la seconde Inspiration, et la plus jeune Glorieuse. C'était auprès des trois jeunes filles que Bajaja se plaisait le plus, et il avait l'autorisation de passer chez elles toute la journée. Après tout, il était muet, il avait un teint sombre à faire peur, et par-dessus le marché il portait un bandeau sur l'œil. Comment le roi aurait-il pu craindre qu'il ne vînt à plaire à l'une des princesses! Mais les princesses l'aimaient beaucoup, et voulaient qu'il les accompagnât partout où elles allaient. Il leur tressait des couronnes de fleurs, leur apportait des bouquets noués de fil d'or, dessinait des oiseaux et des fleurs pour qu'elles les brodassent, et tout cela plaisait beaucoup aux princesses. C'était toutefois la plus jeune que notre ami servait le plus volontiers, et ce qu'il faisait pour elle était toujours ce qu'il y avait de plus parfait, si bien que les deux filles plus âgées se moquaient gentiment de leur cadette. Glorieuse était la bonté même, et elle supportait sans mot dire toutes les moqueries de ses sœurs.

Bajaja n'était pas encore depuis très longtemps à la cour de ce roi lorsqu'un matin, en arrivant dans la salle où le souverain prenait son déjeuner, il constata que ce dernier avait l'air très sombre et contrarié. Il le questionna par signes, lui demandant ce qui le tourmentait. Le roi, en le regardant tristement, lui répondit :

«Mon pauvre garçon, pourquoi m'interroges-tu? Tu ignores le malheur qui nous menace, et quelles souffrances vont m'atteindre dans trois jours d'ici!»

Bajaja fit signe, de la tête, qu'en effet il ignorait tout, et son visage exprimait une grande frayeur.

Le roi poursuivit alors :

«Je vais donc tout te dire, quoique tu ne puisses point nous venir en aide. Il y a quelques années de cela, trois dragons sont arrivés ici en volant : le pre-

mier à neuf têtes, un deuxième à dix-huit têtes et un troisième à vingt-sept têtes. Il y avait une telle détresse dans ma ville que les cheveux se dressaient sur la tête. Les gens se cachaient, craignant pour leur vie. Peu à peu il n'y eut plus une seule tête de bétail nulle part, car il avait fallu tout donner à ces monstres pour qu'ils ne se jettent pas sur la ville. N'empêche qu'ils ont mangé beaucoup d'hommes aussi. Ne pouvant plus supporter ces plaintes, j'ai fait venir un magicien à la cour, afin qu'il me dise comment chasser ces infâmes créatures de mon pays. Hélas, quand il m'apprit que la seule façon de débarrasser ma ville et mon pays de ces monstres, c'était de leur sacrifier mes trois filles, j'ai cru sauver la situation en faisant la promesse de les leur donner plus tard, à condition qu'ils quittent le pays. La reine en est morte de douleur, mais mes filles ignoraient tout. Dès que j'eus fait cette promesse, les dragons ont disparu, et depuis toutes ces années on n'en a plus entendu parler. Jusqu'à hier soir. Un berger est arrivé, tout essoufflé, annoncer que les dragons sont revenus, en ce même rocher où ils étaient auparavant, et qu'ils rugissent horriblement. Et moi, malheureux père, il me faut, demain, donner en sacrifice la première de mes filles, pour sauver mon pays; après-demain la seconde; puis la troisième. Après cela, il ne me restera plus rien, je serai moins qu'un mendiant!»

Ainsi gémissait le malheureux roi, en s'arrachant les cheveux de la tête.

Le visage défait, Bajaja alla voir les princesses, mais devant leur aspect il s'effraya mortellement. Vêtues de robes noires, le visage semblable à du marbre blanc, les trois sœurs étaient assises, serrées l'une près de l'autre, et elles pleuraient à fendre le cœur, se lamentant de devoir terminer si cruellement leurs jeunes et belles années. Bajaja entreprit de les réconforter, leur montrant par gestes que sûrement quel-

que chevalier viendrait pour les sauver à temps. Les malheureuses ne l'entendaient même pas, et ne cessaient point de répandre leurs amères et abondantes larmes. Une même confusion, un même deuil régnaient sur toute la ville, car tout le monde aimait sincèrement la famille royale. Toute la cité, de même que le château, était tendue de voiles noirs en signe de deuil.

Sans être vu, Bajaja sortit furtivement de la ville et se hâta d'aller vers le rocher où l'attendait son cheval. Après ses trois coups, le rocher s'ouvrit et le jeune prince entra dans l'écurie. Tout en caressant la crinière soyeuse de son petit cheval, il lui embrassa son museau blanc en lui disant :

«Cher petit cheval, je viens te demander conseil sur ce que je dois faire, et si tu viens à mon aide, je serai sans doute heureux pour tout le restant de ma vie.»

Puis il entreprit de raconter au cheval tout ce qui s'était passé au château.

«Je suis au courant de tout cela, lui dit le cheval, et c'est la raison pour laquelle je t'ai conduit en cette ville, afin que tu viennes au secours des princesses. Reviens ici demain matin dès l'aurore, et je te dirai ce que tu devras faire.»

Tout soulagé, le jeune Bajaja s'en retourna au château, et certains auraient pu trouver mauvais de lui voir cet aspect réjoui; par chance personne ne le rencontra. De toute la journée il ne quitta pas la chambre des princesses, inventant toutes sortes de façons de les réconforter, mais avec bien peu de succès.

Le lendemain, c'était encore le crépuscule du matin, et déjà il frappait au rocher. Le petit cheval le salua et lui dit :

«Maintenant, soulève la pierre qui se trouve sous mon râtelier, et ce que tu trouveras en dessous, sors-le de là!»

Bajaja obéit rapidement, et retira du trou ouvert sous la pierre, un grand coffre. Le cheval lui commanda d'ouvrir ce coffre, et quand il l'eut fait, il en retira trois splendides parures de chevalier, une épée et une bride. Le premier costume était rouge, brodé d'argent et de diamants, et tout ce qui y était cuirasse était d'acier brillant; il était accompagné d'un casque à panache rouge et blanc. La deuxième parure était toute blanche, brodée d'or, avec un casque et une cuirasse d'or; avec un panache blanc. Mais le troisième costume était d'un bleu très pâle, richement brodé d'argent, de perles et de diamants; le panache du casque était bleu et blanc. Pour les trois armures il n'y avait qu'une seule épée dont la poignée incrustée de pierres précieuses lançait des feux, tout comme la bride du cheval.

«Ces trois costumes te sont destinés, mais c'est le rouge que tu dois porter en premier.»

Bajaja s'habilla en chevalier, il ceignit l'épée et jeta la bride par-dessus la tête de son petit cheval.

«Je te préviens, tu ne dois pas avoir peur, et surtout tu ne peux pas descendre de mon échine. Frappe d'estoc et de taille dans ces monstrueuses créatures, et aie confiance en ton épée!»

Ainsi parla le cheval, tandis qu'ils galopaient hors du rocher.

Pendant ce temps-là, au château, avaient lieu de douloureux adieux. Une foule immense accompagnait la malheureuse Ornement vers le lieu de son sacrifice, hors de la ville. L'endroit n'était déjà plus très éloigné, la princesse mit pied à terre, mais en voyant qu'il lui fallait s'avancer vers le rocher fatal, elle s'effondra sur le sol, perdant connaissance.

Ce fut alors qu'un cheval arriva, au loin : il filait, volait, portant un chevalier vêtu de rouge, avec une crinière blanche à son casque. Lorsqu'il fut près de la foule, le cavalier ordonna à celle-ci de se retirer en emmenant la princesse, et de le laisser seul. Avec quelle joie chacun obéit à cet ordre, on peut aisément l'imaginer. Toutefois la princesse ne voulait pas s'en aller, elle voulait voir comment les choses allaient tourner.

Les gens étaient à peine arrivés au faîte d'une colline que le rocher fatal s'ouvrit dans un grand tremblement, et le dragon à neuf têtes en sortit, regardant dans tous les sens, en quête de sa proie. Alors Bajaja l'assaillit, sur son petit cheval, son épée brandie. D'un seul coup il trancha trois têtes. Le dragon se tordit, il cracha du feu, se tortilla en lançant au loin son venin, mais le prince ne recula pas : il tailla et trancha, jusqu'à ce qu'il abattît les neuf têtes, tandis que le cheval achevait le reste à coups de sabots.

Une fois le dragon étendu raide mort, Bajaja fit demi-tour et s'en alla au galop par où il était venu. Ornement regardait de son côté, pleine d'admiration, mais se rappelant que son père l'attendait, elle s'en retourna vite au château avec ses dames de compagnie. Décrire la joie du père en revoyant sa fille vivante, décrire le bonheur des sœurs, ce n'est pas possible. Elles se disaient qu'il y avait quelque espoir que le sauveur d'Ornement se manifesterait aussi pour elles. Si cela pouvait être! souhaitaient-elles. Bajaja, revenu chez elles, leur montrait par signes éloquents que sûrement Dieu allait leur envoyer un libérateur à elles aussi. Quoiqu'elles eussent encore ressenti une grande peur la veille du deuxième sacrifice, les sœurs

étaient déjà un peu plus gaies, et conversaient avec Bajaja.

Le deuxième jour était celui du sacrifice d'Inspiration. Cela se passa pour elle comme pour sa sœur. Quand la victime et ceux qui l'accompagnaient arrivèrent au lieu du sacrifice, ils virent venir un chevalier à panache blanc qui, hardiment et courageusement, combattit le dragon à dix-huit têtes. Et le dragon une fois étendu raide mort, le cavalier tourna bride comme la veille, et disparut aux yeux de l'assistance. Dès que la princesse fut de retour au château, tout le monde regretta fort de ne pouvoir exprimer sa gratitude à l'héroïque chevalier.

«Je sais, mes sœurs, pourquoi le chevalier s'en est retourné ainsi, dit Glorieuse. Vous ne l'avez pas prié de venir. Moi, je tomberai à genoux devant lui et je suplierai si longtemps de m'accompagner qu'il finira pas venir.»

«Qu'est-ce qui te fait rire, Bajaja?» demanda Ornement, en remarquant le visage hilare du muet. Mais Bajaja se mit à gambader à travers la chambre, faisant comprendre qu'il connaissait le chevalier.

«Tu es fou, il n'est jamais venu ici», répondit Ornement.

Le troisième jour ce fut au tour de Glorieuse d'être conduite sur le lieu du sacrifice. Son père l'accompagna. Le cœur de la pauvrette se serrait, en se disant que peut-être le libérateur de ses sœurs ne viendrait pas. Déjà elle se voyait livrée au monstre. Mais un cri de joie jaillit de toutes les poitrines à la fois : le chevalier arrivait au galop! Tout comme il avait abattu les deux premiers dragons, Bajaja tua encore le troisième, mais ce ne fut pas sans mal, et ils faillirent bien périr à leur tour, le courageux prince et son merveilleux petit cheval! Après le combat, le roi s'avança avec Glorieuse, afin d'inviter le chevalier à les accompagner au château, mais ce dernier refusa obstinément. Alors Glorieuse s'agenouilla devant lui, et, prenant son manteau entre ses jolis doigts, elle le pria, supplia si tendrement, si aimablement, que le cœur du prince battit à grands coups. Mais le cheval fit demi-tour de lui-même, il s'élança, et, en un éclair chevalier et monture disparurent.

Chagrinée de ne pouvoir remercier son sauveur — mais bien heureuse d'être sauvée — Glorieuse rentra au château avec son père. Tout le monde pensait, que le père et la fille ramèneraient le héros, mais chacun fut encore une fois déçu.

Enfin, le bonheur était revenu au château et dans la ville! Mais cette joie ne fut pas de longue durée. Un jour — un bien sinistre jour — le roi reçut une déclaration de guerre d'un roi voisin. Le roi craignait fort une telle guerre, car il savait son voisin beaucoup plus fort que lui-même. Il envoya des convocations, et manda des messagers avec ces convocations vers tous les princes et seigneurs du pays pour qu'ils se rassemblent à la cour et y tiennent conseil. Tout cela fut très vite exécuté, et les seigneurs se trouvèrent réunis pour ainsi dire en un clin d'œil. Le roi leur présenta ses doléances, et leur demanda leur aide, en échange de quoi ils recevraient la main de ses filles. Qui aurait songé à se faire prier, pour une telle récompense? Les seigneurs se retirèrent tous dans leurs terres en promettant de revenir à très bref délai, à la date fixée par le roi, à la tête de leurs propres armées. Dès lors, tout le monde se prépara à la guerre, et le roi lui-même voulait mener sa propre armée sur le champ de bataille. L'avant-veille du jour où l'ennemi devait attaquer, tous les seigneurs arrivèrent à la cour du roi, où eut lieu un grand festin en leur honneur ; ensuite le roi fit ses adieux à ses filles en larmes, il les recommanda à Bajaja, ainsi que toute sa maison sur laquelle il le priait de veiller, puis il se mit en route vers le lieu du combat, au son des fifres et des tambours.

Bajaja, obéissant aux recommandations du roi, veillait sur tout dans le château, mais c'était évidemment avec le plus grand empressement qu'il s'occupait du bien-être des princesses, qu'il les distrayait pour qu'elles ne fussent pas trop tristes du départ de leur père chéri. Mais un jour il eut l'idée qu'il était en train de devenir malade. Le docteur du palais voulut le soigner, mais Bajaja fit comprendre qu'il allait aller lui-même chercher des simples qui l'avaient toujours guéri mieux que n'importe quel médicament. Les princesses trouvaient que Bajaja était fou, et elles ne le retinrent pas. Mais il n'alla pas cueillir des simples, de toute façon il n'y en avait point qui eussent pu soulager son mal, puisque ce mal était provoqué par les beaux yeux de Glorieuse! Non, Bajaja alla consulter son cher petit cheval. Devait-il aller au secours du roi sur le champ de bataille? Le cheval fut content de le voir, il lui recommanda de revêtir le costume blanc, de ceindre son épée, et de le harnacher, lui, le petit cheval. Ils devaient se rendre au combat. Tout content, Bajaja embrassa son petit cheval.

La guerre durait déjà depuis bien des jours, et l'armée du roi faiblissait, n'arrivant pas à repousser l'armée ennemie, beaucoup plus nombreuse. La bataille décisive avait été fixée au lendemain. Ce serait alors que l'on saurait qui l'emporterait. Toute la nuit, le roi donna des ordres, il envoya des messagers auprès de ses filles pour leur dire ce qu'elles devraient faire en cas de défaite. Le matin venu, le roi et son armée implorèrent la protection du ciel, et ensuite, ils se mirent en ligne. Aussitôt les trompettes sonnèrent, les armes commencèrent à cliqueter, les flèches à voler, et un grand tumulte se répandit sur le champ

immense. Ce fut alors qu'apparut, au cœur des troupes ennemies, le chevalier au panache blanc. Il chevauchait son petit cheval, brandissant une épée terrible qui frappait de taille et d'estoc dans les rangs de l'ennemi qui crut avoir affaire au diable en personne. Voyant cela, l'armée du roi reprit courage, et les seigneurs les plus hardis vinrent se ranger aux côtés du chevalier tout de blanc vêtu. Bientôt l'ennemi recula, et lorsque le chevalier blanc eut tué son chef, l'armée étrangère se dispersa en tous sens et s'enfuit comme un troupeau sans berger. Cependant, le chevalier blanc avait reçu une légère blessure à la jambe, si bien que son manteau blanc se teinta de rouge. En voyant cela, le roi sauta à bas de son cheval, déchira une bande à son propre manteau pour en bander la

jambe du jeune héros. Puis il le pria de vouloir bien l'accompagner jusqu'à la tente royale. Mais le chevalier inconnu, en remerciant, éperonna sa monture, fit demi-tour, et bientôt il disparut de la vue de ceux à qui il venait de rendre un tel service. Le roi en aurait pleuré, tant il regrettait cette disparition! C'était la quatrième fois que lui échappait ce chevalier envers qui il avait une telle dette de reconnaissance! Victorieux, le roi regagna son château avec un énorme butin. Il fut accueilli avec des cris de joie dans toute la cité en liesse, tandis qu'au château se déroulaient des fêtes somptueuses.

«Et alors, mon régisseur, comment as-tu gouverné notre maison, tandis que nous étions à la guerre?» demanda le roi à Bajaja.

Bajaja s'inclina, faisant signe que tout était en ordre, mais les princesses éclatèrent de rire et Glorieuse dit :

«Père, je dois me plaindre de ton administrateur, car il n'a pas été obéissant. Il est tombé malade. Notre docteur a voulu lui donner des remèdes, mais il a voulu aller lui-même cueillir des simples dans la campagne. Il est parti, et n'est revenu qu'au bout de deux jours, tout estropié et plus malade qu'avant.»

Le roi se tourna vers Bajaja, mais ce dernier, tout en souriant, pivota sur les talons, comme pour indiquer que rien ne lui manquait. En apprenant que leur libérateur avait encore apporté son aide efficace à leur père, les princesses n'eurent plus grande envie de choisir pour époux l'un des seigneurs qui avaient participé aux combats. Elles se disaient qu'il se pourrait que le mystérieux chevalier se présentât pour solliciter la main de l'une d'entre elles. Certes, aucune ne savait s'il était beau ou vilain, puisqu'elles n'avaient jamais vu son visage dissimulé par le casque, mais chacune se le représentait comme un ange tombé du ciel.

Le roi était dans un grand embarras pour récompenser ses seigneurs. Chacun d'eux l'avait aidé autant que ses forces le lui permettaient, et tous s'étaient conduits courageusement sur le champ de bataille. Auxquels donner ses trois filles? Alors il conçut un moyen de satisfaire tout le monde. Il alla trouver les seigneurs et leur dit :

«Mes chers amis! J'ai déclaré que ceux qui m'aideraient le mieux dans cette guerre recevraient mes trois filles en mariage. Mais vous m'avez tous fidèlement aidé, c'est pourquoi je veux agir de façon à ne léser personne. Je vous propose de vous aligner sous le balcon de la chambre des princesses. Chacune d'elles lancera sur le sol une balle d'or; celui aux pieds duquel la balle roulera sera désigné comme le mari de cette princesse. Cette proposition vous satisfait-elle?»

Tous les seigneurs acceptèrent. Le roi fit part de cette offre aux trois princesses; elles aussi, il fallait bien qu'elles marquassent leur accord, pour ne pas faire mal juger leur père. Vêtues de leurs plus beaux atours, elles se rendirent sur leur balcon, chacune d'elles tenant en main une pomme d'or. Les seigneurs aspirant à leur main étaient rangés dans la cour, sous ce balcon. Parmi les spectateurs, mais carrément tout près des soupirants, il y avait notre ami Bajaja. Ce fut Ornement qui, la première, jeta sa pomme d'or ; et la pomme roula, roula, jusqu'à arriver presque à toucher les pieds de Bajaja. Mais le muet fit vite un pas de côté, et la balle poursuivit sa lancée jusqu'à un jeune seigneur, un beau et fier cavalier, qui, tout heureux, ramassa la pomme et sortit du rang en la brandissant d'un air glorieux. Puis ce fut le tour d'Inspiration de jeter la pomme, et celle-ci roula comme la première en direction de Bajaja; le muet l'évita aussi adroitement que la fois précédente, et la pomme d'or d'Inspiration échoua devant un autre beau jeune seigneur, qui la ramassa et leva les yeux d'un air vainqueur vers le balcon où souriait la belle. Et enfin ce fut au tour de Glorieuse! Mais voilà, cette fois-ci, Bajaja n'évita pas la pomme qui roulait vers lui ; au contraire, il la ramassa vivement, bondit vers l'étage pour s'agenouiller devant la princesse et lui baiser la main. Mais celle-ci se détourna brusquement, se sauva dans sa chambre à coucher et se mit à pleurer amèrement à l'idée de devoir prendre le muet pour époux. Le roi

était très fâché, les seigneurs murmuraient, mais ce qui était fait était fait ; il n'y avait pas à y revenir. Ensuite il y eut un grand festin, suivi d'un tournoi de chevalerie. Le prix serait décerné au vainqueur par l'une des fiancées. Tout au long du repas, Glorieuse resta figée comme marbre, ne prononçant pas une parole. Son fiancé Bajaja demeurait invisible et le roi croyait que, offensé par l'attitude de Glorieuse, le muet s'était enfui du château. Chacun plaignait la malheureuse, et dans le désir de la réconforter quelque peu, ce fut elle que l'on pria de remettre le prix au vainqueur du tournoi.

Glorieuse finit par accepter. Déjà l'assistance avait pris place sur les sièges disposés autour de la clôture, déjà les concurrents étaient entrés en lice et se combattaient, triomphant les uns des autres, lorsqu'un héraut d'armes annonça qu'un chevalier attendait dehors, monté sur un petit cheval, et qu'il demandait à être admis au tournoi. Le roi hocha la tête en signe d'assentiment. Alors, parut sur le terrain, un cavalier vêtu en bleu et argent, un panache bleu et blanc flottant sur son casque d'argent. Les princesses eurent peine à retenir un cri en reconnaissant, sur le petit cheval, la silhouette de leur libérateur. Le chevalier s'inclina devant les dames puis commença à jouter contre les autres chevaliers, mais autant il y en avait, autant il en vainquit. Le chevalier inconnu resta seul et unique vainqueur du tournoi. Glorieuse descendit vers lui pour lui remettre l'insigne de la victoire : un ruban brodé par elle-même. Le chevalier s'agenouilla devant elle, et elle lui passa le ruban autour du cou. Ses mains tremblaient, son visage était en feu ; elle ne savait pas si c'était le soleil qui la brûlait ainsi, ou

le regard enflammé du beau chevalier. Elle baissa les yeux, quand elle entendit les douces paroles qu'il lui murmurait à voix basse :

«Belle fiancée, ce soir encore je te reverrai!»

Le roi et les deux autres princesses descendirent sur le terrain dans l'intention de retenir le beau chevalier et de le remercier enfin. Mais lui, baisa au vol la main de Glorieuse et disparut aussitôt. Elle pensait aux paroles qu'il avait prononcées. Puis il y eut encore un festin, mais Glorieuse se retira dans ses appartements, refusant de participer aux amusements de la joyeuse compagnie.

Le lune brillait, et le petit cheval portait pour l'ultime fois son maître et ami. Lorsqu'ils furent arrivés auprès du château, Bajaja descendit de sa monture, embrassa le fidèle coursier sur la nuque, sur le museau, sur la soyeuse crinière, puis le cheval disparut à sa vue. Notre chevalier avait du regret de perdre son fidèle compagnon, celui qui l'avait accompagné si souvent mais une joie plus douce encore l'attendait.

Glorieuse restait là, assise toute seule, rêveuse, se disant que l'heure avançait, et que le chevalier ne viendrait sans doute plus. Ce fut alors que l'une de ses suivantes ouvrit la porte, en annonçant que Bajaja désirait parler à la princesse. Glorieuse n'eut point la force de répondre, sa tête se courba sur son oreiller. Et voilà que quelqu'un lui prit la main, elle releva la tête, et vit à ses pieds son beau héros, son magnifique et courageux libérateur!

«Tu es fâchée envers ton fiancé, que tu te caches devant lui?» demanda Bajaja.

«Pourquoi poses-tu cette question, tu sais bien que ce n'est pas toi mon fiancé», murmura Glorieuse.

«Mais si, Princesse! C'est Bajaja qui se dresse maintenant devant toi, c'est le Bajaja qui te tressait des couronnes de fleurs, qui t'a sauvée d'une mort horrible, et qui a aidé ton père dans la guerre contre son méchant voisin. C'est moi qui suis ton fiancé!»

Chacun comprendra que Glorieuse n'était pas le moins du monde irritée contre ce fiancé-là. Un assez long moment après, la porte de la grande salle de réception s'ouvrit toute grande, à deux battants, livrant passage à Glorieuse, la main dans la main du chevalier tout de blanc vêtu, avec un casque d'or. Glorieuse présenta à son père en tant que son fiancé Bajaja le muet. Le père se réjouit grandement, les invités furent fort surpris et les deux autres sœurs l'examinèrent discrètement. Et la grande fête des fiançailles commença vraiment : l'on but beaucoup à la santé des jeunes couples, jusqu'à l'aube.

Après leur mariage, Bajaja emmena sa femme dans son pays, pour la présenter à ses parents. Mais en arrivant dans sa ville, il eut le cœur serré d'angoisse en voyant partout des drapeaux en berne, de grands voiles noirs sur les bâtiments, toute la ville était en deuil : Il s'enquit de ce que cela signifiait et apprit que le jeune roi venait de mourir. Il se hâta vers le château pour réconforter si possible ses parents, et en effet ce fut pour eux, dans leur malheur, une grande joie de le revoir, car ils le croyaient mort, depuis le temps où il était parti sans leur donner de ses nouvelles.

Après son retour, la vie et la joie revinrent au château, les voiles noirs furent décrochés, remplacés par des drapeaux et banderoles rouges. Après bien des épreuves, Bajaja montait enfin sur ce trône que la destinée lui réservait depuis sa naissance. Dès lors, il vécut heureux en son pays, en roi sage et expérimenté, avec son épouse aimée depuis le premier jour où il l'avait vue.

Les Douze Mois

Pàvol Dobšinský

Il était une fois une mère qui avait deux filles; une fille à elle, et une belle-fille. Elle aimait beaucoup sa propre fille, mais celle dont elle était la marâtre, elle ne pouvait pas la souffrir. Et cela, parce que Marouchka était cent fois plus belle que sa Holena. Marouchka ne savait pas qu'elle était belle, aussi ne se doutait-elle pas le moins du monde de la raison pour laquelle sa belle-mère se renfrognait chaque fois que ses yeux tombaient sur elle. Elle se demandait toujours ce qu'elle avait bien pu faire de mal. Ainsi, tandis que Holena ne faisait que minauder et se parer, flâner dans la chambre ou musarder dans la cour, quand elle ne paradait pas dans la rue, Marouchka briquait tout dans la maison, faisait le ménage, la cuisine, la lessive, la couture. Elle filait la laine, tissait, allait couper l'herbe et traire les vaches; elle faisait absolument tout, et sa marâtre ne cessait de la gronder, de la rudoyer. Elle souffrait un véritable martyre, et les choses allaient toujours de mal en pis. Tout cela, seulement parce que Marouchka devenait de jour en jour plus belle, tandis que Holena ne faisait qu'enlaidir. La mère finit par se dire : «Pourquoi dois-je garder à la maison une belle-fille si jolie?

Quand ce sera le temps où les garçons se présenteront pour les fiançailles, ils tomberont amoureux de Marouchka et ne voudront point de Holena.» Et cette mauvaise belle-mère en parla à sa fille Holena; à elles deux, elles dressèrent un plan auquel jamais n'aurait pu penser un être sensé.

Un jour — c'était tout juste après la nouvelle année, en plein cœur d'un hiver très rude — voilà que Holena voulut des violettes. Elle déclara :

«Marouchka, va donc en forêt me cueillir un bouquet de violettes; je veux en décorer mon corsage, j'ai grande envie de humer le parfum des violettes.»

«Grands dieux, petite sœur, quelle idée te passe par la tête? Qui a jamais entendu parler de violettes qui fleurissent sous la neige?» répondit la pauvre Marouchka.

«Comment? Espèce de souillon, tu oses répliquer, lorsque je te demande quelque chose? cria Holena. Il faudrait déjà que tu sois de l'autre côté de la porte, et si tu ne me rapportes pas de violettes, je te tue!» menaça cette méchante fille.

La marâtre jeta littéralement Marouchka dehors; elle claqua la porte et poussa le verrou.

La pauvrette, pleurant à chaudes larmes, se dirigea vers la forêt. Une neige épaisse et dure recouvrait et figeait tout, nulle part il n'y avait de trace humaine, et la jeune fille erra longtemps, égarée dans tout ce blanc glacial. Elle avait faim, grelottait; elle était glacée et pleurait, pleurait. Soudain, elle aperçut une lueur dans le lointain. Elle se dirigea vers cette lumière, et aboutit au sommet d'une montagne. Un feu immense dressait ses flammes dans le ciel, tout autour du bûcher étaient rangés douze rochers, et sur chacun d'eux se tenait un homme. Sur ces douze hommes, trois ont la barbe blanche, trois sont moins vieux, trois sont plus jeunes et trois autres plus jeunes encore. Ils étaient là, assis en silence, muets, et ils regardaient fixement le feu. Ces douze hommes — c'étaient les Douze Mois de l'année.

Au moment où Marouchka arrivait, le Grand Janvier était assis en tête, sur le plus haut rocher. Il avait les cheveux et la barbe d'un blanc de neige, et dans sa main droite il tenait une massue.

Marouchka, à leur vue, sembla pétrifiée d'étonnement. Puis, s'enhardissant, elle s'approcha en disant :

«Bonnes gens, permettez que je me réchauffe un peu auprès de votre feu, je suis complètement transie.»

Le Grand Janvier fit un signe d'assentiment, puis il lui dit :

«Pourquoi es-tu venue ici, fillette? Que cherches-tu en ces lieux?»

«Je cherche des violettes», répondit Marouchka.

«Ce n'est pas la saison des violettes, fillette, tu vois bien qu'il y a de la neige», dit encore le Grand Janvier.

«Je le sais bien, mais ma sœur Holena et ma marâtre m'ont ordonné de venir en forêt cueillir des violettes. Si je n'en rapporte pas, elles me tueront. Je vous en prie, dites-moi où je pourrais cueillir des violettes.»

Le Grand Janvier se leva de son rocher; il alla vers le plus jeune des mois, lui remit sa massue en lui disant :

«Petit frère Mars, assieds-toi à ma place!»

Le mois de Mars alla s'asseoir sur le plus haut rocher, et il tendit la massue vers le feu. Les flammes grandirent, la neige se mit à fondre, les arbres virent éclore leurs bourgeons, l'herbe se mit à verdir, et dans l'herbe des boutons de fleurs pointèrent. Et dans les buissons, sous les feuilles, se mirent à fleurir des violettes. Avant que Marouchka ne fût revenue de sa surprise, il semblait que la terre entière était couverte d'un voile bleu.

«Cueille vite, Marouchka, vite!» lui ordonna le jeune Mars.

Toute joyeuse, Marouchka cueillit rapidement un beau bouquet. Puis elle remercia vivement les Douze Mois, et se hâta de retourner à sa maison.

Elle fut bien surprise Holena! Et encore plus qu'elle, la marâtre! Mais c'était évident, Marouchka revenait en courant avec un beau bouquet de violettes. Elles ouvrirent la porte, et le délicieux parfum se répandit dans toute la maison.

«Où les as-tu cueillies?» demanda Holena d'un ton hautain.

«Tout en haut, dans la forêt, et il y en a tout un tapis», répondit Marouchka de sa voix douce.

Holena lui arracha le bouquet, elle le plaça à sa ceinture après en avoir humé le parfum et l'avoir fait sentir à sa mère, mais à sa sœur elle ne dit pas : «Sens comme cela sent bon!»

Le lendemain, Holena était assise devant le poêle, et voilà qu'elle eut envie de fraises. Elle appela sa sœur et lui ordonna :

«Va me chercher des fraises des bois!»

«Grands dieux, petite sœur, quelle idée te passe par la tête! A-t-on jamais entendu dire que des fraises des bois mûrissent sous la neige?»

«Comment? Espèce de souillon, tu te permets de discuter quand je te commande quelque chose? Allons, dépêche-toi et si tu ne me rapportes pas des fraises des bois, je te tue!» menaça la mauvaise fille.

Pleurant à chaudes larmes, la pauvrette se dirigea vers la forêt. Une neige épaisse et dure recouvrait et figeait tout. Nulle part il n'y avait de trace humaine. La jeune fille erra longtemps, très longtemps. Elle avait faim, grelottait de froid. Brusquement, elle aperçut, au loin, la même lueur que la veille. Se dirigeant vers cette lumière, elle arriva encore devant le grand feu. Douze hommes — les Douze Mois — étaient assis comme la veille autour du feu : Le Grand Janvier à la barbe blanche, au premier rang, dressant sa massue.

«Bonnes gens, permettez que je me réchauffe un peu auprès de votre feu, je suis complètement glacée», demanda la jeune fille.

Le Grand Janvier fit un signe d'assentiment, puis il lui demanda :

«Pourquoi es-tu revenue par ici, fillette? Que cherches-tu encore?»

«Je viens chercher des fraises des bois», répondit Marouchka.

«Mais nous sommes en plein hiver, en cette saison il n'y a pas de fraises dans les bois», dit le Grand Janvier.

«Je le sais bien, soupira Marouchka. Mais ma sœur et ma marâtre m'ont ordonné de leur rapporter des fraises du bois. Si je ne leur en rapporte pas, elles ont dit qu'elles me tueraient. Je vous en prie, petits Oncles, dites-moi où je pourrais en trouver?»

Le Grand Janvier se leva de son rocher, il alla vers le mois qui était assis juste en face de lui : il lui remit son sceptre en lui disant :

«Frère Juillet, assieds-toi à ma place!

Le mois de Juillet alla alors s'asseoir en haut, sur le rocher le plus élevé, et il tourna son sceptre vers le feu. Les flammes jaillirent trois fois plus haut, la neige fondit rapidement, les feuilles se développèrent sur les arbres, les oiseaux se mirent à gazouiller et à voleter de-ci de-là, il y eut soudain des fleurs partout : c'était l'été! Sous les buissons, de petites étoiles blanches apparurent, et à vue d'œil ces étoiles devinrent des fraises qui rougirent et mûrirent devant les yeux étonnés et heureux de Marouchka. A ses pieds, tout était rouge, comme si la terre s'était mise à saigner.

«Cueille vite, Marouchka, dépêche-toi!» lui cria Juillet.

Toute joyeuse, Marouchka ramassa vite dans son tablier une belle récolte de fraises. Elle remercia vivement les Mois, et se hâta de rentrer à la maison.

Elle fut bien surprise, Holena! Elle n'en revint pas, la marâtre! Mais c'était évident, Marouchka revenait en courant vers la maison, son tablier replié en forme de sac plein de fraises des bois. Elles ouvrirent la porte, et un délicieux parfum de fraises se répandit dans toute la maison.

«Où as-tu cueilli ces fraises?» interrogea Holena de son ton hautain habituel.

«Tout en haut, dans la forêt, il y en a tout plein!»

Holena prit les fraises, et en mangea à satiété; la marâtre aussi en mangea, mais à Marouchka elles ne dirent pas : «Prends-en une!»

Le lendemain, voilà que Holena eut envie de mordre dans une pomme.

«Marouchka, va me chercher une belle pomme rouge dans le bois!» commanda-t-elle.

«Grands dieux, petite sœur, qui a jamais entendu parler de pommes rouges à cueillir en plein janvier?»

«Comment, espèce de souillon, tu oses me contredire quand je te commande quelque chose? Va, et reviens vite! Et si tu ne me rapportes pas une pomme bien rouge, je te tue!» menaça-t-elle une fois de plus.

La marâtre jeta littéralement Marouchka dehors, elle claqua la porte derrière elle et poussa le verrou.

Pleurant à chaudes larmes, la pauvrette se dirigea vers la forêt. Une neige épaisse et dure recouvrait et figeait tout. Nulle part, la moindre trace de vie humaine. La jeune fille erra longtemps, très longtemps.

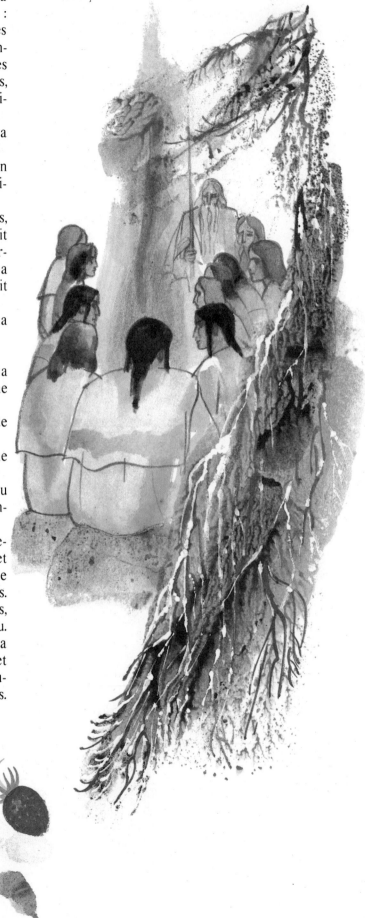

Elle avait faim, elle grelottait de froid. Ce fut alors qu'elle vit encore, au loin, la même lueur que la veille et l'avant-veille. Se dirigeant vers elle, la voilà une fois de plus qui s'arrêta devant le grand feu. Les douze hommes — les Douze Mois — étaient assis autour du feu comme s'ils étaient cloués sur place. Le Grand Janvier, à longue barbe blanche, trônait sur le plus haut rocher, tenant sa massue en main.

«Bonnes gens, permettez-moi de me réchauffer avec vous», leur demanda Marouchka.

Le Grand Janvier accepta d'un hochement de tête, et lui demanda :

«Pourquoi donc reviens-tu encore, fillette?»

«Je suis venue chercher une pomme rouge», répondit la jeune fille.

«C'est l'hiver. En hiver, tu le sais, il n'y a pas de pommes sur les arbres», expliqua le Grand Janvier.

«Je le sais bien», répondit tristement Marouchka. Mais Holena et ma marâtre m'ont menacée de me tuer si je ne rapporte pas de pomme rouge. Je vous en supplie, chers petits Oncles, venez-moi encore en aide cette fois-ci!»

Alors le Grand Janvier se leva, il se dirigea vers l'un des mois les plus vieux, et lui passa le sceptre en lui disant :

«Frère Octobre, assieds-toi à ma place!»

Le mois d'Octobre alla s'asseoir sur le plus haut rocher et il tourna la massue au-dessus du feu. Les flammes montèrent, la neige disparut. Sur les arbres les feuilles ne se développèrent pas en verdure, mais déjà jaunies elles commencèrent à tomber. C'était l'automne. Marouchka ne vit pas de fleurs printanières, ni d'ailleurs ne les chercha. Elle ne regardait que les arbres. Et voilà — sur un pommier — tout en haut, sur une branche, une pomme rouge resplendissait.

«Cueille, Marouchka, cueille vite!» l'invita Octobre.

Marouchka secoua le pommier, la pomme tomba. Elle secoua une deuxième fois, et une autre pomme chut encore.

«Ramasse, Marouchka, ramasse vite et rentre chez toi rapidement!» cria Octobre.

Une nouvelle fois, les deux femmes furent bien surprises. Mais c'était évident, Marouchka revenait en courant. Elles lui ouvrirent la porte, et Marouchka leur tendit les deux pommes.

«Où les as-tu cueillies?» demanda Holena.

«Il y en a bien haut dans la forêt, et il doit y en avoir encore», raconta Marouchka.

En entendant cela, Holena, furieuse de ce que sa sœur n'en eût pas rapporté davantage, se mit à l'invectiver:

«Espèce de souillon, de propre à rien, pourquoi n'en as-tu pas rapporté plus? A moins que tu ne les aies mangées en route?»

«Mais non, chère sœur, je n'en ai pas mangé une seule. Quand j'ai secoué l'arbre une première fois, il en est tombé une. Quand je l'ai secoué une deuxième fois, il en est tombé une autre, mais après on ne m'a plus autorisé à secouer l'arbre. On m'a crié de rentrer vite à la maison», expliqua la malheureuse Marouchka.

«Que le diable t'emporte!» hurla Holena, qui déjà voulait battre Marouchka. Mais la marâtre lui prit le fouet des mains. Marouchka se sauva à la cuisine, et se cacha derrière le four.

La gourmande Holena cessa de gronder et se mit à croquer une pomme, et elle en donna une à sa mère. Jamais de toute leur vie, elles n'avaient croqué de pomme si douce. Elles en avaient d'autant plus envie d'en posséder davantage.

«Donne-moi un panier, Maman. Je vais aller moi-même cueillir ces pommes en forêt. Cette souillon si elle y retournait, nous les mangerait encore chemin faisant. Je trouverai bien l'endroit, et même si c'était en enfer, je les ferais tomber toutes, s'il y en a tant. Même si le diable en personne criait pour m'en empêcher!»

Ainsi parlait Holena, de plus en plus excitée, et sa mère essayait en vain de la calmer. La jeune entêtée revêtit son manteau de fourrure, noua un châle sur sa tête et ainsi bien emmitouflée elle s'élança vers la forêt. Sa mère resta sur le seuil à la regarder partir, en se tordant les mains, impuissante à retenir sa capricieuse fille.

Voilà Holena qui marche dans la forêt. Tout est enfoui sous une neige dure, glacée et verglacée. Pas la moindre trace de passage humain. Elle erre, elle se perd longtemps, très longtemps, mais son envie de manger des pommes la pousse à aller toujours plus loin. Soudain, elle voit une lueur, bien loin. Elle se dirige de ce côté-là, et elle arrive devant le grand feu. Tout autour sont assis douze hommes — les Douze Mois. Et sans les saluer, sans demander la permission, elle s'approche du feu et tend ses paumes pour se réchauffer les mains, comme si le feu avait été allumé rien que pour elle.

«Qu'est-ce qui te conduit ici et que cherches-tu en ces parages?» lui demanda le Grand Janvier d'un ton sévère.

«En voilà des questions, vieux fou! Cela ne te regarde pas d'où je viens et où je vais!» répondit-elle sur son ton hautain coutumier, et elle se dirigea vers les arbres, comme si les pommes devaient déjà l'y attendre.

Le Grand Janvier fronça les sourcils, puis il fit tournoyer son sceptre par-dessus sa tête. Aussitôt le ciel se fit encore plus sombre, le feu s'éteignit, une neige épaisse se mit à tomber tandis qu'un vent glacial hurlait par la forêt. Holena ne voyait plus à un pas devant elle, et plus elle avançait, plus elle s'enfonçait dans les congères. Ses membres lui faisaient mal, ses genoux fléchissaient sous son poids, elle finit par tomber dans la neige épaisse.

La mère attendait Holena, elle regardait par la fenêtre, sortait pour la guetter depuis le seuil. Une heure passa après l'autre.

Holena ne revenait pas. «Mais que fait-elle?» se demandait la mère de plus en plus angoissée.

»Elle ne veut pas abandonner ses pommes! Je dois aller voir moi-même!» finit-elle par décider. La mère enfila son manteau de fourrure, s'enveloppa dans un grand châle et partit à la recherche de sa fille.

La neige tombait de plus en plus dru; le vent, de plus en plus glacial, enveloppait et figeait tout. La mère s'enfonçait dans la neige gelée et appelait sa fille. Aucune voix ne lui répondit. Elle erra, se perdit, ne sut plus par où aller et gémit. Ses membres étaient engourdis, ses genoux cédaient sous son poids, elle finit par tomber dans la neige.

A la maison, Marouchka préparait le déjeuner, elle donnait à manger aux vaches, trayait en temps, mais ni Holena ni sa mère ne revenaient.

«Où restent-elles si longtemps?» s'inquiéta Marouchka, le soir, devant le souper.

Elle resta assise, à attendre, en filant la laine, jusqu'à la nuit. Son fil remplit le fuseau, et ni Holena ni sa mère ne rentrèrent.

«Que leur est-il arrivé?» s'inquiéta derechef la bonne jeune fille, en regardant, anxieuse, par la fenêtre.

Elle ne vit âme qui vive. Seules brillaient maintenant les étoiles dans le ciel clair, la neige étincelait sur le sol et le chaume du toit craquait sous la gelée. Elle ferma tristement la fenêtre. Au matin, elle les attendit avec un léger déjeuner, elle les attendit à midi, et le soir — mais jamais elle ne les revit.

Après leur disparition, la chaumière resta à Marouchka, avec les deux vaches, le jardin, le bout de champ et le pré qui entourait la maison. Le printemps revenu, elle trouva un paysan, un beau jeune homme, qui l'épousa. Et ils vécurent très heureux ensemble. La paix et l'amour, qui y a-t-il de plus beau?

Vardiello le Simplet

Giambattista Basile

Dans un village, vivait une veuve qui avait un fils du nom de Vardiello. Ce fils était le plus grand sot de tout le village, mais sa mère l'aimait d'un amour profond, exclusif. Elle le cajolait, le caressait comme s'il avait été la plus belle et la plus intelligente créature du monde.

Cette veuve avait une poule couveuse, dont elle espérait qu'elle lui donnerait un jour beaucoup de petits poussins qui lui rapporteraient un joli bénéfice. Un jour qu'elle avait quelque affaire à régler en ville, elle dit à son fils, avant de s'en aller :

«Viens ici, trésor à sa maman, et écoute bien : surveille bien la poule couveuse, et si elle quitte son nid pour aller picorer, fais-la retourner sur ses œufs, sinon ceux-ci vont refroidir et tu n'auras ni œufs ni poussins.»

«Fie-toi à moi, maman, répondit notre simplet, je ne suis pas idiot!»

«De plus, ajouta la mère, regarde ici, trésor : tu vois, dans ce placard, ce pot contient du poison. Surtout qu'il ne te vienne pas à l'idée d'en boire un peu, car tu tomberais raide mort.»

«Cela ne me viendrait pas à l'idée, rétorqua Vardiello, je ne vais pas aller boire du poison, que diable! Mais tu as bien fait d'attirer mon attention sur cela, car ce pot a l'air de contenir quelque chose de bon, et, sans le savoir, j'aurais pu boire un peu de son contenu, si j'avais eu soif.»

Dès que sa mère fut partie pour la ville, Vardiello, afin de ne pas rester oisif, alla au jardin creuser un trou et le recouvrit de branchages et de terre pour que des gamins maraudeurs tombent dedans. Pendant qu'il était en plein travail, il s'aperçut que la poule couveuse avait quitté son nid et se dirigeait vers la maison. Il se mit aussitôt à crier à la poule :

«Tch, tch! Va vite rejoindre ton nid!»

Mais la poule n'obéit pas. Constatant que la poule était entêtée, quand il eut assez crié «Tch, tch!» Vardiello tapa du pied, fit de grands gestes. Comme cela ne suffisait pas, il lança son bonnet sur la désobéissante, mais sans résultat. Comme il finit par lui lancer le rouleau à pâtisserie, et qu'il l'atteignit en pleine tête, la poule fut bientôt les pattes en l'air, sans vie.

Le malheur était arrivé, irrémédiable. Mais Vardiello se demanda comment réparer le dommage : faisant de nécessité vertu, il s'assit lui-même sur les œufs, pour les maintenir à bonne température. Mais au moment même où il se laissa tomber sur la couvée, il en fit évidemment une omelette! En constatant qu'il avait provoqué une deuxième catastrophe, il voulut se taper la tête contre le mur. Mais comme toute douleur s'estompe enfin, et que son ventre criait la faim, il décida de faire rôtir la poule morte, pour apaiser sa fringale. Il pluma la poule, la vida, l'enfila sur la broche, alluma un feu et se mit à rôtir la poule. Lorsque le volatile fut presque cuit à point, Vardiello étala une nappe blanche sur un vieux coffre, et pour que tout soit fin prêt à temps, il se munit d'une cruche et descendit à la cave pour y tirer du vin au tonneau. Alors qu'il plaçait la cruche sous le robinet, il entendit, au-dessus, du bruit, une sorte de piétinement, comme si des chevaux galopaient dans la cuisine. Tout effaré, il remonta vivement et constata que le chat, qui venait de voler la poule avec la broche, était poursuivi par un autre chat qui réclamait sa part à grand renfort de miaulements sauvages. Tel un lion furieux, Vardiello se précipita sur le chat, afin d'éviter une nouvelle catastrophe. Enfin, après une longue poursuite dans tous les coins de la maison, il remporta la victoire. Il récupéra la poule! Mais pendant ce temps-là, comme dans sa hâte il avait oublié de refermer le robinet, tout le contenu du tonneau s'était écoulé dans la cave. En y revenant, et constatant le désastre, il fut terrifié. Comme sa raison lui disait qu'il ne fallait pas que sa mère voie ce déluge de vin dans la cave, il y sema tout un sac de farine, pour que celle-ci absorbe le vin.

Quand après tout cela il compta sur ses doigts le nombre de malheurs qu'il avait provoqués, malheurs qu'il ne pourrait cacher aux yeux de sa mère, il pensa qu'elle ne pourrait pas lui pardonner, et décida qu'elle ne le retrouverait pas vivant. Il alla prendre dans l'armoire le fameux flacon contenant, à ce que lui avait dit sa mère avant de s'en aller, un très violent poison. Et il le vida. Puis il alla s'allonger sur le four.

Peu après, la mère revint à la maison. Elle frappa longtemps à la porte, et comme personne ne venait ouvrir, elle passa par la fenêtre, et entra dans la salle. Elle appela son fils à grands cris. Comme personne ne lui répondit, elle s'inquiéta, craignant quelque malheur, et ce fut d'une voix angoissée qu'elle cria de plus en plus fort :

«Vardiello, Vardiello, es-tu devenu sourd? Tu ne m'entends donc pas? As-tu les jambes liées, que tu n'accours point? Où es-tu, garnement? Où te caches-tu, vaurien? J'aurais mieux fait de te jeter dans un ravin, quand je t'ai mis au monde!»

Vardiello entendait bien les appels de sa mère, et il finit par répondre d'une voix larmoyante :

«Je suis ici, sur le four, ma mère, et plus jamais vous ne me verrez vivant.»

«Pourquoi?» demanda la malheureuse mère.

«Parce que je me suis empoisonné», expliqua le fils.

«Malheur à nous! Et pourquoi as-tu fait cela? Et qui t'a donné du poison?»

Vardiello raconta alors, dans les moindres détails, tout ce qu'il avait accumulé de sottises durant l'absence de sa mère, et il avoua qu'il avait absorbé le contenu de ce flacon qu'elle gardait dans l'armoire, car il ne voulait plus vivre en ce monde où il était poursuivi par le mauvais sort.

Une grosse pierre tomba du cœur de la pauvre mère, mais il lui restait fort à faire pour remonter le moral de son fils. Comme elle l'aimait tendrement, elle lui donna encore quelques fruits frais, pour lui ôter sa peur d'avoir mangé des noix confites qui ne sont pas le moins du monde toxiques, mais bien au contraire bonnes pour la digestion. Elle le berça de douces paroles, lui dispensa mille flatteries, si bien

qu'à la longue il consentit à descendre de son perchoir.

Afin de tranquilliser complètement son fils, la mère lui remit une pièce de jolie toile en lui demandant d'aller la vendre en ville et lui recommanda bien de ne pas traiter avec des gens qui parlent trop.

«D'accord, dit Vardiello, j'agirai comme tu veux. Tu seras certainement contente de moi.»

Il prit donc la pièce de toile et s'en alla vers la ville. Il arpenta les rues avec sa marchandise, s'arrêta sur les places en criant : «La belle toile! La belle toile à vendre!» Mais à tous ceux qui s'approchaient et lui demandaient à voir la toile, son prix, il répondait : «Nous ne ferons pas affaire ensemble!» Il disait aux clients éventuels qui l'interrogeaient :

« Vous parlez trop, la tête pourrait vous en éclater!»

Il finit par s'arrêter devant une maison inhabitée, car elle avait la réputation d'être hantée. Devant la maison, il y avait une statue de plâtre. Il examina la statue, un bon moment. Constatant que personne n'entrait ni ne sortait de cette maison, il demanda à la statue :

«Ami, dis-moi, y a-t-il quelqu'un qui habite cette maison?»

Comme la statue ne soufflait mot, il estima que c'était une personne pas trop bavarde, et il lui fit son offre :

«Veux-tu acheter cette toile? Je te la cède à très bon marché.»

Mais la statue se taisait toujours, alors Vardiello lui dit :

«Ma parole, tu es la personne que je recherche. Prends la toile, examine-la tout à l'aise, et donne-m'en ce que tu estimeras juste. Demain je reviendrai chercher l'argent.»

Là-dessus, il déposa la toile sur le bras de la statue et s'en retourna chez lui.

En voyant revenir Vardiello sans toile et sans argent, la mère crut perdre la raison, de colère et de chagrin. Elle s'emporta contre son fils :

«Malheureux! Quand donc seras-tu raisonnable? Mais c'est ma faute, je le reconnais, j'ai toujours été trop bonne pour toi : j'aurais dû manier le bâton quand tu était petit. Mais tu ne vas pas contineur à me chagriner comme ça. Un de ces jours, tu seras gratifié d'un seul coup de toutes les râclées que tu n'as jamais reçues pour toutes tes bêtises!»

Mais Vardiello, sans se troubler, répétait à sa mère :

«Voyons, Maman, ne te mets pas en colère. Tu verras que tout va bien se terminer. Pour cette toile, tu recevras un joli tas de pièces d'or. Crois-tu que je sois un sot? Tu verras bien, demain!»

Dès le point du jour, Vardiello se hâta vers la ville. Il se dirigea tout droit vers la maison où, la veille, il avait déposé sa toile sur le bras de la statue. Il lui demanda, croyant qu'elle l'avait achetée, puisqu'elle ne portait plus la toile :

«Bonjour, Monsieur. Vous avez eu le temps de bien examiner la toile, et maintenant je vous prie de me payer ce qui me revient.»

Mais la statue gardait le silence. Comme elle ne répondit pas non plus à sa deuxième demande, Vardiello se fâcha, il ramassa un gros caillou et le lui lança de toutes ses forces, en pleine poitrine. La statue se brisa — et ce fut la grande chance de Vardiello. Quand le plâtre se fut effrité, par le trou apparut un pot de terre rempli de pièces d'or. Vardiello y plongea les deux mains, fourra des pièces dans toutes ses poches et s'enfuit à toutes jambes pour retourner auprès de sa mère.

Il fit irruption dans la maison, en criant à tue-tête :

«Maman! Maman! Viens voir! Viens voir les belles pièces d'or que je rapporte! Et quelle quantité!»

La mère fut rudement contente devant cette richesse inattendue. Toutefois, elle comprit très vite que Vardiello le Simplet allait clamer la chose sur tous les toits. Elle intervint donc pour tenter de l'éviter si possible. Elle lui dit de s'asseoir sur le seuil, pour guetter un paysan qui allait bientôt passer; car elle voulait lui acheter du lait contre une pièce d'or.

Le bon Vardiello s'assit aussitôt devant la porte, et y demeura sans bouger. Durant plus d'une demi-heure, la mère fit pleuvoir sur lui, à petites poignées, des raisins secs et des figues.

Vardiello les ramassait, et il criait à sa mère :

«Maman! Maman! Prends une cuvette; apporte un cuvier, une corbeille! S'il tombe encore longtemps des raisins secs et des figues du ciel, nous serons vraiment riches bientôt!»

133

Quand il eut assez mangé de figues et de raisins, tant et si bien que son ventre était prêt d'éclater, il rentra dans la maison pour aller s'allonger sur un banc et faire un petit somme.

Le lendemain, il vit, dans la rue, deux mendiants qui se battaient pour une pièce d'or qu'ils avaient trouvée par terre. Vardiello s'approcha d'eux et leur dit :

«Vous êtes bien stupides de vous disputer pour une malheureuse petite pièce d'or. Moi, je considère cela comme rien du tout, car j'en ai trouvé un plein pot en ville!»

Les mendiants répandirent la nouvelle par toute la cité. En quelques jours, le juge lui-même en fut informé. Il fit venir Vardiello devant lui, et se mit à l'inter-roger sans relâche. Où avait-il trouvé cet or? Quand cela? Et comment?

Vardiello répondit :

«J'ai trouvé un pot plein de pièces d'or devant une maison où il y avait un homme muet. Cet homme se dressait tout droit devant la façade. C'était le jour où il tombait du ciel des raisins secs et des figues.»

En écoutant cette réponse inouïe, sans queue ni tête, le juge comprit à qui il avait affaire; il eut un geste de la main en disant :

«Rentre chez toi, espèce de sot, et vite, sinon je vais te faire enfermer dans une maison de fous!»

Ce fut ainsi que la bêtise du fils apporta la richesse à la mère, et que sa finesse lui permit de sauvegarder cette richesse inespérée.

Le pommier d'or et les neuf paons

Vuk Karadžić

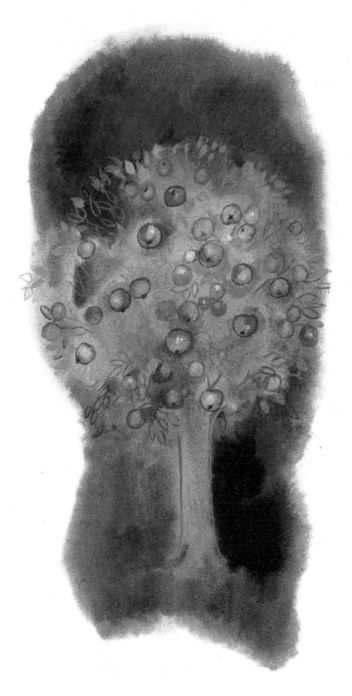

Il était une fois un tsar. Il avait trois fils, et devant son palais, un pommier d'or. En une nuit, l'arbre fleurissait et donnait des pommes mûres, mais chaque fois l'arbre était dépouillé et il n'y avait pas moyen de savoir qui faisait cela.

Un jour, le fils aîné déclara : «Cette nuit, je vais monter la garde au pied du pommier, et je verrai bien qui vient le dépouiller.»

Au crépuscule, il alla installer une couche sous le pommier pour guetter. Mais au moment où les pommes commençaient à mûrir, il s'endormit. A son réveil, au matin, l'arbre était dépouillé. Il rentra donc au palais raconter fidèlement au tsar son père comment les choses s'étaient passées.

Alors le fils cadet s'offrit à aller monter la garde au pied du pommier d'or, comme l'avait fait son frère aîné. Et comme l'aîné il s'endormit sur sa couche au pied de l'arbre, et à son réveil, au matin, les pommes étaient cueillies.

C'était maintenant au tour du plus jeune des trois garçons d'être en faction au pied du pommier sur lequel les pommes d'or commençaient à mûrir au point d'illuminer tout le palais. A ce moment, neuf paons dorés arrivèrent en volant. Huit paons se posèrent sur l'arbre, et le neuvième sur la couchette. Au moment où le paon d'or se posait sur le lit auprès du jeune homme, il se changea en une belle jeune fille, plus belle que toutes celles qui se pouvaient voir dans l'empire tout entier.

Et les deux jeunes gens restèrent ensemble jusqu'à minuit passé. Puis la jeune belle se leva et remercia le jeune homme pour les pommes. Il la pria de lui en laisser au moins une. Elle lui en laissa deux : une pour lui et une pour son père. Ensuite la jeune femme se changea en paon et s'envola avec les autres.

Au lever du jour, le fils du tsar quitta sa couchette et alla porter les deux pommes à son père. Le tsar s'en réjouit grandement et remercia vivement son plus jeune fils. Le soir de ce jour-là, le fils le plus jeune alla encore monter la garde sous le pommier. Il surveilla l'arbre de la même façon que la veille, et, le matin, il rapporta encore deux pommes à son père.

Il agit de même durant quelques nuits si bien que ses frères commencèrent à le jalouser. Ils étaient vexés de n'avoir pas pu veiller sur les pommes, alors que le plus jeune des trois y réussissait toutes les nuits. Ce fut à ce moment-là qu'apparut au palais, comme si on l'y avait convoquée, une vieille sorcière qui promit aux deux princes aînés de découvrir la clé

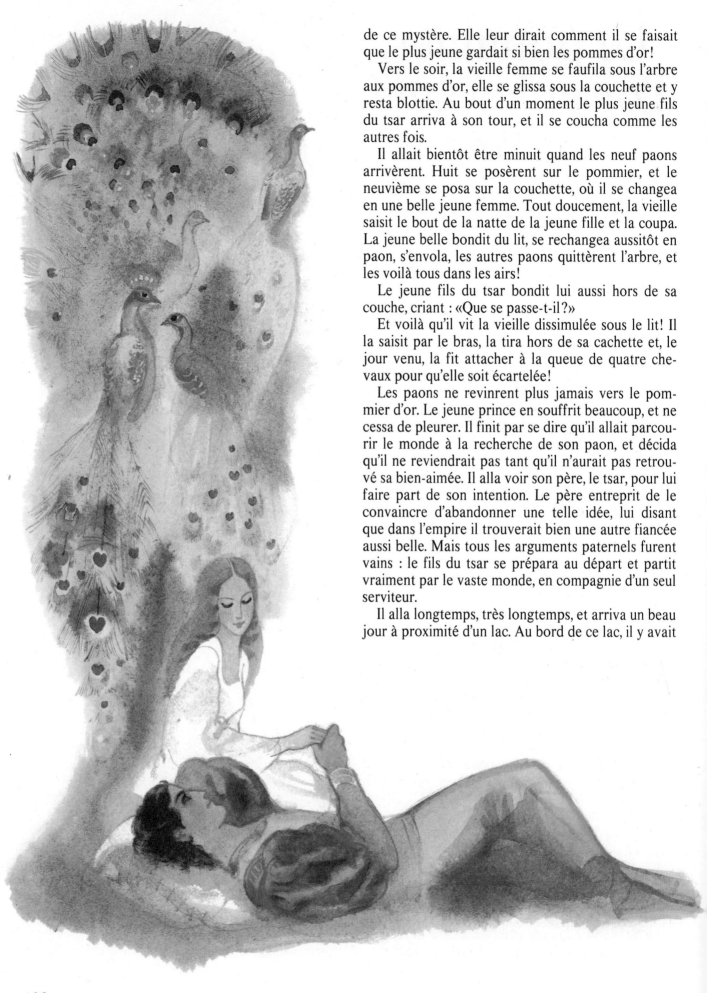

de ce mystère. Elle leur dirait comment il se faisait que le plus jeune gardait si bien les pommes d'or!

Vers le soir, la vieille femme se faufila sous l'arbre aux pommes d'or, elle se glissa sous la couchette et y resta blottie. Au bout d'un moment le plus jeune fils du tsar arriva à son tour, et il se coucha comme les autres fois.

Il allait bientôt être minuit quand les neuf paons arrivèrent. Huit se posèrent sur le pommier, et le neuvième se posa sur la couchette, où il se changea en une belle jeune femme. Tout doucement, la vieille saisit le bout de la natte de la jeune fille et la coupa. La jeune belle bondit du lit, se rechangea aussitôt en paon, s'envola, les autres paons quittèrent l'arbre, et les voilà tous dans les airs!

Le jeune fils du tsar bondit lui aussi hors de sa couche, criant : «Que se passe-t-il?»

Et voilà qu'il vit la vieille dissimulée sous le lit! Il la saisit par le bras, la tira hors de sa cachette et, le jour venu, la fit attacher à la queue de quatre chevaux pour qu'elle soit écartelée!

Les paons ne revinrent plus jamais vers le pommier d'or. Le jeune prince en souffrit beaucoup, et ne cessa de pleurer. Il finit par se dire qu'il allait parcourir le monde à la recherche de son paon, et décida qu'il ne reviendrait pas tant qu'il n'aurait pas retrouvé sa bien-aimée. Il alla voir son père, le tsar, pour lui faire part de son intention. Le père entreprit de le convaincre d'abandonner une telle idée, lui disant que dans l'empire il trouverait bien une autre fiancée aussi belle. Mais tous les arguments paternels furent vains : le fils du tsar se prépara au départ et partit vraiment par le vaste monde, en compagnie d'un seul serviteur.

Il alla longtemps, très longtemps, et arriva un beau jour à proximité d'un lac. Au bord de ce lac, il y avait

un magnifique palais. Dans le palais, vivait une vieille femme et sa fille.

Le jeune prince demanda à la vieille : «Par Dieu, Grand-mère, sais-tu quelque chose des neuf paons d'or?»

Et la vieille lui dit : «Comment n'en saurais-je rien, mon fils! Tous les jours, à midi, ils arrivent en volant pour se poser sur ce lac et s'y baigner. Mais laisse les paons parmi les paons, et vois ici ma fille, regarde combien elle est belle, et riche par surcroît! Elle sera à toi si tu le veux.»

Mais lui, ne se tenait plus d'impatience, il voulait voir les paons et se refusait à écouter ce que la vieille lui racontait à propos de sa fille. Dès le matin, le fils du tsar se leva et se dirigea vers le lac pour y attendre les paons.

Cependant, la vieille soudoya son serviteur. Elle lui donna une sorte de soufflet à poudre qui projetait une étrange fumée, en disant au serviteur : «Prends ce soufflet. Quand vous arriverez au bord du lac, souffle un peu de fumée qui en sortira sur le cou de ton maître, alors il s'endormira profondément, et il ne pourra pas parler aux paons.»

Le malhonnête domestique fit ce que la vieille lui avait ordonné de faire. Quand ils furent au bord du lac, il profita d'un moment favorable pour souffler un peu de fumée sur le cou de son maître, et le malheureux s'endormit aussitôt comme une souche.

A peine était-il endormi que les neuf paons apparurent dans le ciel, huit d'entre eux allèrent se poser sur le lac et le neuvième se précipita en coup de vent sur le jeune dormeur. Changée en jeune fille, elle embrassa le jeune homme en le suppliant : «Réveille-toi, mon amour, ma vie; réveille-toi, mon âme!»

Mais lui, il n'entendit rien. On aurait dit qu'il était mort. Quand les paons eurent achevé de se baigner, ils s'envolèrent tous, le neuvième avec les autres.

Dès leur départ, le fils du tsar se réveilla et demanda à son serviteur: «Que se passe-t-il? Les paons sont-ils venus?»

Alors son serviteur lui raconta comment les paons étaient arrivés en plein vol, comment huit s'étaient posés sur le lac et le neuvième s'était abattu sur lui en coup de vent, comment la jeune femme avait tenté de le réveiller et comment elle l'avait embrassé.

En entendant tout cela, le fils du tsar faillit perdre la vie, de désespoir.

Le lendemain, très tôt, il retourna, toujours accompagné de son serviteur, chevaucher tout autour du lac. Le domestique profita encore d'un moment favorable pour souffler de la fumée magique, et le fils du tsar tomba endormi comme une souche, ayant à peine eu le temps de descendre de cheval pour s'allonger sur l'herbe.

Il était à peine endormi que les neuf paons arrivaient. Huit se posèrent sur le lac, et le neuvième se précipita sur lui, en l'embrassant et le secouant : «Réveille-toi, ma vie, réveille-toi, mon cœur; réveille-toi, mon âme!»

Mais tout cela ne servit à rien — il dormait comme une souche.

Alors la jeune femme-paon dit au domestique : «Dis à ton maître que demain il peut encore espérer nous voir ici, mais après, ce sera fini, il ne nous verra plus en ces parages!»

Et les paons prirent encore leur envol.

Ils étaient à peine partis que le fils du tsar se réveilla, interrogeant aussitôt son domestique : «Est-elle venue?»

Le domestique lui répondit : «Oui, les neuf paons sont venus, ta bien-aimée m'a chargé de te dire que demain tu peux encore venir les attendre au bord de ce lac, mais après, ce sera fini. Les paons ne reviendront plus jamais en ces lieux.»

En entendant cela, le malheureux prince ne savait plus que faire. Il s'arrachait les cheveux de douleur, et rugissait comme un fauve blessé.

Lorsque le jour pointa pour la troisième fois, il monta à cheval et se dirigea encore vers le lac, chevauchant tout au long de la rive. Cette fois, pour ne plus s'endormir, il n'allait pas au pas, mais au grand galop. Mais son domestique trouva encore un moment propice pour lui lancer sur le cou un peu de la poudre de la vieille, et le prince, aussitôt, glissa à bas de son cheval et s'endormit.

Il avait à peine sombré dans son profond sommeil que les neuf paons arrivaient à tire d'aile. Huit se posèrent sur le lac et le neuvième s'abattit sur lui, se changeant aussitôt en femme qui l'embrassa et le secoua en le suppliant : «Réveille-toi, ma vie; réveille-toi, mon cœur; réveille-toi, mon âme!»

Mais rien n'y fit — il dormait et dormait comme une souche.

Alors la femme-paon dit au domestique : «Quand ton maître se réveillera, dis-lui d'abattre la cime, et qu'ensuite il me retrouvera.»

Là-dessus les neuf paons s'envolèrent.

Ils avaient à peine disparu dans le ciel que le jeune prince se réveilla. Il demanda alors à son serviteur : «Est-elle venue?»

Le domestique lui répondit : «Les paons sont venus, et celui qui s'est changé en femme, en se précipitant sur toi, m'a dit de te conseiller d'abattre la cime, et qu'ensuite tu pourrais la retrouver.»

En entendant cela, le prince dégaina son sabre, et abattit d'un coup la tête de son serviteur. Puis il reprit sa route, tout seul, en quête de sa belle fiancée.

Il alla longtemps, très longtemps de par le monde, jusqu'à aboutir un jour en une grande forêt. Il y passa la nuit chez un ermite, à qui il demanda s'il ne pourrait pas le renseigner à propos de neuf filles-paons dorés.

En réponse à sa question, l'ermite répondit : «Tu as de la chance, cher fils, c'est Dieu lui-même qui a dirigé tes pas. C'est ici qu'il te fallait venir, car nous ne sommes qu'à une demi-heure à pied de ton but. Tu dois seulement marcher tout droit devant toi, et tu arriveras devant une grande porte. Quand tu auras passé cette porte, tu tourneras à droite, et tu arriveras droit sur leur ville. C'est là que se trouve leur palais.»

Dès l'aube, le fils du tsar se leva et se mit en route, après avoir vivement remercié le bon ermite. Suivant les instructions reçues, il marcha droit devant lui, arriva devant une grande porte qu'il franchit, tourna tout de suite à droite, et vers midi il découvrit une ville où le jour blanchissait à peine. Il se réjouit grandement.

En arrivant dans cette ville, il demanda où se trouvait le palais des paons d'or. Arrivé devant la porte du palais, il fut arrêté par les gardes qui lui demandèrent qui il était et d'où il venait. Il répondit, et un garde alla l'annoncer à la tsarine. En apprenant sa venue, elle accourut vers lui, hors d'haleine, le prit par la main et le conduisit à l'intérieur du palais. C'était la jeune fille-paon elle-même! Une grande joie se répandit dans tout le palais, il y eut une grande fête de plusieurs jours pour célébrer leurs noces, et dès lors le fils du tsar demeura auprès de sa jeune tsarine.

Au bout d'un certain temps, la tsarine se rendit seule en promenade, laissant son mari au palais.

En partant, elle lui donna la clé de douze caves voûtées, en lui disant : «Tu peux aller visiter toutes les caves, sauf la douzième. N'entre dans celle-là pour rien au monde, et n'en ouvre point la porte, ne joue pas avec ta tête!»

Là-dessus, elle le quitta.

Le fils du tsar resta seul au palais, et il se mit à se demander: «Que peut-il bien y avoir dans cette douzième cave?»

Il se mit à ouvrir une cave après l'autre. En arri-

vant devant la porte de la douzième, il hésita d'abord. Il se dit qu'il n'allait pas l'ouvrir, mais ne cessait de s'interroger : «Que peut-il bien y avoir dans cette cave?» Si bien que, finalement, il ouvrit la douzième porte.

Au centre de la cave, il vit un grand tonneau sans couvercle, avec des cercles de fer. Du tonneau se fit entendre une voix : «Je t'en prie, Frère, par tous les dieux, je meurs de soif, donne-moi une coupe d'eau!»

Le fils du tsar prit une cruche d'eau et la versa

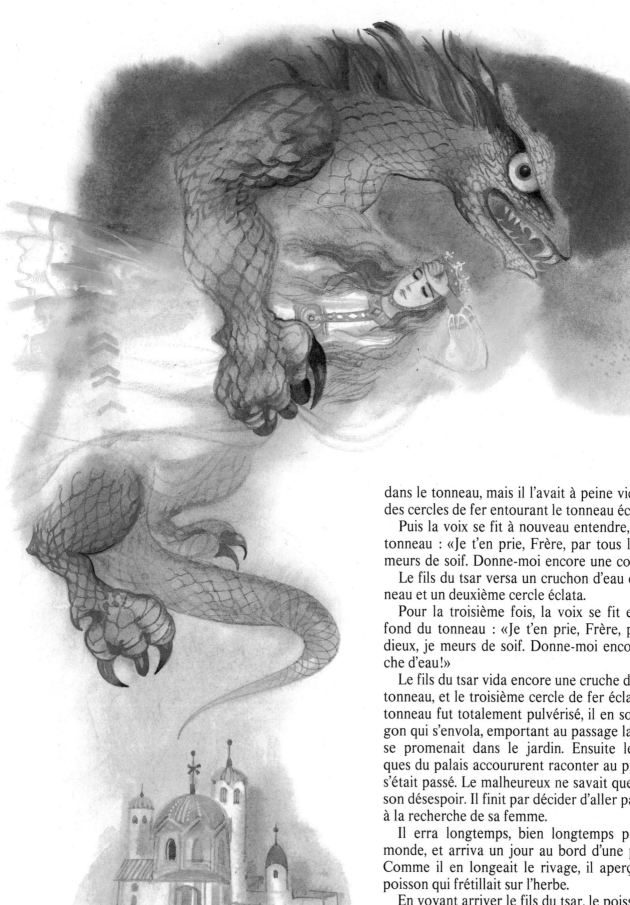

dans le tonneau, mais il l'avait à peine vidée que l'un des cercles de fer entourant le tonneau éclata.

Puis la voix se fit à nouveau entendre, du fond du tonneau : «Je t'en prie, Frère, par tous les dieux, je meurs de soif. Donne-moi encore une coupe d'eau!»

Le fils du tsar versa un cruchon d'eau dans le tonneau et un deuxième cercle éclata.

Pour la troisième fois, la voix se fit entendre du fond du tonneau : «Je t'en prie, Frère, par tous les dieux, je meurs de soif. Donne-moi encore une cruche d'eau!»

Le fils du tsar vida encore une cruche d'eau dans le tonneau, et le troisième cercle de fer éclata. Alors le tonneau fut totalement pulvérisé, il en sortit un dragon qui s'envola, emportant au passage la tsarine qui se promenait dans le jardin. Ensuite les domestiques du palais accoururent raconter au prince ce qui s'était passé. Le malheureux ne savait que faire, dans son désespoir. Il finit par décider d'aller par le monde à la recherche de sa femme.

Il erra longtemps, bien longtemps par le vaste monde, et arriva un jour au bord d'une pièce d'eau. Comme il en longeait le rivage, il aperçut un petit poisson qui frétillait sur l'herbe.

En voyant arriver le fils du tsar, le poisson se mit à lui adresser cette prière : «Par tous les dieux, sois un frère, et rejette-moi à l'eau. Un jour je te le revaudrai, mais pour cela prends l'une de mes écailles. Lorsque tu auras besoin de mon aide, tu n'auras qu'à m'appeler en la pressant entre tes doigts.»

Le fils du tsar ramassa le petit poisson, lui arracha une écaille, remit le poisson à l'eau et serra l'écaille dans un foulard.

Il y avait déjà un certain temps qu'il parcourait le monde quand il rencontra un renard pris dans un piège.

En le voyant arriver, le renard s'adressa à lui : «Par tous les dieux, sois un frère, libère-moi de ce piège. Un jour je te le revaudrai. Arrache l'un de mes poils. Lorsque tu auras besoin de mon aide, tu n'auras qu'à m'appeler en pressant ce poil entre tes doigts.»

Le jeune prince arracha un poil au renard qu'il libéra du piège.

Poursuivant sa route, il parvint à une autre forêt, et ce fut un loup qu'il trouva pris au piège.

En le voyant passer par là, le loup le supplia : «Par tous les dieux, sois un frère, libère-moi et si un jour tu es dans l'embarras je te viendrai en aide. Prends l'un de mes poils, et lorsque tu auras besoin de moi, tu n'auras qu'à appeler en pressant ce poil entre tes doigts.»

Le jeune homme arracha un poil à la fourrure du loup qu'il libéra de ce piège, et il rangea soigneusement le poil.

Après ces trois rencontres, il marcha encore longtemps, très longtemps, puis ce fut un .homme qu'il rencontra, auquel il demanda aussitôt : «Par tous les dieux, mon frère, n'as-tu pas entendu parler d'un château habité par un dragon? Ne sais-tu pas où est ce château?»

L'homme lui indiqua la bonne route, et lui indiqua également l'heure favorable pour s'y rendre.

Le fils du tsar le remercia vivement; il reprit sa marche, et, enfin, arriva à la ville du dragon. Une fois

entré sans encombre dans le palais du dragon, il y trouva sa femme. Tous deux furent tout heureux de ces retrouvailles, et ils se mirent aussitôt à envisager le moyen de libérer la jeune femme.

Ils ne réfléchirent pas longtemps avant de décider que le meilleur moyen c'était encore de s'enfuir. Vite, vite, ils se préparèrent pour la route, sautèrent à cheval — et, hop!, loin de là!

Ils étaient à peine hors de la cour que le dragon revint, monté sur son cheval magique. Il entra dans le palais, et ne vit nulle part la tsarine.

Alors il interrogea son cheval : «Qu'en penses-tu? Nous mangeons et buvons, ou bien nous nous lançons tout de suite à leurs trousses?»

Le cheval lui répondit : «Mange et bois tranquillement, et ne crains rien; de toute façon, nous les rattraperons!»

Après s'être restauré, le dragon bondit sur son cheval rapide, et ils se lancèrent à la poursuite des fuyards. Ils les eurent bientôt rejoints. Alors le dragon reprit la tsarine au fils du tsar, en lui disant : «Va au diable, cette fois-ci je te pardonne parce que tu m'as donné de l'eau, dans la cave. Mais si tu tiens à la vie, ne reviens plus jamais en ces lieux!»

Le fils du tsar, bien malheureux, poursuivit un bout de chemin, mais son cœur ne le laissait pas en paix. Il

retourna sur ses pas, le lendemain il était de retour au palais du dragon. Il y retrouva la tsarine, qui restait là, esseulée, assise et pleurant à chaudes larmes. En se retrouvant, tout heureux, ils se remirent à envisager le moyen de s'enfuir.

Le jeune prince eut alors l'idée de dire à sa femme : «Quand le dragon reviendra, demande-lui d'où il tient ce cheval si rapide. Ensuite, tu me le diras, j'essaierai de m'en procurer un pareil, et alors nous pourrons lui échapper.»

Lorsque le dragon fut rentré, la tsarine se montra aimable, et se mit à lui parler de tout et de rien. Puis elle finit, sans avoir l'air d'y attacher d'importance, par lui demander : «Par tous les dieux, il est vraiment rapide, ton cheval magique. D'où donc le tiens-tu?»

Sans méfiance, le dragon lui répondit : «D'où je le tiens? N'importe qui ne pourrait pas l'obtenir. Dans un certain bois, il est une vieille qui possède douze chevaux dans son écurie. Dans le coin de cette écurie, il y a un cheval qui ne paie pas de mine, mais ce n'est qu'une apparence : en réalité, c'est le meilleur. C'est le frère de mon propre cheval. Celui qui l'obtiendrait pourrait se faire porter jusqu'aux cieux. Mais qui voudrait l'obtenir de la vieille devrait servir chez elle durant trois jours. Cette vieille a une jument et un poulain, il faudrait garder cette jument et son poulain durant trois nuits de suite; celui qui réussirait recevrait de la vieille un cheval à choisir dans son écurie. Mais celui qui entrerait au service de cette vieille pour ces trois jours, et qui ne parviendrait pas

à garder la jument avec son poulain, celui-là le paierait de sa tête.»

Le lendemain, après le départ habituel du dragon, le fils du tsar revint au palais, et la tsarine lui répéta tout ce que le dragon lui avait dit.

Aussitôt le fils du tsar se rendit en cette forêt, chez la vieille, et quand il l'eut trouvée, il lui dit : «Dieu soit avec toi, Grand-mère!» Elle le remercia, en lui disant à son tour : «Dieu soit avec toi, mon fils. Qu'est-ce qui t'amène en ces lieux?»

Le fils du roi lui répondit : «J'aimerais entrer en service chez toi.» Et la vieille de lui dire : «Fort bien, mon fils! Si tu gardes ma jument et son poulain durant trois jours, je te donnerai le cheval que tu choisiras dans mon écurie. Mais si tu ne les gardes pas bien, alors tu le paieras de ta tête!»

Elle le conduisit ensuite dans la cour. Tout autour, il y avait des pieux dressés l'un à côté de l'autre. Chaque pieu était surmonté d'une tête d'homme. Il ne restait qu'un pieu sans tête, et ce pieu criait sans cesse : «Donne-moi une tête, la vieille, donne-moi une tête!»

La vieille montra tout cela au fils du tsar, puis elle lui dit : «Tu vois, tous ceux-là sont entrés en service chez moi, et aucun n'a pu garder la jument et son poulain!»

Cela n'effraya pas le fils du tsar qui accepta pourtant de servir chez la vieille.

Le soir venu, il monta la jument et alla se promener en la chevauchant, tandis que le poulain gambadait tout autour. Il resta ainsi sur la jument, mais vers minuit il s'endormit quelque peu, puis il sommeilla tout à fait. Quand il se réveilla, il était assis sur une souche, et dans sa main il tenait le licol.

En constatant cela, il frémit de terreur. Il bondit et courut à la recherche de la jument. Il chercha, chercha encore, et finit par arriver au bord d'une pièce d'eau. En voyant l'eau, il se rappela le petit poisson qu'il avait sauvé. Il sortit de son foulard l'écaille du petit poisson et la froissa entre ses doigts en invoquant l'aide promise. Et il entendit, venant de l'eau, une voix qui lui demandait :

«Que se passe-t-il, mon ami?»

Le fils du tsar répondit : «La jument de la vieille a échappé à ma surveillance, et j'ignore où elle se trouve.»

Le poisson lui dit alors : «Elle se trouve ici, parmi nous. Elle s'est changée en poisson et le poulain en fretin. Il te suffit de battre la surface de l'eau avec le licol, en disant : «Debout, jument de la vieille!»

Le fils du tsar fouetta l'eau à coups de licol en disant : «Debout, jument de la vieille!» Et la jument se dressa tout près, comme auparavant et elle vint sur la berge accompagnée de son poulain. Le fils

du tsar lui passa le licol autour de la tête et rentra avec elle chez la vieille, le poulain gambadant autour de sa mère.

A son retour, la vieille lui donna à manger, mais elle reconduisit elle-même la jument à l'écurie tout en l'invectivant : «Tu devais te dissimuler parmi les poissons, sale bête!»

La jument se défendit : «J'ai été me cacher parmi les poissons, mais ce sont ses amis, et ils m'ont trahie!»

Sur quoi la vieille ordonna : «La prochaine fois, va parmi les renards!»

Le soir venu, le fils du tsar monta encore la jument et sortit pour se promener à cheval. Le poulain gambadait tout autour. Le fils du tsar chevauchait tranquillement, il était toujours sur la jument, mais quand il fut bientôt minuit il s'assoupit un peu, et finit par s'endormir complètement. Quand il se réveilla, il était à califourchon sur une vieille poutre, et il tenait toujours le licol en main.

En constatant cela, il frémit de terreur. Il bondit à la recherche de la jument et de son poulain. Mais il se rappela soudain ce qu'il avait entendu la vieille dire à la jument. Il sortit de son foulard le poil de

renard qu'il avait précieusement conservé, il le froissa doucement entre ses doigts — et déjà le renard se trouvait devant lui.

«Qu'y a-t-il pour ton service, mon ami?» Le fils du tsar lui raconta ce qui se passait : «La jument de la vieille a échappé à ma surveillance, et j'ignore où elle se trouve.»

Le renard dit : «Elle se trouve ici, parmi nous. Elle s'est changée en renard et le poulain en renardeau. Il suffit que tu battes le sol avec le licol, en disant : «Lève-toi, jument de la vieille!»

Le fils du tsar fouetta le sol avec le licol en disant : «Lève-toi, jument de la vieille!» Et la jument se dressa aussitôt devant lui, tout comme elle était auparavant, avec son poulain. Le fils du tsar lui passa le licol autour du cou, il la monta pour rentrer à la maison, et le poulain trottait derrière sa mère.

Quand ils arrivèrent, la vieille apporta son repas au fils du tsar, et elle conduisit la jument à l'écurie avec des grands cris coléreux accompagnés de coups en lui disant : «Tu devais aller te cacher parmi les renards, espèce d'animal stupide!»

Et la jument lui répondit : «Mais je suis allée parmi les renards, mais ils sont ses amis, et ils m'ont trahie!»

La vieille répliqua aussitôt: «Demain, tu iras parmi les loups!»

Le soir tombé, le jeune prince monta encore la jument, et s'en alla trotter par le bois, le poulain gambadant autour d'eux. Il se sentait toujours bien d'aplomb sur son cheval, mais vers minuit, il s'assoupit et s'endormit sur sa monture. Quand il sortit de son rêve, il était assis à califourchon sur une sorte de vieille poutre, et il tenait toujours le licol dans sa main.

En constatant cela, il frémit d'horreur, il bondit et, vite, se lança à la recherche de la jument. Mais il se rappela bientôt ce qu'il avait entendu la veille. Il sortit de son foulard le poil de loup qu'il avait heureusement conservé, le froissa entre ses doigts, et déjà le loup était devant lui.

«Qu'y a-t-il, mon ami?»

Le fils du tsar expliqua : «La jument de la vieille a échappé à ma garde, et je ne sais pas où elle est.»

Le loup lui dit : «Elle se trouve ici, parmi nous, elle s'est changée en loup et son poulain et louveteau. Mais il te suffit de battre le sol du bout du licol, en disant : «Lève-toi, jument de la vieille!» Ce que le prince fit, et aussitôt la jument fut là devant lui, bien dressée sur ses pattes, telle qu'elle était auparavant, et son poulain gambadait tout près d'elle. Le fils du tsar lui passa le licol autour du cou, monta dessus, et au trot vers la maison de la vieille, le poulain toujours gambadant derrière eux.

Quand ils arrivèrent, la vieille donna à déjeuner

au jeune homme, puis elle mena la jument à l'écurie, se mit à l'étriller énergiquement, en ronchonnant : «Tu devais aller te cacher parmi les loups, affreuse haridelle!»

La jument lui répondit : «Je me suis changée en loup et mon poulain en louveteau, mais les loups sont ses amis et ils m'ont trahie!»

La vieille sortit de l'écurie, et le fils du tsar lui déclara : «Grand-mère, je t'ai servie honnêtement durant trois jours et trois nuits, maintenant, donne-moi ce dont nous sommes convenus.»

La vieille lui a répondit : «Ce dont nous sommes convenus, mon fils, se fera. Vois ici, à l'écurie. Il y a là douze chevaux, choisis celui qui te convient!»

Le fils du tsar dit alors à la vieille : «Pourquoi choisirais-je? Donne-moi celui-là, qui est dans le coin, ce petit mal bâti. Un cheval magnifique, cela ne va pas avec mon allure!»

Alors la vieille se mit à parlementer : «Pourquoi irais-tu prendre cette petite bête étique, alors qu'il y a ici tant de beaux chevaux que tu peux choisir!»

Mais le fils du tsar s'en tint à son choix. Il répéta en s'entêtant : «Donne-moi celui que je veux, comme nous en sommes convenus!»

La vieille ne put rien faire d'autre que de donner au jeune homme le petit cheval étique dont elle aurait bien préféré ne pas se défaire. Le fils du tsar lui fit ses adieux et s'en alla, en tirant le cheval par le licol. Il le mena ainsi jusqu'en dehors de la forêt, puis il l'étrilla, le brossa et le cheval dès lors eut le poil brillant comme soie d'or. Ensuite le fils du tsar monta son petit cheval, l'incita au trot, et le cheval partit en flèche, volant presque comme l'oiseau si bien qu'en un rien de temps le fils du tsar fut transporté jusqu'au pied du palais du dragon.

Aussitôt entré dans la salle où se trouvait sa femme, le jeune prince lui dit : «Prépare-toi vite au départ!»

Il s'installèrent aussitôt tous les deux sur le petit cheval et les voilà partis, à la grâce de Dieu!

Le dragon ne tarda pas à revenir chez lui, et à constater que la tsarine n'y était plus.

Il interrogea alors son cheval : «Que faisons-nous? Mangeons-nous et buvons-nous d'abord, ou les poursuivons-nous tout de suite?»

Le cheval lui répondit tranquillement : «Mange ou ne mange pas; bois ou ne bois pas; lance-toi à leur poursuite ou ne t'y lance pas; de toute façon tu ne les rattraperas pas!»

En entendant cela, le dragon bondit sur son cheval et se lança à la poursuite des fuyards.

Quand les deux jeunes gens s'aperçurent que le dragon était à leurs trousses, ils furent terrifiés, et se mirent à exciter le petit cheval pour qu'il galope plus vite. Mais le cheval leur répondit : «Ne craignez rien, pourquoi nous sauverions-nous?»

Déjà le dragon était sur leurs talons, alors le cheval du dragon se mit à prier son frère : «Grand dieux, Frère, attends-moi, sinon j'expire, à me hâter ainsi derrière toi!»

Le petit cheval lui répondit gaiement : «N'es-tu pas fou de t'essouffler ainsi à porter un dragon! Cabre-toi, lance-le contre un rocher et, hop! tu me suivras tranquillement.»

Dès qu'il eut entendu cela, le cheval du dragon leva la tête et tout le corps, se cabra, et lança le dragon rudement sur une grosse pierre. Le dragon vola en morceaux, et le cheval vint aussitôt se ranger aux côtés de son frère. Ensuite, la tsarine s'installa sur le deuxième cheval, et ils galopèrent sans encombre jusqu'en leur empire, où ils vécurent heureux, en régnant jusqu'à leur mort.

Le prince
qui
cherchait
l'immortalité

László Arany

Il était une fois — ou bien n'était-il pas? — par-delà neuf montagnes, par-delà neuf mers, une très vieille grand-mère qui portait une jupe plissée. Dans le quatre-vingt-dix-neuvième repli de sa jupe vivait une petite puce blanche, et dans le gros ventre de cette puce, en plein milieu, s'étalait une cité royale pleine de merveilles. Dans cette ville régnait un roi déjà vieillissant, qui avait un fils unique, jeune homme très doué. Le roi se promettait beaucoup de son fils, aussi l'avait-il envoyé à l'école pour qu'il s'instruise. Et pour qu'il acquière des connaissances sur tout ce qu'il convient de savoir; il l'avait également envoyé à l'étranger, afin qu'il fît connaissance des mœurs, usages et coutumes des autres peuples.

Le prince resta en pays étranger jusqu'à ce que son père le rappelât en son royaume. Au cours de toutes ces années où il avait voyagé par le monde, le jeune homme avait beaucoup changé. Il était devenu mélancolique, pensif, rêveur. Le roi en était très affligé, et se demandait ce qui pouvait bien être la cause de ce changement dans le caractère de son fils. Il n'en parlait à personne, mais il ne cessait de se tourmenter à son sujet. Il finit par penser que le prince devait être amoureux.

Un jour qu'ils se trouvaient ensemble dans la salle des festins, le roi prit son fils par la main et le mena dans une pièce contiguë aux parois de laquelle étaient suspendus les portraits de très belles jeunes filles. Le père dit alors à son fils :

«J'ai remarqué que tu es toujours plongé dans tes pensées, mon cher fils. Peut-être faudrait-il que tu te maries. Ce serait bon pour toi. Dans cette chambre, tu vois les portraits de nombreuses filles d'empe-reurs, de rois ou de princes. Choisis n'importe la-

146

quelle d'entre elles. Je te donnerai celle qui aura parlé à ton cœur, tu l'épouseras, et ainsi tu retrouveras ta gaieté d'antan.»

«Hélas, Sire le roi, mon cher Père, répondit le prince héritier, ce n'est pas à l'amour que j'aspire, je n'ai aucune envie de me marier. Ce qui me préoccupe, c'est uniquement l'idée que tout être humain, fût-il roi ou empereur, doit mourir un jour. C'est pourquoi je voudrais trouver un empire où la mort n'a pas de pouvoir. J'ai d'ailleurs déjà décidé que ce pays, il me faut le découvrir, même s'il me fallait parcourir à pied le monde entier, jusqu'à user mes jambes.»

Le vieux roi tenta de dissuader son fils d'une telle quête, il lui exposa que c'était là rêve impossible à réaliser, que lui-même régnait fort heureusement sur son empire depuis plus de cinquante ans, qu'il voulait faire accéder son fils à son trône, afin de le rendre plus heureux. Mais le fils s'entêta dans son idée. Et dès le lendemain très tôt au petit matin, il prit son épée, s'en ceignit et se mit en route.

Il marchait depuis quelques jours déjà quand il parvint à la frontière du royaume de son père. En suivant la chaussée, il vit alors au loin un arbre très haut, très touffu, au sommet duquel il lui sembla voir se poser un aigle. En arrivant plus près, il vit que cet aigle, très grand, frappait à coups de bec les branches les plus hautes de l'arbre, si fort que des étincelles en jaillissaient. Comme le prince regardait cela d'un air fort surpris, l'aigle s'envola de l'arbre, il descendit en se changeant dans les airs, et ce fut un homme qui se posa au sol près du prince, un roi qui demanda au prince éberlué :

«Qu'est-ce donc qui t'étonne, mon fils?»

«Cela m'intrigue fort de te voir frapper avec tant de violence la cime de cet arbre», répondit le prince.

Alors le roi Aigle lui dit :

«Sache donc que j'ai été ensorcelé, si bien que ni moi-même ni les membres de ma famille ne pourrons mourir tant que je n'aurai pas réduit en miettes cet arbre, jusqu'aux racines. Mais pour aujourd'hui je vais abandonner le travail et rentrer chez moi. Quant à toi, honnête pèlerin, je serais enchanté de t'offrir l'hospitalité pour cette nuit.»

Cela convenait admirablement au prince, et ils allèrent ensemble au palais du roi. Ce jour-là, justement, au palais il y avait la très belle fille du roi Aigle qui attendait le retour de son père. Vite, elle ordonna que l'on servît le souper. Au cours du repas, le roi Aigle demanda au jeune homme pourquoi il parcourait ainsi le monde à pied. Le prince lui révéla que son pèlerinage n'aurait point de fin tant qu'il n'aurait pas découvert l'empire où la mort est impuissante.

«Eh bien vois-tu, mon fils, tu es venu au bon endroit, lui dit alors le roi Aigle. Je te l'ai dit déjà, la mort n'a aucun pouvoir sur moi, non plus que sur les

membres de ma famille, tant que je n'aurai pas becqueté cet arbre énorme jusqu'aux racines. Entre-
temps, six cents ans se sont déjà écoulés. Prends
donc ma fille en mariage, et vous vivrez ici tous les
deux heureux et tranquilles durant des siècles.»

«Ce serait vraiment très beau, mais au bout de
quelque six cents autres années, il me faudrait pourtant mourir. Et moi, je veux arriver là où la mort
n'aurait vraiment aucun pouvoir sur moi.»

La princesse aussi essaya de le retenir, maintenant
qu'elle l'avait vu, mais elle ne parvint pourtant pas à
convaincre le prince. Alors elle lui remit un souvenir,
une petite boîte au fond de laquelle était peint son
portrait. En lui remettant ce petit cadeau, elle lui dit :

«Puisque tu ne veux point rester avec nous, accepte cette petite boîte en souvenir. Si, chemin faisant, tu
sens la fatigue, ouvre-la et regarde mon portrait, cela
te soulagera. Si tu le veux, tu pourras voler dans les
airs, et si un vent violent soufflait, tu pourras rester
au sol si tu le désires, ou encore filer aussi vite que la
pensée, aussi vite que la tempête elle-même.»

Le prince accepta la petite boîte, remercia vivement la princesse et fit ses adieux au roi Aigle.

Il marchait depuis assez longtemps tout au long de
la chaussée quand il se sentit très las. Il pensa alors à
sa petite boîte. Il l'ouvrit, contempla le portrait de la
belle princesse et pensa : «Si je volais par les airs
aussi vite que le vent!» Et voilà que déjà il était porté
par-dessus les nuages. Il vola ainsi un bon moment,
quand, alors qu'il surplombait une haute montagne, il
vit au sommet un vieillard absolument chauve et qui
arrachait de la terre à coups de bêche pour en emplir
une corbeille. Le vieux souleva la corbeille bien remplie pour descendre la terre dans la plaine, au pied de
la montagne. Ces agissements intriguèrent le prince
qui vint se poser auprès du vieux. Le vieillard chauve
déposa sa corbeille, et tout en regardant le jeune
homme il lui demanda :

«Pourquoi me regardes-tu comme cela, mon fils?
Qu'est-ce qui te surprend ainsi?»

«Ma foi, je me demande pourquoi tu descends
dans une corbeille la terre du sommet de la montagne dans la plaine.»

«Hélas, mon cher fils, soupira le vieil homme tout
chauve, je suis enchanté, si bien que ni moi-même ni
personne de ma famille ne pourra mourir tant que je
n'aurai pas descendu toute la terre de la montagne
dans la plaine, dans ce panier. Tant que cet endroit
ne sera pas absolument plan. Mais viens, le soir va
bientôt tomber, je vais laisser cela pour aujourd'hui.»
Le vieillard tout chauve fit un étrange saut périlleux
au cours duquel il se changea en un homme dans
toute la force de l'âge : c'était le roi Chauve.

Il invita lui aussi le prince à passer la nuit en sa
demeure. Les deux hommes se rendirent ensemble

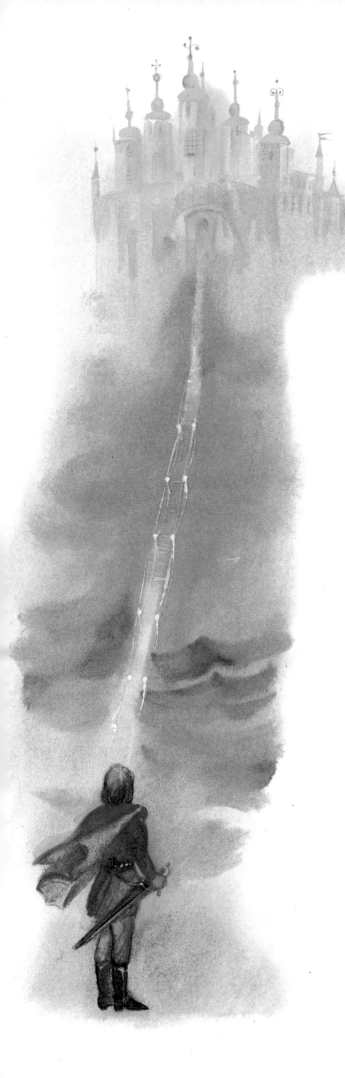

au palais. Dès qu'il arriva, le prince fut ébloui par la fille du roi Chauve, cent fois plus belle encore que celle du roi Aigle. La princesse l'invita aimablement et le régala d'un souper délicieux. Au cours du repas, la conversation s'engagea, et le roi Chauve demanda au prince quel était en fait le but de son voyage. Le prince lui expliqua alors que cette quête ne prendra fin que lorsqu'il aura découvert le pays où la mort est sans pouvoir.

«Si c'est ainsi, tu es arrivé en ce lieu, lui dit le roi Chauve comme l'avait fait le roi Aigle. Ainsi que je te l'ai déjà dit, j'ai été enchanté. Je suis condamné à transporter toute cette montagne dans de petites corbeilles, et ni moi-même ni personne de ma famille ne pourra mourir tant que je n'aurai pas accompli cette tâche. Cela peut durer encore huit cents ans. Épouse ma fille, je vois que vous auriez bien des choses à vous dire, et vous pourriez vivre ensemble bien tranquillement durant huit siècles.»

«Oui, mais moi, je veux parvenir là où la mort n'aura jamais de pouvoir sur moi», déclara le prince.

Il souhaita une bonne nuit au roi et à sa fille, puis il alla se coucher. Tous les trois se levèrent dès potron minet, et la belle princesse essaya encore de le convaincre de rester avec eux. Mais il ne voulut même pas en entendre parler. Pour qu'il ne partît pas sans souvenir d'elle, la belle lui offrit une bague d'or. Cette bague avait un charme particulier : il suffisait que celui qui la portait au doigt la fît pivoter quelque peu pour que cette personne se retrouve aussitôt là où elle voulait être.

Le prince accepta la bague, il remercia vivement la princesse et se remit en route. Il allait depuis un certain temps en suivant la chaussée lorsqu'il repensa au cadeau de la belle princesse. Vite, il fit pivoter la bague autour de son doigt en émettant le vœu de se retrouver au bout du monde. Il avait fermé les yeux, et dès qu'il les rouvrit il constata qu'il se trouvait dans la plus magnifique des cités impériales. En déambulant par les rues, il vit une foule de gens très bien vêtus; mais il eut beau tenter de leur parler dans l'une des vingt-sept langues qu'il connaissait, personne ne le comprenait ni ne répondait. Cela le contraria énormément : que pourrait-il faire en ces lieux, si personne ne le comprenait?

Il allait donc ainsi par les rues, tout triste, quand il remarqua un passant habillé à la mode de son propre pays. Il s'adressa à lui dans sa langue, et l'autre lui répondit sans hésiter de la même façon.

Le prince s'enquit auprès de ce providentiel compatriote du nom de l'endroit où ils se trouvaient, et l'autre lui répondit que c'était la capitale du royaume du roi Étincelant. Certes, le roi était mort depuis longtemps, mais sa fille, d'une très grande beauté, lui avait succédé sur le trône. C'était elle qui maintenant régnait seule sur sept pays, lui dit son interlocuteur, car tous les autres membres de souche royale étaient morts. Le prince se sentit fort satisfait de tout ce que lui avait raconté cet homme, et il lui demanda ensuite de lui indiquer le chemin pour parvenir au palais.

«De bon cœur», lui dit l'autre, qui l'accompagna jusqu'au pied du château, où il l'abandonna en lui faisant des adieux cordiaux.

A son entrée dans le château, le prince vit la princesse assise à son balcon, occupée à broder. Il se dirigea donc directement vers elle. Elle se leva, le remercia, l'introduisit dans ses appartements et le traita royalement. Lorsqu'il eut fini de lui exposer les raisons qui l'avaient poussé à parcourir le monde, et à ce quoi il aspirait, elle le pria de rester auprès d'elle pour l'aider à gouverner. Mais le prince déclara qu'il était bien décidé à ne rester que dans le pays où la mort fût absolument sans pouvoir. Là-dessus la prin-

cesse prit le jeune homme par la main, et elle le mena dans une petite chambre voisine. Le sol de cette chambre était parsemé d'aiguilles piquées dru l'une à côté de l'autre, tant et si bien qu'il eût été impossible d'en piquer une de plus, même la plus fine.

«Tu vois combien il y a d'aiguilles piquées là?» lui demanda-t-elle. Eh bien, je ne mourrai pas plus que tous les membres de ma famille, tant que je n'aurai pas usé toutes ces aiguilles, tant que je ne les aurai pas émoussées l'une après l'autre à force de broder. Et cela durera au moins mille ans. Si tu restais avec moi, nous pourrions vivre ensemble et gouverner durant dix siècles.»

«Fort bien, dit le prince, mais au bout de mille ans il nous faudrait encore mourir, et moi, je cherche le pays où la mort n'aura jamais de pouvoir sur moi.»

Ce fut en vain que la princesse s'efforça d'ébranler sa résolution. Il voulait toujours aller plus loin. La princesse finit par accepter son idée, et elle lui dit :

«Puisque tu ne veux à aucun prix rester chez moi, prends donc en souvenir ce petit fil d'or. Il porte en lui un réel pouvoir. Chaque fois que tu l'invoqueras, il se changera en n'importe qui ou n'importe quoi, en ce que tu souhaites qu'il soit changé.»

Le prince la remercia de son cadeau, glissa le fil d'or dans sa poche et se remit aussitôt en route pour aller toujours plus loin, en quête de l'immortalité.

A peine sorti de la ville, il se trouva au bord d'un grand fleuve. Sur la rive opposée, la voûte céleste touchait la terre. C'était le bout du monde : il n'y avait pas moyen d'aller plus loin. Il se mit donc à suivre le rivage, en remontant le courant. Il marchait depuis un certain temps quand il vit se dresser au-dessus du fleuve, dans les airs, un château splendide. Mais il eut beau chercher ici ou là un passage vers le château, que ce fût sur l'eau ou dans l'air, il ne trouva rien. Il aurait tant voulu, pourtant, aller visiter ce

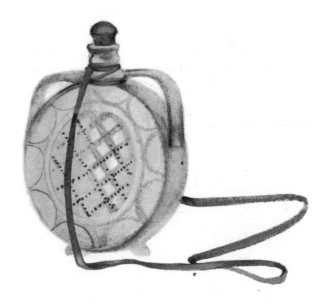

château! Il se rappela alors ce petit fil d'or qu'il avait dans sa poche, le cadeau de la princesse Brodeuse. Il sortit le petit fil, le lança à terre en souhaitant qu'il se changeât en une passerelle qui lui permît d'accéder au château aérien. Et, ô surprise, il eut à peine achevé son invocation que le fil était devenu une passerelle en or. Sans réfléchir plus, le prince s'élança et se hâta de gagner le château en passant sur la miraculeuse passerelle.

Dès qu'il eut passé la porte d'entrée, il vit que ce château était gardé par une créature monstrueuse, plus étrange que tout ce que l'on peut imaginer. De sa vie, il n'avait jamais rien vu de tel. Effrayé devant ce monstre, il commanda à son glaive dénommé «Sorsdufourreau» de passer à l'attaque. Et en vérité, son épée sortit toute seule de sa gaine, et d'un seul coup elle trancha quelques têtes au monstre affreux. Seulement, il lui repoussait aussi vite d'autres têtes sur son cou. Très surpris du fait, le prince ordonna à son glaive de s'en retourner d'où il venait, et il se contenta de regarder ce phénomène. Toutefois, la reine avait tout observé de sa fenêtre. Elle envoya l'un de ses pages pour ordonner au gardien de ne faire aucun mal au prince et de conduire celui-ci auprès d'elle. Ce fut ce qui se passa. Le page courut jusqu'à la porte, et ramena le prince auprès de la reine, sain et sauf.

Le voici donc devant la reine. Elle lui dit d'un ton aimable :

«Je constate que tu n'es pas un homme ordinaire. Dis-moi donc qui tu es, et ce qui t'amène en ces lieux.»

Le prince lui parla de son père le roi, et lui expliqua pourquoi il s'était lancé à travers le monde. Il lui avoua que c'était parce qu'il aspirait à découvrir le pays où la mort ne possède aucun pouvoir.

«Si c'est ainsi, tu es vraiment arrivé au bon endroit, lui dit cette reine, car je suis la reine de la Vie et de l'Immortalité. Chez moi, tu es à l'abri de la mort.»

Elle l'invita à prendre place à table, et le prince put constater à quel point elle était parfaite hôtesse. Si bien qu'il vécut en ce beau château exactement mille ans, mais cette longue période lui parut aussi courte, tant elle avait passé vite, que s'il se fût agi de quelque six mois.

Au bout de ces mille ans, le prince fit, au cours d'une nuit, un rêve. Il parlait à son père et à sa mère, et il en éprouva une telle nostalgie que dès son réveil il déclara à la reine qu'il allait retourner chez lui, qu'il voulait revoir encore au moins une fois ses parents.

La reine de la Vie et de l'Immortalité s'étonna grandement de cette déclaration :

«Quelle idée te prend, tu sais bien que tes parents sont morts depuis plus de huit cents ans, et depuis

plus de sept cents ans il ne reste d'eux que cendre et poussière!»

Quant à le faire changer d'idée, c'était toutefois chose impossible; alors elle finit par lui dire :

«Si tu t'obstines, alors viens avec moi, je vais t'équiper pour la route.»

Elle lui suspendit autour du cou, après une chaîne, deux petites gourdes, l'une en or, l'autre en argent. Puis elle le mena dans une petite chambre dérobée.

«Remplis la gourde d'argent du liquide que tu trouveras dans cette cruche. Quiconque tu aspergeras de quelques gouttes de ce liquide périra sur l'heure, eût-il mille vies à vivre.»

Ensuite elle le conduisit dans une autre petite pièce dérobée, où il y avait, dans un coin, une grande cruche semblable à la précédente. La reine en souleva le couvercle, remplit elle-même la gourde d'or avec le liquide de cette jarre, et dit au jeune homme :

«Maintenant, écoute bien ce que je vais te dire, Prince! Ce liquide provient de la source du rocher de l'Éternité, il a le pouvoir de ressusciter un mort, même s'il était décédé depuis plus de cinq mille ans! Il suffit que la moindre petite bribe de son corps soit découverte par toi-même, et que tu l'asperges de cette eau de vie pour que ce mort soit à nouveau vivant et en bonne santé.»

Le prince remercia vivement la reine de l'Immortalité pour ce précieux cadeau. Il lui fit ses adieux, ainsi qu'à tous les habitants du palais royal, et une fois de plus il se remit en route.

Il arriva assez rapidement à la ville habitée par la princesse Brodeuse. Pour un peu il n'aurait pas reconnu la ville, tant elle avait changé. Dans le château même, il régnait un tel calme qu'il semblait que jamais il n'avait été habité. Entré dans la chambre royale, il y trouva la princesse assise devant son métier à broder. Il s'approcha d'elle à pas de loup, puis lui adressa aimablement la parole, mais elle ne broncha pas. Il se hâta d'aller voir dans la pièce où étaient piquées toutes les aiguilles dans le parquet, mais il n'en trouva plus une seule. La princesse avait cassé la dernière aiguille en travaillant, et il lui avait fallu mourir. Vite, le prince l'aspergea de quelques gouttes du liquide contenu dans la gourde d'or. Elle se réveilla aussitôt, leva la tête et lui dit :

«Ah! Doux ami, tu as bien fait de me réveiller, il me semble que j'ai dormi longtemps.»

«Et si je ne t'avais pas ressuscitée d'entre les morts, tu aurais dormi jusqu'à la fin du monde!»

Ce fut alors seulement qu'elle comprit que déjà elle avait passé de vie à trépas, et que le prince l'avait ramenée à une nouvelle vie. Elle le remercia, très émue, et lui promit de lui rendre un jour ce bienfait.

Le prince lui fit bientôt ses adieux pour se remettre en route. La prochaine étape le mena chez le roi Chauve. De loin, il constata que la montagne avait disparu. En s'approchant, il comprit que le malheureux roi avait transporté toute la terre de la montagne jusque dans la plaine. Et il le vit, allongé, sa corbeille sous la tête, la bêche et la pelle déposées à ses côtés. Il était mort, sa tâche accomplie.

Le prince sortit encore sa gourde d'or, aspergea le roi défunt de quelques gouttes du miraculeux liquide — cette bénéfique eau de vie — et le roi se réveilla, de la même façon que la princesse Brodeuse. Le roi Chauve, lui aussi, fit la promesse de rendre le bien que le prince lui avait fait.

Le prince le quitta bientôt pour aller vers le pays du roi Aigle. Il y vit que le roi Aigle avait becqueté l'arbre gigantesque jusqu'aux racines, au point qu'il n'en restait pas trace. Et le roi Aigle gisait là, mort, les ailes déployées et le bec enfoncé dans la terre. Tout autour volaient des mouches.

Le prince aspergea le roi Aigle de quelques gouttes d'eau de vie contenue dans la gourde d'or. Le roi revint à la vie, regarda tout étonné autour de lui et dit :

«Oh là! Que j'ai dormi longtemps! Merci de m'avoir réveillé, mon cher et jeune ami.»

«Tu aurais dormi jusqu'au Jugement dernier, si je ne t'avais pas ramené à la vie.»

Alors seulement le roi Aigle comprit qu'il était en fait au-delà de la mort. Il se souvenait fort bien du prince, il le remercia vivement pour son bienfait et lui promit de le sauver à son tour si l'occasion s'en présentait.

A lui aussi, le prince ne tarda pas à faire ses adieux. Il ne lui fallut pas longtemps pour parvenir à la ville qui avait été celle où régnait son père. Déjà de loin il avait pu voir que le château paternel était tombé en ruines, et que là où s'était étendue la ville s'étalait maintenant un grand lac sulfureux à la surface duquel folâtraient des feux follets bleus et verts.

Ainsi le prince devait abandonner tout espoir de retrouver son père ou sa mère, même morts. Tristement, il fit demi-tour et s'éloigna. Arrivé à l'endroit où se trouvaient autrefois les murailles d'enceinte de la ville, il entendit une voix qui l'appelait :

«Ne t'en va pas, Prince, tu es juste au bon endroit, car il y a mille ans que je te recherche sans relâche!»

Le prince se retourna — et que vit-il? La Mort elle-même — son nom soit maudit pour l'éternité —. Vite, il fit tourner autour de son doigt la bague magique, et il se retrouva chez le roi Aigle, puis chez le roi Chauve et ensuite chez la princesse Brodeuse. Il pria chacun d'entre eux de dresser son armée contre la Mort qui le poursuivait car il voulait aller se réfugier chez la reine de l'Immortalité. Seulement, il avait toujours la Mort à ses trousses.

Il arriva enfin au château de la reine de l'Immortalité, déjà l'une de ses jambes passait la muraille, mais la Mort le saisit par l'autre jambe en proclamant :

«Maintenant je te tiens!»

La reine de l'Immortalité avait vu cela de sa fenêtre. Elle cria et réprimanda la Mort, lui disant que dans son royaume la Mort n'avait rien à dire, rien à faire.

«C'est certes vrai, dit la Mort, mais l'une des jambes du prince est encore dans mon propre empire : cette jambe m'appartient donc.»

«D'accord, mais il n'y a aucun doute que la moitié du prince m'appartient, à moi, répliqua la reine de l'Immortalité. Et quel avantage aurions-nous à le partager, si nous devions le faire : un demi-prince n'est d'aucun prix ni pour toi ni pour moi. Voilà ce que je te propose : je vais t'accepter ici tout à fait exceptionnellement. Viens, et nous réglerons l'affaire en pariant.»

La Mort se laissa convaincre, et elle entra dans le château de la reine de l'Immortalité. Celle-ci lui proposa de lancer le prince jusqu'au septième ciel, là d'où sort l'étoile du Matin. Si elle parvenait à le lancer bien droit de façon à ce qu'il retombe à l'intérieur des murailles de son royaume, le prince lui appartiendra. Mais s'il retombe à l'extérieur, dans le domaine de la Mort, c'est à la Mort qu'il reviendra.

La Mort marqua son accord, et la reine de la Vie pria le prince de l'accompagner dans la cour du château. En s'appuyant fermement au sol, elle saisit le prince par les talons et le lança bien haut, parmi les étoiles, si fort qu'il disparut bientôt à leurs yeux.

Mais, en son effort extrême, la reine avait légèrement glissé, si bien que la voilà anxieuse, se demandant si le prince n'allait pas retomber en dehors des murs de son domaine.

Elle avait les yeux exorbités, tant elle regardait et regardait pour le voir réapparaître.

Soudain elle remarqua une petite guêpe qui s'efforçait de se glisser dans la cour. Déjà pourtant il semblait qu'elle allait retomber en dehors des murs. La reine eut le cœur serré d'angoisse, mais voilà qu'une petite brise du Sud souffla et ne refusa pas son aide à la Vie. Elle porta la petite guêpe juste près du mur, mais enfin à l'intérieur de la cour. La reine de la Vie bondit, elle prit le prince-guêpe dans sa main comme une petite balle légère, et, précautionneusement, l'emporta dans son château. En constatant combien la tête tournait au prince, après cette aventure, elle l'embrassa pour le faire revenir à lui, et elle le berça tendrement sur ses genoux.

Après, elle ordonna à ses gens de mettre le feu à toutes sortes de balais et brandons, pour chasser la Mort à coups de flammes et de fumée. Et elle intima l'ordre à son ennemie de ne plus jamais mettre les pieds dans son domaine.

Le prince et la reine de la Vie et de l'Immortalité vivent encore, de nos jours, et règnent glorieusement. Que celui qui ne me croit pas aille jusqu'au bout du monde. Là, il découvrira le château aérien de la reine de la Vie et de l'Immortalité. Et si, arrivé au bord du fleuve, il découvre ce château, il reconnaîtra que mon histoire est bien vraie.

Les trois grenades dorées

Petre Ispirescu

Il était une fois un roi, et ce roi avait un fils. Un jour que le fils était assis à la fenêtre, il remarqua une petite vieille toute ronde comme une balle, qui allait à la fontaine chercher de l'eau dans sa cruche de grès. Qui sait ce qui lui prit, il avait une pierre en main, et il la lança vers la fontaine. Il atteignit la

cruche, qui se brisa. La vieille avait vu d'où venait cette pierre, elle leva les yeux vers le château et remarqua le fils du roi, qui s'amusait beaucoup de l'incident. La vieille lui dit :

«Tant que tu ne découvriras pas les trois grenades dorées, mon petit, tu ne te marieras pas.»

Et elle rentra chez elle, bien triste, sans cruche et sans eau.

En entendant cette prédiction, le fils du roi devint rêveur. Après avoir longtemps pensé à ces trois grenades dorées, il fut en proie au désir de les voir, et de les avoir. Il alla donc trouver son père et lui tint ce langage :

«Père, fais-moi faire trois costumes de fer; je vais partir pour un long voyage.»

Ce fut en vain que le roi tenta de lui faire abandonner cette résolution, le fils ne voulut pas en démordre. En voyant qu'il ne pouvait l'en empêcher, le roi lui fit faire les trois vêtements demandés. Le fils du roi les prit, monta à cheval et se mit en route.

Il parcourait le monde depuis un an déjà. Il arriva alors en un endroit désert. Personne n'y habitait. Il erra ici et là, déchira deux vêtements et les jeta. Il ne savait que faire, si bien qu'il décida d'aller encore un peu plus loin. S'il ne trouvait rien, il rentrerait à la maison.

Il avait à peine fait quelques pas de plus qu'il aperçut un chalet. Il vola dans cette direction comme une flèche et il y fut en un instant. Une ermite le vit arriver et lui dit :

«Cher jeune homme, comment es-tu arrivé en ces lieux? Ici ne vient même pas l'oiseau chanteur, que dire alors d'un malheureux petit homme?»

«Petite sœur, répondit le fils du roi, je recherche les trois grenades dorées. Ne savez-vous pas où je devrais aller pour les trouver?»

«Je l'ignore, jeune homme. Je n'ai jamais entendu parler d'une chose pareille. Mais peut-être que ma sœur le saura. Elle habite encore plus loin. Si tu as le courage de continuer ton voyage, va le lui demander.»

Il n'attendit pas qu'elle le lui dise une deuxième fois. Il se remit tout de suite en route, allant tout droit, par monts et par vaux. Et il arriva à une deuxième cabane, d'où sortit également une ermite, mais plus vieille et plus ridée que la première. Elle aussi, lui dit :

«Où es-tu venu te perdre, malheureux! Par ici, même l'oiseau chanteur ne vient pas.»

«Chère sœur, lui dit le fils du roi, je cherche les trois grenades dorées, et mon désir de les trouver m'a conduit jusqu'en ces confins. Savez-vous où je pourrais les trouver?»

En entendant ces mots, la vieille fondit en larmes, et elle dit :

«Moi aussi, j'avais un fils qui avait entendu parler de ces trois grenades enchantées. Comme il les recherchait sans cesse, il m'est revenu un jour tout estropié, et pour finir il s'est tranché la gorge, à cause d'elles. Si j'avais su, alors, cher jeune homme, comment on pouvait les trouver sans danger, je n'aurais pas perdu mon fils.»

En apprenant cela, le jeune homme pria la vieille de lui dire comment il pourrait trouver ces grenades. La vieille lui expliqua par où il devait passer et comment il devait agir. S'il réussissait, elle le conjurait de s'arrêter chez elle sur le chemin du retour pour lui montrer ces grenades dorées à cause desquelles avait péri son fils.

Après lui avoir promis de revenir, et remerciée de ses avis, il disparut comme une apparition. Il marchait alors depuis plus d'une semaine quand il vit un dragon qui avait la mâchoire supérieure jusqu'au ciel tandis que l'inférieure touchait terre. Il le salua poliment :

«Bonjour, frère», et il poursuivit sa route.

«Bonne chance à toi, jeune homme», lui répondit le dragon.

Plus loin, le fils du roi arriva devant une source toute bouchée, pleine de boue. Il nettoya la fontaine, en retira l'eau croupie pour qu'elle se remplisse d'eau fraîche de la source. Et il continua, toujours plus loin, si bien qu'il se trouva devant une porte fermée, toute couverte de poussière et de toiles d'araignées. Il en-

leva les toiles d'araignées, essuya la poussière, ouvrit la porte toute grande et marcha toujours dans la même direction. Chemin faisant, il passa auprès d'une boulangère qui s'épuisait à nettoyer son four à main nue. En voyant cela, le jeune homme la salua, déchira un bout de son vêtement et le lui tendit en disant :

«Prenez ceci, petite mère, essuyez donc votre four avec ce chiffon.»

La boulangère accepta, et le remercia bien.

Au-delà du four, le fils du roi vit un jardin magnifique, un vrai paradis, et il s'y promena un moment.

Soudain il aperçut trois grenades sur un arbre. Reprenant courage, il sortit son couteau et coupa la petite branche à laquelle étaient suspendues les trois grenades dorées. Puis, vite, il prit ses jambes à son cou.

Il n'avait pas couru dix pas que tout le jardin se mit à crier au voleur, et à appeler à l'aide la boulangère, la porte, la fontaine et le dragon.

«En voilà des cris, dit la boulangère, depuis que j'ai été condamnée à travailler ici, il n'est encore venu à personne l'idée de venir et de m'aider à ne pas m'épuiser à longueur de journée.»

«Je ne pense pas autrement, déclara la porte, depuis qu'on m'a installée ici, personne n'est jamais venu me nettoyer et m'ouvrir, je ne pouvais même plus tourner sur mes gonds.»

«Ne vous fâchez pas, dit la fontaine, mais depuis que ma source coule, jamais main humaine ne m'a touchée, jamais mon eau n'a été renouvelée, si bien qu'elle était toute croupie.»

«C'est la vérité, ajouta alors le dragon. Depuis que j'ai été condamné à tenir la gueule ouverte et à rouler les yeux vers les étoiles, personne ne m'a jamais dit bonjour, et encore moins ne m'a dit "frère".»

Le fils du roi, qui agissait en tout exactement comme le lui avait conseillé la vieille, se rendit chez elle, la remercia, lui laissa un peu d'argent et prit cette fois le chemin du retour vers le royaume de son père.

Dieu sait pourquoi cette idée lui passa par la tête, mais à un moment donné, n'y tenant plus, il sortit l'une des trois grenades pour y goûter et pour savoir si c'était vraiment un bon fruit. Mais voilà que la grenade éclata, et il en sortit une très belle jeune fille, adorable comme une fée, et elle se mit à gémir et à supplier :

«De l'eau, vite de l'eau, sinon je meurs!»

Le fils du roi examina les alentours pour voir s'il y avait de l'eau, mais en vain, il n'y en avait pas une goutte nulle part. La jeune fille poussa un soupir, tomba : elle était morte. Il s'en fallut de peu qu'il ne tombât mort lui aussi, mais enfin il se ressaisit.

Il marcha encore longtemps, mais voilà qu'une fois encore il ne put résister au désir de goûter à une

grenade. Il sortit son couteau, et fendit la deuxième. Il en sortit encore une jeune fille belle comme une fée, mais elle aussi mourut aussitôt, comme la première, parce qu'il n'avait pas d'eau à lui donner.

Tout malheureux, il regagnait le palais de son père avec sa dernière grenade, et il la contemplait toujours avec convoitise. Chemin faisant, il déboucha en une belle prairie où l'on commençait à voir trace humaine. Il eut alors le sentiment que rien de mal ne pouvait plus lui arriver, et il s'assit un moment pour prendre quelque repos. Il ne cessait pas de penser aux grenades et aux jeunes filles mortes si rapidement. Comme il songeait aux deux mortes, il eut à nouveau le désir intense de goûter cette troisième grenade, la dernière. Comme il ne pouvait plus refréner son envie, il se décida à ouvrir la dernière, mais comme il craignait qu'il n'en sortît encore une jeune fille qui voudrait de l'eau pour survivre, il chercha une fontaine, prit de l'eau dans sa coiffe, alla s'asseoir à l'ombre d'un arbre, et là il fendit la dernière grenade. Il en sortit encore aussitôt une très belle jeune fille, lumineuse comme un soleil avec ses cheveux d'or.

«De l'eau, de l'eau!» cria-t-elle.

Le jeune homme lui donna à boire, l'aspergea d'eau et lui sauva ainsi la vie.

Il la contempla, admirant sa beauté, son charme.

Puis il la prit par la main et lui demanda si elle serait sa femme, et elle fit signe que oui.

Il ne voulait pas qu'elle fasse à pied le chemin jusque chez son père, pour ne pas trop la fatiguer. Elle était si menue qu'un bon mangeur l'aurait avalée pour son déjeuner, et si mince qu'on aurait pu la faire passer dans une bague.

Il lui conseilla de grimper dans la ramure de l'arbre qui poussait près de la fontaine, en lui disant de l'attendre là. Il allait revenir bientôt du château de son père avec un carrosse et des cavaliers pour la conduire en grande pompe. Il connaissait bien la région, et savait qu'il n'était plus très loin de chez lui.

La belle jeune fille commanda à l'arbre de s'incliner et l'arbre s'inclina. Elle s'assit sur une branche et l'arbre se redressa. Le fils du roi resta bouche bée en voyant l'arbre s'incliner et se redresser comme par miracle. Puis il se hâta d'aller vers son foyer. Il se pressait tant qu'il soulevait la poussière sous ses pas.

Peu de temps après le départ du fils du roi, une jeune tzigane vint puiser de l'eau à la fontaine. En voyant le beau visage qui se reflétait dans le miroir de l'eau, elle crut que c'était le sien, jeta sa cruche à terre et courut chez sa mère à qui elle dit aussitôt :

«Je n'irai plus puiser de l'eau. Une beauté comme moi ne va pas à la fontaine!»

«Tâche que l'eau soit bientôt ici! Qu'est-ce que cette histoire stupide?»

Elle alla à la fontaine, mais elle revint sans eau, malgré la menace du balai de sa mère. La jeune bohémienne s'en tenait à son idée que sa trop grande beauté lui interdisait une telle besogne.

La mère finit par se dire qu'il y avait quelque chose là-dessous. Elle piqua dans les cheveux de sa fille une épingle magique, et lui dit ce qu'elle aurait à faire si elle rencontrait quelqu'un à la fontaine, et elle la renvoya.

Arrivée à la fontaine, la jeune tzigane leva les yeux et vit aussitôt à qui appartenait ce visage d'ange qui se reflétait dans le miroir de l'eau.

«Aide-moi à grimper près de toi, je te prie», demanda-t-elle à la belle jeune fille.

La belle aux cheveux d'or ordonna à l'arbre de s'incliner, attira la tzigane auprès d'elle, pour qu'elle ne fut pas triste, et l'arbre se redressa.

Elles se mirent à bavarder, la tzigane flattait la belle jeune fille blonde, la caressait, puis elle la pria de poser sa tête sur ses genoux pour qu'elle dorme un peu tandis qu'elle allait lui peigner sa chevelure.

La jeune fille accepta, elle inclina sa tête pour la poser sur les genoux de la tzigane, et dès qu'elle se fut un peu endormie la tzigane lui piqua dans la tête la fameuse aiguille magique. Du coup la jeune fille se changea en oiseau, un bel oiseau tout doré, qui se mit à voleter de-ci de-là d'une branche à l'autre.

La tzigane dit :

«Tu es heureuse de m'avoir échappé! Je pensais

que tu dormais, mais peu importe, tu ne fuiras pas
très loin, car je reviendrai te chercher avec ma jument.»

Quelques jours plus tard, le prince revint chercher
la jeune fille avec une escorte militaire, des cavaliers,
et le carrosse royal. En le voyant arriver, la tzigane
l'apostropha en ces termes :

«Comment m'as-tu laissé attendre si longtemps,
Prince? Regarde comme le soleil m'a brûlé le visage,
et comme le vent m'a ébouriffé les cheveux.»

En la voyant, le fils du roi en resta tout ébahi et
tout déconfit : il ne pouvait croire que c'était là la
belle jeune fille qu'il avait laissée dans l'arbre.

Mais après tout ce qu'elle lui déclara, il lui fallut
bien la croire. Il se tut et l'emmena.

Pourtant, on eut dit que son cœur lui assurait que
ce n'était pas sa «belle grenade». Mais personne
d'autre ne se trouvait en cet endroit. Il la conduisit
donc chez lui, en se demandant ce que son père allait
penser. Sûrement que le roi allait croire qu'il lui avait
menti.

Quand le carrosse arriva dans la cour du palais, le
roi descendit à sa rencontre pour accueillir la belle
aux cheveux d'or dont lui avait parlé son fils. Quelle
surprise de voir ce pruneau au lieu du visage comme
un soleil! Au lieu d'une belle fée, il se trouvait devant
une tzigane noire comme le fond d'un chaudron! Son
fils lui expliqua bien que le soleil lui avait brûlé le
visage et que le vent l'avait ébouriffée, il ne pouvait
le croire. Content ou pas, il leur attribua une aile du
château, mais toujours il remettait le mariage à plus
tard.

Dès le lendemain du retour du fils du roi au château, le petit oiseau d'or se mit à visiter régulièrement le jardin royal, dès le matin. Il chantait d'une
manière si attendrissante qu'à l'écouter on en avait le
cœur étreint. Puis un jour, l'oiseau se mit à crier à
gorge déployée :

«Jardinier! Le roi dort?»

«Il dort», répondit le jardinier.

«Qu'il dorme paisiblement, et qu'il fasse de beaux rêves, dit le petit oiseau. Et la reine noire, dort-elle également?»

«Elle dort», dit encore le jardinier.

«Qu'elle dorme dur et mal, que plus jamais rien ne la réjouisse!»

Et sur tout arbre où s'était posé l'oiseau d'or, les branches se desséchaient, et l'arbre dépérissait.

La jardinier raconta tout au roi, et il lui dit aussi que les arbres mouraient quand l'oiseau s'était posé sur leurs branches. Le roi resta profondément plongé dans ses pensées.

En quelques jours, presque tous les arbres du jardin royal dépérirent, et enfin il n'en resta plus qu'un seul. Le roi ordonna de poser un piège sur chacune des branches et branchettes de cet arbre, et ce fut ce qu'on fit. Et le lendemain, dès l'aube, on apportait au roi le petit oiseau d'or qui s'était pris au trébuchet. Le

roi fit construire pour l'oiseau une jolie cage tout en or, et il plaça la cage avec l'oiseau à sa fenêtre, pour l'avoir constamment sous les yeux.

Quand la tzigane entendit parler de l'oiseau d'or, son cœur se serra d'angoisse. Elle prétendit être malade, et elle soudoya tous les médecins de la cour pour qu'ils disent au roi qu'elle ne guérirait pas tant qu'il n'aurait pas fait tuer l'oiseau pour le lui donner à manger.

Le roi se fâcha très fort. Il ne voulait pas entendre parler d'une telle chose. Mais lorsque son fils l'en pria, il lui donna l'oiseau. Il en éprouva une grande tristesse, et il en voulut d'autant plus à la tzigane.

On emporta donc l'oiseau, on le tua, on le rôtit et on l'apporta à manger à la reine. Elle, tout de suite,

fit semblant d'être guérie, et elle commença à se préparer au mariage. A l'endroit où était tombé le sang de l'oiseau, près de la fenêtre de la reine, un magnifique et haut sapin jaillit et c'était merveille de voir un arbre si fort et si beau pousser en une seule nuit. Le roi convoqua son jardinier et lui recommanda de veiller sur l'arbre comme sur la prunelle de ses yeux. Et quand la tzigane apprit cela, elle n'eut plus de repos tant qu'elle n'eût pas trouvé le moyen de faire abattre l'arbre. Cette sorcière comprit fort bien qu'elle n'avait toujours pas gagné la bataille.

Elle feignit une fois encore d'être malade. Et une fois de plus elle soudoya les médecins pour qu'ils disent au roi que la reine ne guérirait point tant que le sapin ne serait pas abattu. Il fallait en outre en extraire des sels pour le bain de la noire tzigane.

Le roi bouillait littéralement de colère en constatant que la fiancée de son fils était un véritable fléau pour sa maison. Depuis qu'elle était arrivée chez lui, il n'avait plus eu la possibilité de se réjouir.

Il fit abattre le sapin, mais il décida que c'était la dernière fois qu'il accepterait de se priver d'une chose à laquelle il tenait.

Tandis que les bûcherons abattaient ce magnifique sapin, les gens s'étaient attroupés pour regarder. Parmi les spectateurs, il y avait une vieille mendiante. En s'en allant, elle emporta un éclat qui avait volé près d'elle. Arrivée à sa maison, elle remarqua qu'une épingle était piquée dans l'aubier du morceau de sapin. Et comme il était assez grand, après en avoir retiré l'épingle, elle s'en fit une étagère pour y placer ses pots, pour décorer sa cuisine.

Le lendemain, elle sortit comme d'habitude pour aller mendier. Et quand elle rentra au logis, le soir, elle fut bien surprise de trouver sa cabane balayée et nettoyée.

La vieille ne comprenait pas ce miracle, elle se demandait qui avait bien pu venir la servir durant son absence.

Le phénomène se répéta le lendemain et le surlendemain. Pour finir la vieille décida d'en avoir le cœur net. Elle voulait savoir qui faisait le ménage en son absence. Elle allait donc guetter pour le savoir. Un jour elle sortit comme d'habitude, mais resta sur le seuil et regarda par une fente de la porte. Elle vit alors sortir de l'étagère en bois de sapin une très belle jeune fille au teint plus blanc que neige et aux longs cheveux d'or.

«Qui es-tu, ma fille, pour que tu me rendes un tel service en cachette?» lui demanda-t-elle, en rentrant dans la cabane.

«Je suis une jeune fille bien malheureuse, répondit la belle aux cheveux d'or, mais si vous me permettez de rester chez vous, je vous le rendrai bien un jour.»

Elles se mirent d'accord, et la jeune fille resta chez

la vieille mendiante. La vieille s'enorgueillissait même d'avoir une telle beauté chez elle, une jeune fille plus belle que tout ce qui pouvait vivre au château du roi.

La vieille allait mendier chaque jour, comme d'habitude. Un jour la jeune fille la pria d'acheter au marché de la toile et de la soie rouge et verte, et la pauvre vieille lui acheta ce qu'elle désirait, avec l'argent récolté en mendiant.

La jeune fille broda deux fines écharpes : l'une en soie rouge, l'autre en vert. Avec ses soies colorées, elle avait brodé toute son histoire. Quand ce fut prêt, elle pria la vieille mendiante d'aller porter les deux écharpes au roi, et de demander que le fils du roi soit également présent. Quand elle se trouverait devant leur trône, la vieille devrait déposer l'écharpe brodée de vert sur les genoux du roi, et celle brodée de rouge sur les genoux de son fils.

La vieille obéit et se rendit au château royal, mais les gardes ne voulaient pas la laisser entrer; elle poussa alors de tels cris que le roi lui-même l'entendit et il ordonna qu'on la laissât entrer. Une fois à l'intérieur, la vieille agit comme le lui avait dit la jeune fille, puis elle sortit pour attendre ce qui allait se passer.

Quand le roi et son fils virent les écharpes brodées, ils comprirent tout. Le roi fit venir devant lui la noire fiancée de son fils, et il lui dit :

«Puisque tu dois devenir reine, il faut que tu apprennes à juger lorsque les juges ne sauront quelle décision prendre. Aujourd'hui, une femme est venue se plaindre devant nous. Elle dit qu'elle avait un coq à élever, et que pour ce coq elle avait parcouru plusieurs pays pour acheter une poule lui convenant. Mais sa voisine ne s'est pas contentée de tuer la poule, elle lui a, en outre, volé son coq pour le donner à la poule qu'elle aussi avait, et maintenant elle vient me réclamer justice. Comment jugerais-tu, toi?»

Après avoir réfléchi un instant, la tzigane répondit :

«J'estime que la femme qui a tué la poule et volé le coq devrait être punie de mort, et que le coq doit être rendu à sa propriétaire, en même temps que la poule et les œufs qu'elle a pondus.

«Tu as jugé équitablement, conclut le roi. Je suis la femme au coq, et tu es celle qui l'a volé. Prépare-toi au châtiment que tu as choisi toi-même.»

La tzigane se mit à blasphémer, prier, maudire, mais tout fut en vain. Le roi la fit remettre aux gardes qui la punirent inexorablement pour tout le mal qu'elle avait fait.

Puis ils se rendirent chez la vieille, le vieux roi et son fils en tête de toute la maison du roi, pour aller y chercher et ramener au château royal avec tous les honneurs dus à son rang la véritable princesse : la belle aux cheveux d'or et au teint de neige. Dès qu'ils furent arrivés au château, ils firent préparer le festin de noce. Le mariage fut fêté dans le royaume entier durant trois jours et trois nuits, tant le prince était heureux d'avoir retrouvé saine et sauve la belle qu'il avait découverte si loin, et après tant d'efforts! Tout le pays jugea sévèrement la tzigane, en apprenant ce qu'elle avait fait, et tout le monde trouva que son châtiment était bien mérité.

La fleur de fougère

Józef Ignacy Kraszewski

Depuis les temps les plus reculés, par les sombres soirées auprès de l'âtre dans lequel le bois brûle clair et craque joyeusement, les vieilles ont toujours raconté qu'au cours de la nuit de la Saint-Jean, la plus courte de l'année, la fougère fleurit. Celui qui en découvre la fleur, la cueille et la conserve, aura le plus grand bonheur en ce pays. Le malheur, c'est que cette nuit mystérieuse n'a lieu qu'une fois par an, qu'elle est extrêmement brève, et que dans chaque bois une seule fougère fleurit, et cela dans un recoin caché, si bien qu'il faut avoir beaucoup de chance pour la découvrir.

Les vieilles qui connaissent tous les miracles racontent encore qu'il est très dangereux le chemin qui mène à la fleur de fougère, qu'il est jalonné de choses épouvantables qui défendent la fleur, et qu'il faut être doté d'une forte dose de courage pour trouver et conquérir cette fleur.

Elles disent, de plus, que la fleur de fougère se reconnaît très difficilement, car elle semble vilaine, insignifiante, et ce n'est qu'après que quelqu'un l'a cueillie qu'elle se transforme en un calice brillant d'une beauté miraculeuse.

Comme il est si difficile de découvrir cette fleur et de la conquérir, comme bien peu de gens l'ont jamais vue et que les vieilles personnes ne la connaissent que par ouï-dire, chacun en parle à sa façon, en rajoutant à chaque fois quelque nouveau détail.

N'empêche que chacun sait que la fleur de fougère ne s'épanouit qu'une seule fois et pour un bref instant en la nuit de la Saint-Jean, jusqu'au moment du premier chant du coq, et que celui qui cueille cette fleur obtiendra tout ce qu'il peut désirer. Même s'il souhaitait la chose la plus rare, tout lui réussira du coup.

Chacun sait aussi que seul un homme jeune peut conquérir cette fleur : elle ne peut être cueillie qu'avec des mains pures. Une personne âgée, qui a eu l'occasion de commettre de nombreux péchés au cours de son existence, verrait cette fleur tomber en poussière dans ses doigts si elle la cueillait.

Telles sont les histoires que l'on se raconte à propos de la fleur de fougère, et dans chacune d'elles il y a un petit grain de vérité, même s'il est souvent difficile de le vérifier.

Mais une chose est certaine : la fleur de fougère ne s'épanouit qu'une seule et unique fois par an — en la nuit de la Saint-Jean.

Il était une fois un jeune homme qui s'appelait Jean, et dans son village on l'avait surnommé Jean le Curieux, car il s'intéressait à tout, il voulait tout vérifier, il écoutait tout le monde et savait surmonter toutes les difficultés. Telle était la nature de Jean le Curieux. Ce qu'il pouvait avoir aisément, ce qui était à portée de sa main ne l'intéressait pas, il ne le désirait pas. Mais là où il devait risquer sa vie pour obtenir quelque chose, là seulement il était le plus satisfait.

Or il arriva qu'un soir, il veilla chez des amis auprès de l'âtre, en taillant avec son couteau une tête de chien pour orner son bâton. Une petite vieille, très fine, maligne, qui connaissait le monde et s'y connaissait en toutes choses, se mit soudain à raconter, à mi-voix, ce qu'elle savait de la fleur de fougère.

Jean le Curieux l'écouta attentivement, tendant l'oreille au point que le bâton lui tomba des mains et qu'il faillit se couper le doigt.

La petite vieille parlait de la fleur de fougère comme si elle l'avait vue de ses propres yeux, quoiqu'il fût impossible de voir, à son allure et à son vêtement, qu'elle eût jamais eu une once de chance dans sa longue vie. Quand elle eut achevé son récit, Jean le Curieux se dit :

«Advienne que pourra, cette fleur, il me la faut! Et je l'aurai, car lorsque l'on veut quelque chose fortement, finalement on l'obtient, en dépit de toutes les difficultés!»

Jean le Curieux s'était si souvent répété cet adage qu'il avait fini par y croire aveuglément.

Tout près du village où se trouvait la chaumière de ses parents, entourée de son jardin et des champs, il y avait un bois à l'orée duquel les jeunes gens avaient l'habitude d'allumer les feux de la Saint-Jean.

Jean le Curieux se dit alors :

«Quand ils seront tous en train de sauter au-dessus du feu, j'irai en forêt, et je trouverai la fleur de fougère. Si je ne réussis pas cette année, j'y retournerai l'année prochaine, et l'année suivante aussi. Bref, j'irai aussi longtemps qu'il le faudra pour que cette fleur m'appartienne!»

Il lui fallut attendre durant plusieurs longs mois avant que ne se présentât enfin cette nuit de la Saint-Jean, et pendant tout ce temps-là il ne pensait à rien d'autre qu'à la miraculeuse fleur de fougère. Le temps semblait s'être arrêté, devant son impatience.

Finalement il se leva, ce fameux jour; finalement

elle s'approcha, la nuit tant espérée. Toute la jeunesse du village s'était déjà hâtée d'aller allumer les feux par-dessus lesquels les garçons allaient sauter et autour desquels ils danseraient et s'amuseraient, suivant la très ancienne coutume.

Jean le Curieux, lui, fit de grandes ablutions, revêtit une chemise blanche et ceignit une ceinture rouge. Il se coiffa de son bonnet auquel il piqua une plume de paon, et, le moment fatidique venu avec le crépuscule, il s'élança vers la forêt.

Les bois étaient sombres, sourds, dans le ciel obscur les étoiles tremblotaient, mais elles n'éclairaient qu'elles-mêmes, car sur le sol elles n'étaient d'aucune utilité. Jean connaissait parfaitement le chemin pour pénétrer au cœur de la forêt, mais il lui semblait étrange qu'en ce moment, dans l'obscurité, au fur et à mesure qu'il pénétrait plus profond dans ce bois pourtant familier, il ne pût plus reconnaître son chemin, ni les arbres. Tout lui paraissait autre. Les troncs d'arbres étaient gigantesques et se roulaient par terre. Les fûts abattus et les souches formaient des barricades qu'il ne parvenait ni à contourner ni à surmonter, des fourrés épais apparaissaient là où jamais il n'y en avait eu, et partout foisonnaient les orties qui le piquaient et le brûlaient. Tout autour, l'obscurité la plus profonde, des nuages sombres par-dessus la tête et au milieu de ces nuages, à tout instant, une paire d'yeux qui luisaient, qui regardaient Jean comme s'ils voulaient l'engloutir. Ils étaient jaunes, ces yeux, puis verts, rouges ou blancs, et soudain ils disparaissaient, s'éteignaient. Il y en avait beaucoup, de ces yeux : ils brillaient à gauche, à droite, en haut et en bas. Mais Jean n'en avait pas peur. Ils savait qu'ils voulaient seulement l'effrayer, et il se répétait un vieil adage qu'il avait souvent entendu de la bouche des anciens : que la peur a de grands yeux.

Il allait toujours, il avançait, mais quelle marche épuisante!

Un tronc d'arbre s'abattit soudain devant lui, et Jean roula avec. Il l'escalada, tendit toutes ses forces, et quand il fut enfin parvenu dessus, il constata soudain que ce n'était qu'une branche qu'il pouvait enjamber aisément.

Un peu plus loin, un pin s'élevait au milieu du che-

min. Le sommet de l'arbre était hors de portée du regard ; la base du tronc semblait une véritable tour. Jean le contourna, et il constata qu'en fait ce n'était qu'un frêle arbuste qui aurait tout juste fait l'affaire pour un bon bâton.

Il comprit alors que tout ce qui l'entourait n'était qu'illusion et tromperie des forces impures de la nuit.

Voilà maintenant que, devant lui, le chemin était bouché par des taillis impénétrables, mais Jean se lança dedans, il écarta, piétina, brisa, écrasa les rameaux et branches, si bien qu'il finit par franchir l'obstacle.

Il allait toujours, il avançait. Soudain, il fut au bord d'un marais fangeux. En faire le tour ? Pas question. Il tenta de passer — ses jambes s'enfoncèrent et s'enlisèrent. Soudain, venus on ne sait d'où, de petits îlots apparurent, et Jean se mit à bondir de l'un à l'autre. S'il s'arrêtait à peine sur l'un de ces îlots, il s'enfonçait sous son poids, alors Jean courait, sautait et il finit par se retrouver sain et sauf de l'autre côté du marais. En se retournant, il croyait voir en ces îlots des têtes humaines faites de boue, elles avaient l'air de lui sourire... Il poursuivait sa pénible marche. Il ne voyait toujours pas son chemin, mais il marchait plus aisément, il y avait moins d'obstacles, mais il était si las qu'il ne savait même plus dans quelle direction se trouvait son village.

Ce fut alors qu'il vit devant ses yeux : une fougère très haute, comme un chêne, et sur l'une de ses feuilles basses brillait une petite fleur, comme une pierre précieuse. Elle comptait cinq pétales d'or autour d'un œil qui avait l'air de sourire et qui tournait comme une roue de moulin. Le cœur de Jean se mit à battre la chamade. Déjà il tendait la main pour la cueillir lorsque, quelque part au loin, un coq chanta. La fleur ouvrit son œil tout grand, lança une lueur et s'éteignit. Un grand rire éclata, tout autour de Jean qui ne savait pas s'il s'agissait du bruissement des feuilles ou du coassement des grenouilles, car la tête lui tournait, ses jambes se dérobaient et déjà il s'affalait sur le sol, évanoui.

Ce qui lui arriva tout de suite après, il l'ignora. Il se réveilla chez lui, dans son lit, sa mère pleurait et racontait comment elle l'avait cherché toute la nuit dans la forêt et ne l'avait retrouvé qu'à l'aube, à moitié mort.

Ce ne fut qu'alors qu'il se souvint de cette nuit, mais il ne dit rien à personne. Ce ne fut qu'en son for intérieur qu'il se dit que tout n'était pas fini, qu'une autre nuit de la Saint-Jean viendrait, et qu'on verrait...

Durant toute l'année, il ne pensa à rien d'autre. Il ne fit qu'attendre que vienne son heure. Alors, il s'ondoya bien, enfila une chemise blanche, se ceignit de sa ceinture rouge, chaussa des sandales neuves, orna

son bonnet d'une plume de paon, et quand tous ses compagnons se furent rassemblés autour des feux de la Saint-Jean, il retourna dans la forêt.

Il croyait bien qu'il lui faudrait encore s'enfoncer dans des taillis épais comme la fois précédente, mais le bois était tout différent, les chemins aussi avaient changé. De minces pins alpestres et des chênes y poussaient en terrain dénudé parsemé de rochers. Il devait aller de l'un à l'autre et même lorsqu'il semblait que les arbres poussaient si dru qu'il ne pourrait pas passer, ils avaient l'air de reculer à son approche. Les énormes rochers, tout couverts de mousse, gluants et glissants, restaient là, immobiles, comme s'ils venaient de sortir de terre. Entre ces rochers poussaient des fougères, des petites et des plus grandes, comme si on les avait plantées, mais aucune de ces plantes ne portait de fleur. Au début, les fougères lui montaient à la cheville, puis aux genoux, puis à la ceinture et même jusqu'au cou. Jean s'enfonçait toujours plus avant, jusqu'à en avoir plus haut que lui. Ces fougères murmuraient comme la mer, et dans ce bruissement on croyait entendre à la fois des rires et des pleurs. La fougère sur laquelle Jean marchait crépitait, celle qu'il touchait, on aurait dit que du sang s'en écoulait...

Jean eut l'impression de marcher depuis une année entière, tant son cheminement lui semblait long. Et nulle part il ne voyait de fleur. Il ne fit pourtant pas demi-tour, il allait et allait toujours. Et soudain... il regarda, et il vit! De loin, voilà que luisait devant lui la fleur bien connue, avec ses cinq pétales et au centre l'œil qui tournait comme une roue de moulin. Jean se rua vers la fleur, il tendit la main — et au loin un coq chanta. Tout disparut du coup.

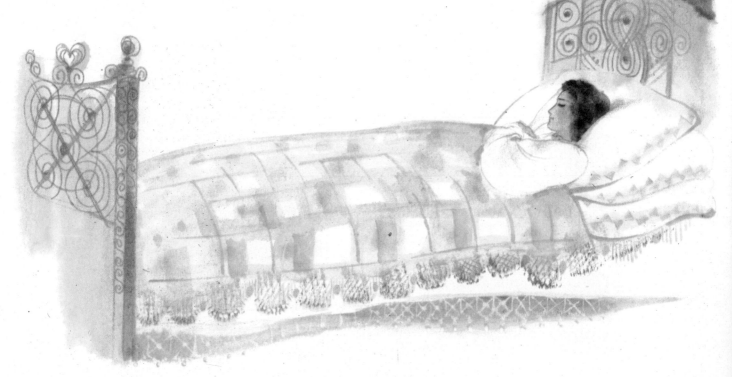

168

Cette fois, Jean ne s'évanouit pas, il ne tomba pas. Il s'assit sur une pierre. Il eut d'abord envie de pleurer, mais après son cœur fut pris de rage, tout son être entra en ébullition.

«Au troisième coup on voit le jeu!» s'exclama-t-il alors. Comme il était très las, il s'allongea sur la mousse et s'endormit.

Il avait à peine fermé les yeux que le rêve était là. Jean voit, devant lui, la fleur de fougère avec cinq pétales et au milieu l'œil qui rit.

«Alors, tu en as déjà assez? lui demande la fleur. Ou bien vas-tu toujours me pourchasser?»

«Ce que j'ai dit se fera, affirme Jean le Curieux. Tout n'est pas fini, tu verras bien que je t'aurai!»

L'un des pétales poussa, eût-on dit, une longue langue. Jean eut l'impression que la fleur le narguait, comme quand les enfants tirent la langue. Puis tout disparut. Jean dormit lourdement jusqu'au matin. Quand il se réveilla, il n'était pas loin de son village, en un endroit qu'il connaissait bien, près de la forêt. Il ne savait pas si tout ce qu'il avait vécu cette nuit là était un rêve ou la réalité, mais il ne dit rien à qui que ce fût. De toute l'année, il n'en souffla mot, et il ne fit que réfléchir au moyen de se procurer la fleur de fougère. Il ne trouvait aucune solution autre que de croire en sa bonne étoile.

L'année s'était écoulée, et l'on se retrouvait une fois encore au soir de la Saint-Jean. Jean le Curieux enfila sa chemise blanche, noua sa ceinture rouge, chaussa des sandales neuves et piqua une plume de paon à son chapeau. Sa mère ne voulait pas le laisser sortir de la maison, mais il attendit qu'il fît noir — et il partit vers la forêt.

Là, il se passa quelque chose de différent des autres fois : la forêt était pareille à ce qu'elle était les jours ordinaires, rien ne semblait s'y être changé. Les sentiers, les arbres étaient ceux que Jean connaissait, mais pas l'ombre d'une fougère en vue. Il marchait aisément, dans les sentiers connus, parvenant ainsi loin, très loin jusqu'aux fourrés où toujours avaient poussé des fougères. Il se souvenait fort bien de l'endroit et il le découvrit aisément. Il y avait en effet des fougères, mais la fleur, c'était comme si la terre l'avait avalée. Sur les feuilles il y avait des vers, sur d'autres des chenilles et certaines étaient complètement desséchées.

Jean était sur le point d'abandonner sa quête quand il vit, à ses pieds, la fleur tant désirée. La fleur aux cinq pétales d'or entourant l'œil brillant. Jean tendit vite la main et cueillit la merveille, pour qu'elle ne disparut pas encore. Il ressentit une brûlure cuisante, la fleur grandit devant ses yeux, brilla, luisit au point que Jean dut fermer les yeux devant cette cascade de lumière. Il plaça la fleur sur son sein, la pressa sur son cœur... Ce fut alors qu'il entendit une voix qui lui dit :

«Tu m'as conquise, c'est ta chance. Mais souviens-toi que celui qui possède la fleur de fougère peut avoir tout ce qu'il désire, il lui suffit de le souhaiter, mais il ne peut jamais, avec personne, partager bonheur...»

Ébloui par sa chance, Jean le Curieux ne prêta d'abord pas grande attention à cet avertissement.

«Bah! se dit-il, le principal, c'est que je vais vivre agréablement en ce monde!»

Il se mit à chanter et, le chapeau planté sur le côté, il prit le chemin du retour à la maison. Devant lui, le chemin brillait, les arbres reculaient, les buissons lui

livraient aisément passage et les fleurs s'inclinaient devant lui jusqu'à terre. La tête dressée, gonflé d'orgueil, il allait tout fier, en rêvant à ce qu'il pourrait souhaiter. D'abord il eut envie d'un palais, d'un grand village, d'une nuée de domestiques afin de régner sur beaucoup de gens — et il avait à peine pensé tout cela qu'il se retrouvait à l'orée de la forêt devant un paysage qu'il ne connaissait pas.

Il regardait devant lui, n'en croyant pas ses yeux. Il se regarda lui-même et constata qu'il était vêtu des plus riches habits, ses bottes avaient des talons d'or, sa ceinture s'ornait de pierres précieuses, sa chemise était de la toile la plus fine.

Un carrosse vint se ranger devant lui, attelé de six chevaux blancs avec des colliers dorés, et mené par des gens de service en livrée brodée. Un valet de pied, en s'inclinant profondément, vint l'aider à prendre place dans le carrosse — et, fouette cocher!

Pas un seul instant Jean ne mit en doute le palais vers lequel il roulait — et en effet c'était bien cela. Avant qu'il ait eu le temps de s'en rendre bien compte, le véhicule s'arrêtait au pied d'un perron où déjà attendaient, bien rangés, toute une nuée de domestiques. Mais Jean ne voyait personne de connu, tous les visages lui étaient étrangers, avec une expression particulière, comme s'ils étaient effrayés.

Il avait de quoi regarder, notre Jean! Tout ce luxe l'impressionnait jusqu'à une certaine angoisse. Désormais il possédait tout ce à quoi il lui suffisait de penser!

«Eh bien, maintenant je vais jouir de la vie!» se dit-il. Après avoir passé son château en revue dans les moindres coins et recoins, il alla se coucher. Il tombait de sommeil, après cette nuit épuisante. Il s'allongea sur des coussins de duvet, sous une couverture soyeuse, et il ne sut jamais ni quand il s'était endormi ni combien de temps il avait dormi. Il ne se réveilla que lorsqu'il sentit une faim de loup lui travailler l'estomac. Déjà la table était prête. Une drôle de table où tout apparaissait dès que Jean pensait à la chose. Il avait devant lui une assiette toute garnie, à son moindre souhait. Et tout était très bon, à profusion. Et tout comme il avait dormi longtemps, le voilà maintenant qui mangea longtemps, il but et mangea tant qu'il eut assez d'imagination pour inventer un mets quelconque, mais à la fin, il n'eut plus ni envie de penser à cette nourriture ni de la manger. Il se leva de table et alla se promener dans le jardin.

C'était un jardin somptueusement planté d'arbres couverts de fleurs ou de fruits. D'un côté il descendait jusqu'à la mer, de l'autre il touchait à une magnifique forêt. Jean se promenait, admirait à en tenir la bouche ouverte. Il y avait pourtant une chose qu'il ne pouvait comprendre : pourquoi ne voyait-il nulle part le paysage connu, la forêt dont il était sorti, ni son village. Il n'en avait pas encore la nostalgie, mais il aurait été content de savoir où tout cela se trouvait.

Il était entouré d'un monde complètement étranger, un monde tout autre, magnifique, mais inconnu. Jean devint quelque peu inquiet. Mais dès qu'il appela des gens accoururent, s'inclinèrent poliment devant lui, et tout ce qu'il demanda aussitôt fut accompli. Dès lors il ne fut pas étonnant qu'il eût bientôt oublié son village natal, sa chaumière et même ses parents.

Le jour suivant, il alla examiner le trésor qui regorgeait d'or, argent, diamants et tant de pièces d'or, écus et ducats, qu'avec cela il était possible d'acheter tout ce que le cœur pouvait désirer.

Jean se dit :

«Dieu bon, si je pouvais seulement envoyer une poignée de cette richesse à mon père et ma mère, à mes frères et sœurs, pour qu'ils s'achètent un bout de terrain et quelques têtes de bétail! Quelle joie ce serait!»

Mais Jean savait fort bien qu'il ne pouvait partager son bonheur avec personne, sinon il perdrait tout.

«Mon Dieu, se dit-il alors, pourquoi devrais-je me soucier des autres, pourquoi devrais-je les aider? Est-ce que les autres ne sont pas aussi doués de raison? N'ont-ils point de mains? Que chacun aille à la recherche de la fleur de fougère, que chacun tire son plan comme j'ai tiré le mien!»

Ainsi Jean vécut-il en ne pensant désormais qu'à son propre plaisir, inventant toujours du nouveau pour son amusement.

Il édifia un nouveau palais, il redessina le jardin, il changea ses chevaux gris pour des bruns, un cheval noir fut remplacé par un aubère, il se revêtit d'or et de pierreries. On lui apportait les mets les plus fins d'au-delà des mers, si bien qu'en fin de compte tout commença à dégoûter Jean. Après avoir mangé les plus délicates raretés du monde entier, il eut envie de betterave crue, de navets, pommes de terre, bœuf bouilli, millet ou maïs, mais cela non plus, il ne le mangeait pas avec appétit, car désormais il avait perdu la notion même de la faim. Il ne savait plus ce que c'était que d'avoir faim! Tout le dégoûtait.

Un an passa ainsi, assez vite; puis une deuxième année. Jean avait tout ce à quoi il lui suffisait de

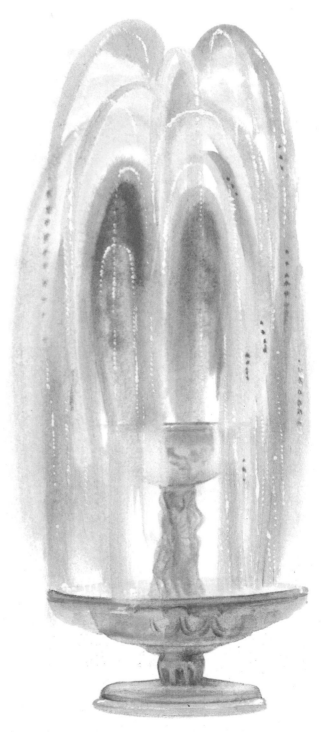

penser, mais jamais le bonheur ne lui avait paru insipide à ce point, au point même d'en avoir par-dessus la tête! Il n'aimait plus la vie!

Ce qui le tourmentait le plus, c'était de ne plus voir son village, sa chaumière, ses parents. Si du moins il pouvait les apercevoir ne fût-ce qu'un instant, savoir ce qu'ils devenaient! Il aimait beaucoup sa mère et maintenant, quand il pensait à elle, son cœur se serrait.

Un jour, il ressentit une telle nostalgie de son coin familial qu'il monta dans son carrosse en pensant qu'il aimerait se retrouver devant la chaumière de ses parents. Il avait à peine pensé cela que les chevaux s'élancèrent, galopèrent, filèrent comme le vent. Jean n'avait pas encore eu le temps de comprendre que déjà les chevaux s'arrêtaient devant la courette si bien connue. Le larmes lui en jaillirent des yeux, à notre Jean!

Tout était comme il l'avait quitté quelques années auparavant, seulement tout était plus vieux, plus délabré, plus éteint, et après les splendeurs parmi lesquelles il vivait ce spectacle lui parut bien misérable, plus sordide que dans les temps anciens.

La vieille fontaine, le billot sur lequel il coupait autrefois le bois, la porte de la chaumière, le toit couvert de mousse, l'échelle appuyée au mur — tout était là comme la veille. Et les habitants?

La porte de la chaumière s'ouvrit. Une vieille toute courbée en sortit en clopinant. Elle portait une blouse sale, et regarda atterrée le carrosse qui s'était arrêté devant la maison. Jean descendit de sa voiture. Le premier qu'il rencontra, ce fut le vieux chien Burek, plus maigre encore que naguère. Il avait le poil hérissé, plein de menace, et il aboya furieusement contre Jean, qu'il ne reconnaissait absolument pas.

Jean s'avança vers la maisonnette. Sur le seuil, sa mère resta figée. Elle examina l'étranger, l'air interrogateur, mais elle ne reconnut pas son Jean en cet inconnu.

Le cœur de Jean battit à tout rompre.

«Maman! cria-t-il, Maman, c'est moi, votre Jean!»

Au son de cette voix, la vieille frémit, ses yeux rougis de larmes et de fumée se levèrent sur Jean. Elle resta là, muette, puis elle secoua la tête en disant:

«Mon Jeannot! Vous plaisantez, noble seigneur! Jean n'est plus de ce monde. S'il était vivant, il serait venu voir ses parents depuis longtemps, et s'il possédait ce que vous avez, vous, il ne nous laisserait pas mourir de faim!»

La vieille hocha la tête, puis elle ajouta :

«Quelle idée vous a prise! Jean avait le cœur droit et honnête. Jamais il n'aurait accepté une fortune qu'il n'aurait pu partager avec sa famille!»

Au fond de l'âme, Jean avait honte. Il baissa les yeux. Il avait les poches pleines d'or, mais dès qu'il eut refermé sa main pour en remplir le tablier de sa mère, il fut arrêté par la peur, la peur de perdre toutes ses richesses.

Alors il resta là, humilié, et la vieille le regardait. Toute la famille apparut sur le seuil, derrière la vieille. Jean vit son vieux père, et son cœur s'attendrit. Mais dès qu'il eut jeté les yeux sur son carrosse, les chevaux, les valets, dès qu'il repensa à son palais, son cœur se durcit. Il sentit peser sur son cœur la fleur de fougère, comme un énorme rocher. Il se détourna de sa vieille mère, il ne prononça plus une parole et repartit d'un pas dégagé, accompagné des aboiements furieux du chien Burek. Il se réinstalla dans son carrosse et se lança de toute la vitesse des chevaux vers son palais.

Il n'est pas de mots pour dire ce qui se passait dans l'âme de Jean. Les paroles de sa mère sonnaient à ses oreilles comme une malédiction.

Une fois rentré en son palais, il commanda de la musique, il voulut que tout le monde danse, il se fit verser du vin, fit fouetter quelques gens pour se distraire, mais rien n'y faisait…

Un an passa, et quoiqu'il eût toujours tout ce à quoi il lui suffisait de penser, il avait la bouche amère et le cœur lourd comme une pierre.

Il retourna encore au village natal.

Il regarda sa maison, et il vit : tout comme dans le temps, la fontaine, le billot pour fendre le bois, l'échelle contre le mur, la porte, Burek avec son poil hérissé — mais sa vieille mère n'apparut pas sur le seuil. Ce fut Mathieu, le plus jeune frère de Jean, qui sortit.

«Où est maman?» demanda Jean.

«Elle est au lit, malade», répondit tristement Mathieu.

«Et papa?»

«Au cimetière.»

Sans s'occuper de Burek qui l'assaillait, Jean entra dans la chaumière. Sur le lit, dans un coin, la vieille mère était couchée, malade de douleur. Jean s'appro-

173

cha d'elle. Elle le regarda, mais ne le reconnut pas. Elle ne pouvait d'ailleurs déjà plus parler, et Jean non plus, ne dit rien. Son cœur lui faisait mal. Déjà il tendait la main vers sa poche pour donner de l'or aux siens, mais sa main se figea. Il était dominé par la peur de perdre tout ce qu'il avait, de perdre sa fortune. Il commença à argumenter avec lui-même :

«Ma vieille mère n'a désormais plus besoin de rien en ce monde, et moi je suis jeune. Elle ne souffrira plus longtemps, et moi, j'ai toute la vie devant moi!»

Il se hâta de rejoindre son carrosse et le fit rentrer au galop. Arrivé en son palais, il s'enferma dans sa chambre pour pleurer. Sous la lourde pierre qu'il portait sur son sein sa conscience s'éveillait.

Il commanda aux musiciens de jouer et aux courtisans de danser. Il galopait à cheval, il se mit à manger, à boire comme un trou, à errer partout. Rien ne l'aidait à retrouver sa joie de vivre.

En un an, il était devenu méconnaissable. Tout amaigri, desséché, jauni comme de la cire. Au milieu de toutes ses richesses, au comble de la fortune, il souffrait de façon insoutenable.

Après une nuit sans sommeil et sans rêve, il remplit ses poches de pièces d'or et se fit mener à la chaumière paternelle. Il s'était enfin résolu : dût-il tout perdre, il lui fallait protéger sa mère, ses frères et sœurs.

Les chevaux s'arrêtèrent devant la chaumière.

Tout y semblait être comme depuis toujours : la vieille fontaine, le billot à fendre le bois, le toit couvert de mousse, l'échelle contre le mur — mais il n'y avait point âme qui vive sur le seuil de la maison. Jean courut jusqu'à la porte. Elle était fermée. Il regarda par la fenêtre : à l'intérieur tout était vide.

Ce fut alors qu'un mendiant, qui restait là à le regarder, contre la clôture, l'appela :

«Que cherchez-vous ici, noble seigneur? La chaumière est vide, tous ses habitants sont morts de misère, de faim et de maladie!»

Jean en fut soudain pétrifié. Le riche Jean le Curieux restait sur le seuil de sa chaumière natale. Il restait figé, sans un mot.

«C'est de ma faute s'ils ont tous péri, finit-il par dire à mi-voix. Que je périsse donc aussi!»

Il avait à peine dit cela — qui était un souhait exprimé — que la terre s'entrouvrit et que le malheureux riche s'y engloutit.

Avec lui, la fleur de fougère était aussi enterrée. Elle disparut alors de la surface de la terre, pour ne jamais plus — par bonheur — y remonter.

Le petit poisson d'or

Alexandre Sergueïevitch Pouchkine

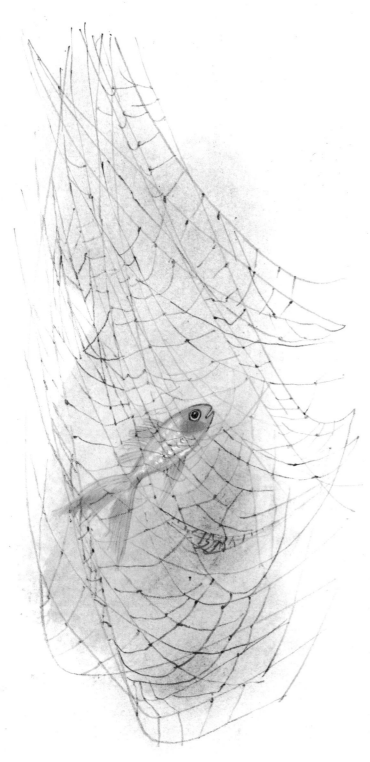

Un vieux pêcheur vivait avec sa vieille femme au bord de la mer bleue. Ils habitaient depuis trente-trois ans une misérable chaumière en pisé. Le vieux prenait des poissons dans son filet et la vieille filait sa quenouille.

Un jour, le vieux pêcheur jeta son filet à la mer, et le filet ne lui ramena que de la vase. Il jeta une deuxième fois son filet, et le filet ne lui rapporta qu'une touffe d'herbe. Il jeta une troisième fois son filet à l'eau, et le filet lui ramena un seul poisson. Ce n'était pas un poisson ordinaire. C'était un poisson d'or.

Le poisson d'or parla, et dit au vieux pêcheur, d'une voix humaine :

«Vieillard, relâche-moi en mer, et je rachèterai ma liberté à un grand prix. Je te donnerai tout ce que tu exigeras de moi.»

Le vieux pêcheur fut fort surpris. Il eut peur. Il pêchait depuis trente-trois ans, mais jamais il n'avait entendu un poisson parler. Il relâcha le petit poisson d'or en lui disant :

«Dieu t'accompagne, petit poisson d'or. Je n'ai que faire de ton rachat, va tranquillement dans la mer bleue, et jouis de ta liberté!»

Le vieux pêcheur retourna auprès de sa femme, et il s'empressa de lui raconter son étrange aventure :

«J'ai pêché aujourd'hui un poisson étonnant. Ce n'était pas un poisson ordinaire : c'était un poisson d'or! Et ce petit poisson-là parlait d'une voix humaine. Il voulait retourner chez lui, dans la mer bleue. Il m'a dit qu'il se rachèterait volontiers, qu'il me donnerait, pour sa liberté, tout ce que je lui demanderais. Je n'ai pas eu le cœur de lui réclamer le prix de sa liberté, je la lui ai tout simplement rendue, et l'ai remis dans la mer bleue.»

«Vieux sot! se fâcha la vieille. Tu n'as pas eu le cœur d'accepter une rançon! Si au moins tu lui avais demandé un nouveau cuveau, regarde dans quel état est le nôtre, tout disloqué!»

Le vieux s'en retourna donc vers la mer bleue. La mer était calme, elle ondoyait paisiblement. Le vieux pêcheur appela le petit poisson d'or. Et le poisson d'or arriva, il sortit la tête de l'eau et demanda :

«En quoi puis-je t'être utile, Grand-père?»

Le vieux salua en s'inclinant, et il répondit :

«Aie pitié de moi, honorable poisson! Ma vieille femme m'a tancé de belle façon — sur mes vieux jours elle ne me laisse pas en paix. Elle dit qu'elle a besoin d'un cuveau neuf, car le nôtre est tout disloqué.»

Le petit poisson d'or répondit :

«Ne te tourmente point, et rentre tranquillement chez toi. Vous aurez un cuveau tout neuf.»

Le vieux retourna auprès de sa femme et il constata qu'elle possédait un nouveau cuveau.

Seulement, la vieille l'invectiva encore plus fort :

«Triple sot! Peut-on être si stupide : demander seulement un cuveau! Retourne auprès du petit poisson, imbécile, incline-toi bien bas et exige une nouvelle petite maison!»

Le vieux pêcheur s'en retourna donc vers la mer bleue. La mer bleue s'était assombrie. Le pêcheur se mit à appeler le petit poisson d'or. Le poisson arriva en frétillant, et il lui demanda :

«De quoi as-tu besoin, Grand-père?»

Le vieux s'inclina bien bas, et il répondit :

«Aie pitié de moi, honorable petit poisson! Ma femme a hurlé encore plus fort : cette femme exigeante veut une petite maison.»

Le petit poisson d'or lui répondit :

«Ne t'inquiète point, et rentre tranquillement chez toi. Vous aurez une nouvelle petite maison.»

Le vieux reprit donc le chemin de sa chaumière en pisé, mais de chaumière il n'y avait plus trace. Il se trouvait au même endroit devant une jolie maisonnette avec une chambre mansardée, avec une cheminée de briques, toute blanche, et une porte en bois de chêne. La vieille était assise sous la fenêtre. Dès qu'elle le vit, elle recommença à invectiver son vieux mari :

«Vieux sot! Vieillard stupide! Tu n'as demandé qu'une petite maison! Retourne, va parler au poisson! Désormais je ne veux plus être une simple habitante de village, je veux être une noble dame!»

Ainsi donc, le vieux pêcheur s'en alla une fois de plus au bord de la mer bleue — la mer bleue commençait à s'agiter — où il se mit à appeler le petit poisson d'or. Le petit poisson arriva, et lui demanda :

«Que veux-tu, Grand-père?»

Le vieil homme s'inclina profondément, et il répondit :

«Aie pitié de moi, honorable petit poisson! Ma femme devient de plus en plus folle — elle ne me laisse jamais en paix : maintenant elle ne veut plus être une simple paysanne, elle veut être une noble dame!»

Le petit poisson d'or lui répondit :

«Ne désespère point, et rentre tranquillement à la maison.»

Le vieux s'en retourna pour rejoindre sa vieille — et que vit-il? Une grande demeure seigneuriale. Sur

le perron trônait sa femme, en veste de zibeline, avec une coiffe en brocart ornée de fils d'or, les doigts surchargés de bagues, au cou un collier de perles à nombreux rangs, et aux pieds des bottes de cuir rouge. Devant elle, un domestique était respectueusement incliné, et la vieille le battait, lui tirait les cheveux.

Le vieil homme dit à sa femme :

«Je te salue, très noble dame. La petite âme est satisfaite maintenant, j'espère ?»

Mais la vieille lui lança encore des injures, et l'envoya travailler aux écuries.

Une semaine passe, puis une deuxième semaine, et la vieille devenait de plus en plus folle. Elle envoya une fois encore son vieux mari prier le petit poisson d'or :

«Retournes-y, incline toi bien bas devant le petit poisson d'or et dis-lui que je ne veux plus être une simple noble dame. Je veux être une puissante tsarine !»

Le vieux s'inquiéta, il entreprit de raisonner sa femme :

«Ma chère vieille, as-tu complètement perdu la raison ? Tu n'as pas d'éducation, tu ne sais pas te tenir comme il faut, tu ne sais pas parler, dans tout l'empire tu ne seras qu'un objet de risée !»

Mais la vieille s'entêta, et, furieuse, elle donna même une gifle à son époux, en lui lançant :

«Va, te dis-je ! Comment oses-tu discuter avec moi ? Tu n'es qu'un simple moujik, et moi, je suis une noble dame ! Si tu n'y vas pas de bon gré, je t'y ferai mener de force !»

Le vieux se dirigea donc une fois encore vers le bord de mer — la mer bleue était devenue très sombre — et là, il se mit à appeler le petit poisson d'or. Le petit poisson arriva, sortit la tête de l'eau et demanda :

«De quoi as-tu besoin, Grand-père ?»

«Aie pitié de moi, très honoré petit poisson ! Ma femme est encore une fois toute surexcitée. Elle ne veut plus être simplement une noble dame, il lui faut désormais être une puissante tsarine !»

Le petit poisson d'or répondit :

«Ne te tourmente pas. Rentre chez toi : ta femme est déjà tsarine.»

Le vieux retourna auprès de sa vieille, et que vit-il! Sa femme régnait dans un palais, elle était assise à une table, telle une tsarine, des boyards et des gentilshommes la servaient, lui versaient du vin des pays d'outre-mer, et elle le buvait en mordant dans un cœur de pain d'épices. Autour d'elle, il y avait une haie d'hommes armés, qui portaient une hache sur l'épaule. En voyant ce spectacle, le vieil homme prit peur, et il s'inclina devant la vieille, jusqu'à presque toucher le sol de son front. Il lui dit :

«Je te salue, puissante tsarine! Ton âme est sûrement satisfaite, maintenant.»

La vieille ne lui jeta même pas un regard, elle fit simplement signe de le mettre dehors. Les boyards et les gentilshommes se précipitèrent, saisirent le vieux par son col et le poussèrent jusqu'à la porte. Là, les gardes armés s'en emparèrent, et pour un peu ils lui auraient fendu le crâne avec leur hache. Chacun d'eux se moquait du pauvre vieux :

«C'est bien fait pour toi, vieux niais! Au moins tu sauras combien est juste le vieil adage qui dit : Ne t'introduis jamais où l'on ne t'appelle pas!»

Une semaine passa, puis passa une deuxième semaine, et la vieille devenait de plus en plus folle. Elle envoya ses valets de chambre à la recherche du vieux. Les valets de chambre le trouvèrent parmi la valetaille, et ils l'emmenèrent devant la tsarine qui lui ordonna :

«Retourne, vieil homme : incline-toi devant le petit poisson, et dis-lui que je ne veux plus être simplement une puissante tsarine. Je veux régner sur la mer, et vivre dans l'océan. Et ton petit poisson d'or me servira!»

Le vieux n'osa pas discuter, il ne se hasarda pas à dire un simple mot. Il préférait encore aller vers la mer bleue. Comme elles roulaient les vagues furieuses, comme elles mugissaient, grondaient! Le vieux appela le petit poisson d'or. Le petit poisson vint encore, et lui demanda :

«Que veux-tu encore, Grand-père?»

Le vieux s'inclina bien bas et répondit :

«Aie pitié de moi, très honoré poisson, mais que puis-je faire, avec une femme ensorcelée? Déjà il ne lui suffit plus d'être puissante tsarine, voilà qu'elle veut régner sur la mer, vivre dans l'océan et t'avoir toi-même comme domestique!»

Le poisson d'or ne répondit rien, il donna un coup de queue à la surface de l'eau, puis il disparut dans les profondeurs.

Le vieux attendit longtemps la réponse, mais il ne vit plus rien venir.

Il retourna auprès de sa vieille — et que vit-il! Une chaumière en pisé, et sur le seuil était assise la vieille, auprès du cuveau tout disloqué.

Le vaisseau volant

Alexandre Nicolaïevitch Afanassiev

Il était une fois un homme et une femme qui avaient trois fils, deux raisonnables, mais le troisième était un vrai sot. La mère aimait beaucoup les deux premiers, les dorlotait, les habillait joliment, mais le troisième était toujours négligé; pauvrement vêtu, il portait toujours une chemise noire. Un jour, on entendit dire que le tsar donnerait sa fille en mariage à celui qui construirait un vaisseau qui pourrait voler.

Les deux frères aînés décidèrent de tenter leur chance. Ils demandèrent leur bénédiction à leurs vieux parents. Leur mère les équipa bien pour le voyage, elle leur donna beaucoup d'aliments et du vin à boire. Le frère sot, lui aussi, se mit à demander qu'on le laissât partir. Mais sa mère l'en dissuada :

«Pauvre sot, où irais-tu, les loups te mangeraient!»

Mais le troisième fils répétait sans cesse la même rengaine :

«J'irai, et j'irai!»

En voyant à quel point il s'entêtait, sa mère finit par lui donner une miche de pain noir et une bouteille d'eau pour la route, et le laissa partir.

Le sot partit donc. Chemin faisant, il rencontra un vieillard. Ils se saluèrent. Le petit vieux demanda :

179

«Où vas-tu comme ça?»

«Bien, ma foi... comme cela. Le tsar a promis sa fille à celui qui construirait un bateau capable de voler.»

«Et tu crois que tu pourrais construire un tel vaisseau?» s'étonna le petit vieux.

«Non, bien sûr, comment en serais-je capable?»

«Alors, pourquoi y vas-tu?»

«Dieu seul le sait!»

«Bien, dit le petit vieux. Si c'est ainsi, assieds-toi ici, reposons-nous un peu et mangeons ce que tu as dans ton sac.»

«J'ai bien quelque chose là-dedans, mais cela me fait honte de le montrer.»

«Peu importe, sors-le; nous mangerons ce que tu as!»

Le sot ouvrit son sac — et il n'en crut pas ses yeux! Au lieu d'une miche de pain noir, il y avait de belles brioches et toutes sortes de bonnes choses. Il offrit sa part au petit vieux.

«Tu vois, lui dit son compagnon, comme Dieu prend soin des gens simples. Ta mère ne t'aime pas beaucoup mais, tu vois, tu n'es pas frustré... Allons, buvons là-dessus un petit coup de vin!»

Et en vérité, l'eau de la bouteille s'était changée en vin. Quand ils eurent bien mangé et bien bu, le petit vieux dit :

«Écoute bien. Entre dans la forêt, va jusqu'au premier arbre, signe-toi trois fois et jette ta hache contre cet arbre, mais aussitôt, tu t'allongeras par terre où tu attendras que l'on vienne te réveiller. Alors, tu verras, devant toi, un beau bateau. Prends-y place, et envole-toi où tu voudras. En route, prends à bord tous ceux que tu rencontreras.»

Le jeune homme remercia le gentil vieillard, il lui fit ses adieux et il se dirigea vers la forêt. En arrivant au pied du premier arbre, il fit tout ce qui lui avait été recommandé. Il se signa trois fois, lança sa hache contre l'arbre, et, aussitôt, tomba sur le sol et s'endormit profondément. Au bout d'un certain temps quelqu'un entreprit de le réveiller. Il se leva et il vit un vaisseau tout gréé. Il ne réfléchit pas longtemps s'installa à bord, et le vaisseau s'éleva dans les airs. Il se mit à voler, voler et — voyez — là, en-dessous, sur le

chemin, était allongé un homme qui avait l'oreille collée au sol.

«Bonjour, petit oncle!»

«Bonjour.»

«Que fais-tu là?»

«J'écoute ce qui se passe dans le monde.»

«Prends place avec moi dans mon vaisseau!»

Et cet homme prit place dans le vaisseau. Ils volèrent plus loin. Ils volaient, volaient — et ils virent un homme qui sautait sur une seule jambe, son autre jambe étant attachée à son oreille.

«Bonjour, petit oncle. Pourquoi sautes-tu ainsi sur une seule jambe?»

«Si je déliais la deuxième, je sauterais d'un seul pas jusqu'au bout du monde!»

«Prends place avec nous!»

Le sauteur prit place dans le vaisseau, et ils volèrent plus loin. Ils volaient, volaient — et ils virent un homme armé d'un mousquet et qui visait, mais quoi, on ne le savait pas.

«Bonjour, petit oncle! Que vises-tu? Il n'y a pourtant pas le moindre oiseau en vue!»

«Oho, pourquoi tirerais-je à proximité! Je tire une bête à plume ou à poil à dix mille mètres d'ici, c'est ainsi que je chasse, moi!»

«Viens avec nous!»

Cet homme, lui aussi, prit place dans le vaisseau, et ils poursuivirent leur vol. Ils volaient, volaient quand ils virent un homme qui portait sur son dos un plein sac de pains.

«Bonjour, petit oncle! Où vas-tu?»

«Je vais chercher du pain pour mon déjeuner.»

«Du pain pour déjeuner? Pourquoi du pain? Tu en as un plein sac sur le dos!»

«Ce n'est rien, cela, ça me suffit à peine pour une bouchée!»

«Viens avec nous!»

Le gros mangeur prit place dans le vaisseau, et ils volèrent plus loin. Ils volaient, volaient — quand ils virent un homme qui marchait autour d'un lac.

«Bonjour, petit oncle! Que cherches-tu?»

«Je veux boire, et il n'y a d'eau nulle part.»

«Comment, il n'y a d'eau nulle part! Mais tu as tout un lac, devant toi. Pourquoi donc ne bois-tu pas?»

«Oho, toute cette eau ne me suffit pas pour une seule gorgée!»

«Alors, prends place avec nous!»

Le grand buveur prit place dans le vaisseau, et ils volèrent plus loin. Ils volaient, volaient — quand ils virent un homme qui se dirigeait vers la forêt, et qui portait sur son dos un fagot de bois.

«Bonjour, petit oncle! Pourquoi portes-tu du bois dans la forêt?»

«Ce n'est pas du bois ordinaire.»

«Quel bois est-ce donc?»

«Si je l'éparpille, il se change en une armée entière!»

«Prends place avec nous!»

L'homme prit place dans le vaisseau, et ils volèrent plus loin. Ils volaient, volaient — et soudain ils virent un homme qui portait une botte de paille.

«Bonjour, petit oncle! Où vas-tu avec cette paille?»

«Au village.»

«On manque de paille, au village?»

«C'est que c'est une paille spéciale : qu'il fasse aussi chaud que ce soit en été, si on éparpille cette paille, tout de suite il fait frais, avec de la neige et de la gelée.»

«Prends, toi aussi, place avec nous!»

«D'accord!»

Ils volaient, volaient, et bientôt ils survolèrent le palais du tsar. Le tsar s'attablait justement pour déjeuner. Il aperçut le vaisseau volant, s'étonna fort et manda des serviteurs s'enquérir de qui arrivait ainsi dans un vaisseau volant. Les serviteurs s'approchèrent du vaisseau, furent fort étonnés et vinrent rapporter au tsar que les voyageurs du vaisseau volant n'étaient pas de nobles seigneurs mais seulement une espèce de paysan avec des gens tout à fait ordinaires. Le tsar estima qu'il ne convenait pas de donner sa fille en mariage à un simple paysan. Il réfléchit au moyen de se débarrasser d'un tel gendre éventuel. Il se dit qu'il allait lui fixer quelques tâches très difficiles. Aussitôt il fit porter au jeune homme l'ordre de lui apporter, avant que le tsar eût fini son déjeuner, l'eau de vie, l'eau miraculeuse qui guérit tous les maux. Juste au moment où le tsar donnait cet ordre à son serviteur, celui des passagers du vaisseau volant qui écoutait tout ce qui se passait dans le monde était à l'écoute du palais. Il entendit que le tsar donnait cet ordre là, et il prévint le sot.

«Que vais-je faire? Même en un an, même en toute ma vie, je ne pourrais pas rapporter cette eau miraculeuse au tsar», se lamenta le garçon.

Le coureur lui dit : «Ne te tourmente pas, je vais courir à ta place.»

Alors un domestique arriva, et transmit l'ordre du tsar.

«Dis-lui que je lui apporterai cette eau», répondit le jeune homme. Son compagnon détacha sa deuxième jambe de son oreille, courut jusqu'à l'autre bout du monde et y puisa, à la source miraculeuse, l'eau de vie demandée par le tsar.

«Je reviendrai bien à temps», se dit-il alors. Il s'assit au pied d'un arbre pour se reposer un peu, et il s'endormit. Le déjeuner du tsar touchait à sa fin, mais le coureur n'était toujours pas là. La nervosité s'installa sur le vaisseau volant. Le premier voyageur se pencha sur la terre, écouta et dit : «Voyez-moi ça, il dort!»

Le tireur, vite, prit son mousquet; il tira dans l'arbre qui se dressait au-dessus du dormeur, et aussitôt il réveilla ce dernier. Le dormeur sauta sur ses deux jambes, et en moins de temps qu'il ne faut pour le dire, il rapporta l'eau de vie au bateau. Le tsar ne s'était pas encore levé de table, que son ordre avait été exécuté.

Que faire? se demandait-il. Il fallait imposer une deuxième tâche. Il ordonna d'aller dire au jeune homme : «Puisque tu es si malin, montre-moi de quoi tu es capable. Avec tes amis, mange douze bœufs rôtis et vingt sacs de pain cuit.»

Le premier compagnon avait entendu le tsar donner cet ordre, et il prévint le jeune homme. Ce dernier s'émut fort, et dit :

«Je ne peux même pas manger un pain tout entier en un seul repas!»

«Ne crains rien, lui dit le gros mangeur, pour moi, ce sera encore trop peu!»

On leur apporta douze bœufs rôtis et vingt sacs de pain cuit. Le gros mangeur avala tout à lui tout seul, et après il déclara :

«Bah, il y en avait bien peu, ils auraient pu y ajouter quelque dessert!»

Le tsar ordonna ensuite au jeune homme et à ses compagnons de boire quarante muids de vin. Le premier compagnon, qui entendait tout de loin, entendit également l'ordre du tsar, et le dit au garçon.

«Je ne pourrais même pas en boire un seul petit fût!»

«Ne crains rien, dit le gros buveur, je boirai tout, seul, et encore ce sera peu pour moi!»

On remplit de vin quarante muids. Le gros buveur arriva, et il but tout d'une seule goulée, sans même reprendre haleine. Après avoir tout bu, il dit :

«Bah! C'est bien peu, bien peu! Je boirais encore volontiers un petit coup!»

Après tout cela, le tsar ordonna au jeune homme de se préparer pour le mariage. D'abord, il devait se laver, se baigner. Mais la baignoire était en cuivre, et le tsar ordonna à ses domestiques d'y chauffer l'eau au point que le garçon serait bouilli dès qu'il entrerait dedans. Le fiancé passa donc à l'étuve. Les hommes du tsar avaient chauffé la baignoire au rouge, mais le camarade du jeune homme était entré en même temps que lui dans la salle, avec sa fameuse paille. Il y fit tout de suite très frais et puis froid, si bien que lorsque le jeune homme eut fini de se baigner, l'eau commençait déjà à geler dans les coins de la baignoire. Il s'allongea derrière le four, et y resta couché toute la nuit. Lorsque au matin les domestiques vinrent ouvrir, ils trouvèrent notre sot sain et sauf allongé derrière le four, en excellente santé. Quand le tsar apprit cela, il se rembrunit. Il ne savait vraiment pas comment se débarrasser de ce gendre importun. Il réfléchit et réfléchit, et, pour finir, il décida que le jeune homme devrait lui fournir une armée complète. Tout un régiment! Il se disait :

«Où prendrait-il cette armée, ce simple paysan? Il n'y parviendra sûrement pas!»

En apprenant cette nouvelle exigence, le pauvre garçon se dit :

«Cette fois, c'en est fait de moi. Vous m'avez aidés, camarades, vous m'avez sorti plus d'une fois d'embarras, mais maintenant je crois qu'il n'y a plus rien à faire!»

«Alors, ainsi, tu m'as oublié?» demanda l'homme qui portait un fagot sur le dos.

Le serviteur du tsar vint apporter l'ordre de son maître.

«Bien, lui dit le prétendu sot. Mais si après cela le tsar recommence encore à se dérober et à inventer de nouvelle tâches, je lui prendrai tout son empire avec mon armée, et j'enlèverai la princesse, de force!»

Pendant la nuit, le compagnon du jeune homme se rendit dans un champ avec son fagot de bois, et le dispersa en divers endroits. Aussitôt apparut une armée innombrable : il y avait des fantassins, des cavaliers et même des artilleurs avec leurs canons.

En voyant cela au petit matin, le tsar eut grand peur. Vite, il fit porter, au jeune homme des vêtements splendides, des armes magnifiques, et il l'invita au château, pour qu'il vienne épouser la princesse sa fille. Quand notre sot eut revêtu ces magnifiques habits, il se transforma en un si beau jeune homme qu'il est impossible de le décrire. Il alla chez le tsar, épousa la princesse, reçut la moitié de l'empire et régna en homme sage et avisé. Le tsar et la tsarine l'aimaient beaucoup, et la princesse l'aima profondément jusqu'à sa mort.

Le Père La Gelée

Vladimir Fiodorovitch Odoïevski

Je vais vous raconter une belle histoire, celle avec laquelle le vieux père Iriniei réjouissait les enfants, et leurs parents aussi. C'était pour leur édification :

Dans une maison, deux sœurs vivaient avec leur vieille nourrice. On les appelait Agilité et Paresse. Agilité était très adroite, elle se levait toute seule, s'habillait sans aide, ne demandait jamais rien à la nourrice et à peine était-elle sortie du lit qu'elle se jetait sur le travail. Elle allumait le feu, pétrissait la pâte à pain, balayait la chambre, jetait le grain aux poules et allait chercher l'eau à la fontaine. Pendant ce temps-là, Paresse se prélassait dans ses édredons. Il y avait longtemps que midi avait sonné au clocher de l'église qu'elle se tournait encore d'un côté à l'autre sur sa couche, et quand enfin elle en avait assez de rester couchée, elle appelait sa nourrice :

«Babette, tu m'entends? Viens nouer les lacets de mes chaussures!»

Puis elle pleurnichait, toujours mal réveillée :
«Babette, tu n'aurais pas un petit pain?»

Une fois levée, elle traînait et musardait quelques courts instants, puis elle allait s'asseoir près de la fenêtre et se mettait à compter les mouches qui s'y posaient et qui s'envolaient. Quand elle les avait toutes comptées, elle ne savait plus que faire pour se distraire. Elle se dit qu'elle pourrait se remettre au lit, mais elle n'en eut plus envie. Il lui vint à l'idée qu'elle pourrait manger quelque chose, mais elle n'avait pas faim. Elle pourrait se remettre à compter les mouches sur la fenêtre, mais cela avait cessé de l'amuser. Si bien qu'elle resta là, assise, malheureuse à pleurnicher et se plaindre à chacun de ce qu'elle trouvait le temps long, comme si c'était la faute des autres.

Agilité, de son côté, n'avait pas le temps de souffler. Elle filtrait l'eau et la versait dans la cruche, puis elle tricotait des chaussettes ou brodait un fichu, parfois même elle taillait une chemise et la cousait, et tout en travaillant elle chantait. Jamais elle ne trouvait le temps long. Elle se hâtait de passer d'une besogne à l'autre, et le soir était toujours là avant qu'elle ait eu le temps de se retourner. Les journées passaient vite, trop vite, pour elle.

Un jour, Agilité joua de malchance. Etant allée chercher de l'eau au puits, elle fit descendre le seau, mais la corde se rompit, et le seau tomba au fond. Que faire? La pauvre Agilité éclata en sanglots et alla, tout en larmes, raconter l'aventure à la nourrice. Babette était une vieille sévère et coléreuse. Elle dit :

«Ta propre maladresse, c'est à toi de la réparer. C'est toi qui as laissé tomber le seau au fond du puits, c'est toi qui dois aller l'y rechercher.»

Il n'y avait pas à discuter. Toute malheureuse, Agilité retourna au puits, et se laissa descendre grâce à la corde, jusqu'au fond.

Là, il se passa un miracle. Son pied avait à peine touché le fond qu'elle vit sortir de terre, devant ses yeux, un four. Dans le four, il y avait un beau petit pain appétissant, croustillant, doré à point. Il était là, qui semblait la regarder, et il chantonnait :

«Je suis un petit pain doré,
De raisins secs on m'a fourré,
De sucre blond on m'a glacé
Et ensuite on m'a enfourné.
Lorsque du four me tirerez,
Prenez garde à ne pas vous brûler!
Puis vous pourrez vous régaler.»

Agilité, sans tergiverser, prit la pelle, elle sortit le petit pain du four et l'enfonça dans sa besace.

Elle alla plus loin, et aboutit en un jardin. Dans ce jardin se dressait un pommier tout chargé de pommes dorées, et ces pommes chantaient, entre les feuilles qui bruissaient :

«Voyez les savoureuses pommes,
C'est en or pur que nous sommes.
La sève de l'arbre nous a gonflées,
La pluie du ciel nous a lavées.
Le passant qui nous cueillera
Avec plaisir nous mangera.»

Agilité sauta dans l'arbre, elle en secoua les branches et elle plaça les pommes d'or dans son tablier.

Elle alla encore plus loin. Et soudain, que vit-elle? Le Père La Gelée, qui était assis là, devant elle. Il était tout gris. Il se reposait sur un banc de glace et il mangeait la neige par poignées. Quant il secouait la tête, il en tombait de la neige fraîche. Quand il soupirait, une vapeur épaisse lui sortait en grosses volutes de la bouche.

«Sois la bienvenue, Agilité, dit le vieillard à la jeune fille. Tu as bien fait de m'apporter ce petit pain sortant du four, il y a longtemps que je n'ai rien mangé de chaud.»

Il fit asseoir Agilité à ses côtés, sur le banc, et ils mangèrent ensemble le petit pain puis croquèrent les pommes dorées.

«Je sais pourquoi tu es venue, dit le Père La Gelée.

Tu as laissé tomber ton seau au fond de mon puits. Je te rendrai ton seau, je n'ai aucune raison de vouloir le garder, mais pour cela il te faudra rester trois jours à mon service. Si tu es active, je te récompenserai bien, mais si tu es paresseuse, tu ne recevras qu'une piètre rétribution. Mais pour le moment, je dois me reposer. Va, prépare ma couche, mais je te le rappelle : n'oublie pas de bien secouer l'édredon!»

Agilité obéit. Ils entrèrent ensemble dans la maison du vieillard. Cette maison était construite uniquement en glace. La porte, la fenêtre, le parquet, tout était de glace; les murs étaient tapissés de flocons de neige, le soleil s'y reflétait, et toute la maison scintillait comme un diamant. Sur le lit du Père La Gelée, s'étalait en guise d'édredon une couche de neige poudreuse. C'était froid, mais il n'y avait rien à faire d'autre que d'obéir. Agilité se mit à secouer la neige pour que le Père La Gelée soit couché mollement, les mains de la pauvrette étaient raides de froid. Ses doigts devenaient tout blancs comme ceux des malheureuses qui, en hiver, brisent la glace des rivières gelées pour y rincer le linge. Il fait très froid, le vent pince, le linge se durcit comme du bois, mais pourtant il faut bien travailler.

«Ce n'est rien, lui dit le Père La Gelée, il te suffit de frictionner tes doigts avec de la neige, ainsi le sang se remettra à circuler et tes doigts ne gèleront

pas. Je n'ai pas mauvais cœur, regarde comment je conserve et protège chez moi le plus précieux des trésors.»

Le vieillard souleva l'édredon de neige et le drap, et Agilité vit, là-dessous, les semences de blé qui commençaient à germer et à verdir. Agilité eut pitié de ces semailles engourdies, et elle dit :

«Tu dis que tu n'as pas mauvais cœur. Alors, pourquoi tiens-tu les semailles verdissantes sous ton édredon de neige, pourquoi ne les laisses-tu pas aller sur la terre des hommes?»

«Je ne les libère pas parce que leur temps n'est pas encore venu. Elles n'ont pas encore assez de force... Un brave homme les a semées en automne, les grains ont germé, mais si les tiges sortaient, l'hiver les

brûlerait et le blé ne mûrirait pas en été. Voilà pourquoi j'ai recouvert les jeunes semailles de mon édredon de neige, et je me suis couché par-dessus pour que le vent ne chasse pas la neige ailleurs. Dès que viendra le printemps, l'édredon de neige fondra, le blé formera des épis qui se rempliront de grains. Le paysan moissonnera, battra le blé et le portera au moulin. Le meunier moudra en farine ce beau blé, et toi, Agilité, avec cette fleur de farine tu feras d'excellents petits pains dorés.»

«Peux-tu me dire, Grand-père, pourquoi tu habites au fond du puits?» s'enhardit à demander la jeune fille.

«Je reste maintenant au fond du puits parce que le printemps approche, répondit le Père la Gelée. Sur terre, j'ai trop chaud. Tu le sais, en été, les puits restent frais; la fraîcheur habite au fond des puits, c'est pourquoi ils restent ainsi toujours frais même aux jours les plus chauds de l'été.»

Le brave Père la Gelée caressa le visage de la jeune fille, puis il s'allongea sur sa couche de neige pour prendre un peu de repos.

Pendant son sommeil, Agilité nettoya toute la maison, puis elle prépara le repas, ravauda les vêtements du vieillard et rapiéça son linge.

Quant il se réveilla, le vieillard fut très satisfait, et il la remercia. Ils allèrent ensuite déjeuner ensemble. Ce fut ainsi que notre amie Agilité passa trois jours entiers chez le Père La Gelée. Le troisième jour, le vieillard lui dit :

«Je te remercie. Tu es une fillette adroite, tu as réjoui mon vieux cœur, et je vais t'en récompenser comme il convient. C'est l'habitude : les gens reçoivent de l'argent, en échange de leur travail. Reprends

ton seau. J'y ai versé une poignée de pièces d'argent. Et ici, j'ai piqué une broche de brillants. Prends-la en souvenir de moi.»

Agilité remercia vivement, elle accrocha la broche de brillants au ruban de sa natte, reprit son seau, retourna jusqu'au puits et remonta en s'aidant de la corde jusqu'au monde des hommes.

Au moment où elle arrivait à la maison, le coq qui recevait d'elle tous les matins sa poignée de grains, vola jusqu'au sommet de la clôture et se mit à claironner :

> «Cocorico, cocorico!
> La v'là qui revient avec son seau!
> Voyez ce seau
> Plein de lingots!»

Une fois arrivée dans la salle, Agilité raconta tout ce qu'elle avait vu, et la nourrice n'en revenait pas. Elle finit par dire à la sœur d'Agilité :

«Tu vois, Paresse, ce que l'on peut gagner contre un travail honnête. Toi aussi, tu devrais aller chez le Père La Gelée; tu le servirais bien, tu lui ferais son ménage, la cuisine, tu réparerais ses vêtements et repriserais son linge. Et lui, te ferait cadeau d'une poignée de pièces d'argent. Cela nous viendrait bien à point. Bientôt les fêtes seront là, et nous n'avons presque plus d'argent.»

Paresse n'avait pas la moindre envie d'aller chez le Père La Gelée pour le servir. Mais les pièces d'argent l'attiraient. Et elle avait surtout envie d'une belle broche garnie de diamants comme celle qu'avait reçue sa sœur.

Si bien qu'elle se décida à aller, elle aussi, chercher de l'eau au puits. Sans d'ailleurs en remonter, elle se laissa glisser le long de la corde jusqu'au fond. Elle regarda, regarda autour d'elle, et devant ses yeux apparut un four, dans lequel trônait un magnifique petit pain cuit à point, tout doré. Il était là, qui la regardait et qui chantonnait :

> «Je suis un petit pain doré,
> De raisins secs on m'a fourré,
> De sucre blond on m'a glacé
> Et ensuite on m'a enfourné.
> Lorsque du four me tirerez,
> Prenez garde à ne pas vous brûler!
> Puis vous pourrez vous régaler.»

Paresse le regarda, et se dit :

«Il ne manquerait plus que j'aille me fatiguer avec cette lourde pelle et me brûler pour retirer ce petit pain.» Et elle répondit au petit pain doré : «Si tu veux, tu n'as qu'à sortir toi-même du four.»

Et elle poursuivit sa route, et arriva au jardin. Elle

y vit le magnifique pommier tout couvert de fruits dorés, et les pommes chantaient, parmi les feuilles frissonnantes :

> «Voyez les savoureuses pommes,
> C'est en or pur que nous sommes
> La sève de l'arbre nous a gonflées,
> La pluie du ciel nous a lavées.
> Le passant qui nous cueillera
> Avec plaisir nous mangera.»

«Vous pouvez compter là-dessus! s'exclama Paresse. Je vais sûrement me fatiguer et m'abîmer les mains à secouer ces lourdes branches! J'attendrai bien qu'elles tombent toutes seules, ces pommes, et ensuite j'en ramasserai autant que je voudrai!»

Et elle passa par-delà le pommier, sans plus s'en occuper. Elle arriva auprès du Père la Gelée. Il était encore assis sur son banc de glace et avalait des poignées de neige.

«Que désires-tu, fillette?» lui demanda-t-il.

«Je suis venue te servir pour mériter un salaire.»

«Tu parles bien, ma fille, approuva le vieillard. Tout travail mérite salaire. Seulement le salaire dépend de la qualité du travail. Va, hâte-toi d'aller me secouer mon édredon, prépare le repas, raccommode mes vêtements et reprise le linge!»

Paresse alla donc, mais, tout en s'éloignant du vieillard, elle marmonnait:

«Suis-je donc assez folle pour aller secouer son édredon et me geler les doigts? Le vieux ne s'en rendra même pas compte et il dormira tout aussi bien si je ne retourne pas son matelas de neige.»

Le Père la Gelée ne remarqua rien en effet, ou bien fit semblant de n'avoir rien vu. Il se coucha sur son lit et s'endormit. Paresse alla ensuite à la cuisine.

Elle s'y rendit bien, mais une fois là, elle n'eut aucune idée de ce qu'elle devait y faire. Elle aurait volontiers mangé quelque chose de bon, mais jamais elle ne s'était intéressée à la façon dont se préparent les mets. Jamais l'idée ne lui en était venue, et elle était si fainéante que rien que de regarder les autres faire la cuisine, cela la fatiguait.

Elle examina les lieux. Sur la table de la cuisine, il y avait tout ce qu'il fallait pour préparer un bon repas: des légumes, de la viande, du poisson, du vinaigre, de la moutarde et du levain. Il y avait aussi de la farine pour faire du pain. Paresse demeura longtemps perplexe, puis tant bien que mal elle gratta les légumes, coupa la viande et le poisson en petits morceaux, et, pour ne pas se donner trop de peine, elle jeta le tout, lavé ou non, dans une casserole. Légumes, viande, poisson, moutarde et vinaigre, elle mélangea tout, et pour faire bonne mesure elle y ajouta encore un peu de levain. Elle se disait, ce faisant : «Pourquoi irais-je me fatiguer à préparer chaque plat séparément? Après tout, dans l'estomac, tout se mélange!»

Le vieillard se réveilla, et il voulut déjeuner. Paresse plaça la casserole devant lui, sans que lui vînt l'idée d'étaler une nappe sur la table. Le Père la Gelée goûta et fit la grimace, tandis que du sable craquait entre ses dents.

«Tu es vraiment une cuisinière hors pair! se moqua-t-il. Nous verrons comment tu vas t'en tirer avec le reste.»

Paresse puisa aussi dans la casserole, mais elle recracha bien vite la première bouchée. Avec un hoquet de dégoût, le vieillard se mit lui-même à faire la cuisine, et il prépara un déjeuner succulent. Paresse s'en lécha les doigts. Elle appréciait beaucoup la bonne cuisine préparée par quelqu'un d'autre qu'elle.

Après le repas, le vieillard alla faire la sieste, en rappelant à Paresse qu'elle devait rapiécer et ravauder le linge. Paresse fit la mine, mais n'osa pas répliquer. Il lui fallait donc se mettre à l'ouvrage. Elle prit les vêtements, le linge, mais il y avait un grand "mais". Si d'habitude elle se pavanait volontiers dans une belle robe, elle n'avait aucune idée comment se cousait un vêtement. Jamais d'ailleurs elle ne s'en était informée auprès de qui que ce fût. Elle prit une aiguille, mais comme elle ne savait pas s'en servir, elle se piqua cruellement, et déposa aussitôt son ouvrage.

Le Père La Gelée fit encore comme s'il ne s'était aperçu de rien. Il invita Paresse à dîner, et ce fut encore lui qui prépara la couche de la jeune fille pour la nuit.

Naturellement, cela convenait parfaitement à Paresse. Elle se disait qu'elle ne passerait pas trop mal ces trois jours, et que sa sœur n'avait servi le vieillard que par pure bêtise. Après tout, il était bien brave, et il lui donnerait quand même les pièces d'argent, sans qu'elle eût rien à faire!

Le troisième jour arriva, et Paresse se présenta devant le Père La Gelée pour lui demander son congé, et son salaire.

«Et quel fut ton travail? Qu'as-tu fait ici? lui de-

manda le Père La Gelée. Si nous devions régler la chose comme il convient, en toute justice, c'est toi qui devrais me payer un salaire, car tu n'as point travaillé pour moi mais moi, je t'ai servie!»

«Comment cela? s'étonna Paresse. J'ai vécu trois jours entiers dans ta maison!»

«Ma chère enfant, expliqua le vieillard, tu devrais savoir que vivre et servir sont deux choses différentes, et que même tous les travaux ne sont pas pareils. Rappelle-toi cela, qui pourra te servir plus tard. Mais si tu n'as pas la moindre petite étincelle de conscience en toi-même, je vais pourtant te payer. Tel a été ton travail, tel sera ton salaire.»

Sur ces mots, le Père La Gelée plaça une grosse pièce d'argent dans une main de Paresse, et un brillant dans son autre main. Paresse en éprouva une telle joie que, sans même remercier le vieillard, elle pivota sur ses talons pour courir vers le puits et rentrer à la maison.

Faisant irruption dans la salle, elle se vanta :

«Regardez ce que j'ai gagné! Que sont la poignée d'argent et la mesquine petite broche de pierreries rapportées par Agilité, en comparaison de ma lourde pièce d'argent et de ce brillant gros comme le poing ...» Tandis qu'elle parlait, le brillant se mit à fondre, et la pièce d'argent forma une petite mare sur le plancher. Et le coq sauta sur la clôture, pour se mettre à chanter :

«Cocorico, Cocoricoco!
Qui n'a pas bien travaillé
Se verra toujours frustré.
Point d'argent,
Ni diamant,
Mais des glaçons
A la maison!»

Et vous, chers enfants, réfléchissez bien à cette histoire que vous a racontée le vieux père Iriniei. Ce qui est vrai ou ne l'est pas, ce qu'il a dit pour plaisanter et ce qu'il a dit pour vous donner une leçon, quand il vous a fait un clin d'œil et quand il a été sérieux. Rappelez-vous toujours que le bon travail et le bienfait n'attendent point de récompense, qu'ils comportent en eux-mêmes la plus grande satisfaction. Rien de bon n'est jamais vain. Rien de bon n'est jamais perdu. Ainsi en va-t-il dans notre monde.

Et ne m'oubliez pas, moi. N'oubliez pas le vieux père Iriniei, qui a tant d'histoires à vous raconter que jamais vous n'en verrez la fin!

Le courageux lièvre Mathieu Oreillard

Dimitri Narkissovitch Mamine-Sibiriak

Un lièvre, qui avait peur de tout, naquit un jour dans une forêt. Quand une branchette craquait ou qu'un oiseau volait, si une boule de neige tombait d'un arbre, notre petit lièvre en était presque mort de peur.

Il resta ainsi poltron un jour, un deuxième jour, toute une semaine et tout un mois, puis toute une année. Alors, ayant eu le temps de grandir, il décida soudain qu'il en avait assez de cette crainte continuelle.

«Maintenant je n'ai plus peur de rien ni de personne! proclama-t-il à tous les échos de la forêt. Je n'ai plus peur, fini de trembler!»

Les vieux lièvres accoururent, ils entourèrent notre Mathieu. Tous les petits levrauts, les vieilles hases comme les jeunes n'en crurent pas leurs grandes oreilles, en entendant Mathieu Oreillard se vanter ainsi de ne plus rien craindre désormais. Avait-on jamais vu un lièvre qui ne fut pas peureux?

«Ecoute, Mathieu, es-tu sûr que tu ne craindrais même pas le loup?» lui demanda-t-on.

«Non, je ne crains ni le loup, ni le renard, ni l'ours. Je ne crains plus rien ni personne!»

Cela parut comique aux autres lièvres. Les jeunes levrauts éclatèrent de rire en se cachant le museau derrière leurs pattes de devant. Les lièvres très âgés et les vieilles hases, tout les anciens rirent, car ils savaient, eux, ce qu'étaient les griffes du renard et les dents du loup.

En voilà un petit lièvre ridicule! N'y a-t-il pas de quoi rire? Tout le monde s'amusait, tous les lièvres se mirent à faire des cabrioles, à sauter, bondir en tous sens, à s'attraper comme s'ils se battaient pour rire.

«Pourquoi tant de discours? cria le lièvre Mathieu Oreillard, qui se sentait le courage même. Si je rencontre le loup, je le mange!»

«En voilà un lièvre ridicule! Et vaniteux par-dessus le marché!»

Tous remarquèrent combien Mathieu était ridicule et stupide, et tous rirent de bon cœur.

Soudain un lièvre cria: «Au loup!» Et le loup — d'où venait-il? — le loup était bel et bien là.

Il errait par la forêt, vaquant à ses affaires de loup, il avait marché tant que la faim se faisait sentir, et il lui vint à l'idée qu'un levraut serait un bon déjeuner. Ce fut alors qu'il entendit, venant de tout près, des vagissements de lièvre et il comprit que l'on parlait de lui.

Il s'arrêta alors, prit le vent, et se rapprocha.

Quand il fut tout près, encore plus près, il entendit les lièvres se moquer de lui, et le plus fanfaron de tous, c'était le levraut Mathieu Oreillard.

«Attends un peu, toi, le vantard; tu vas bientôt me régaler!» se dit le loup, qui observa bien pour savoir

lequel de tous ces lièvres était un tel héros qu'il ne craignait même point le loup.

Mais les lièvres ne s'apercevaient pas de sa présence, et continuaient leur jeu.

Enfin Mathieu l'Intrépide grimpa sur une souche, s'y prélassa et continua ses vantardises :

«Ecoutez-moi bien vous, les lièvres poltrons, et regardez-moi, je vais vous montrer quelque chose, je ... je ... je ...»

Sa langue devint raide comme du bois : de son perchoir, il venait de voir le loup qui tenait son regard torve fixé sur lui.

Les autres lièvres n'avaient pas vu le loup. Mais Mathieu Oreillard l'avait bien vu, et son sang s'était figé dans ses veines.

Alors il se passa quelque chose d'inouï.

Le lièvre fanfaron bondit comme une balle, mais la peur le fit sauter si haut qu'il retomba juste sur le large front du loup. Il courut sur le dos de la bête féroce, rebondit une fois encore, fit la culbute dans les airs et s'enfuit à toute vitesse, en faisant presque jaillir des étincelles. Il fuyait, fuyait à perdre haleine. Il croyait toujours avoir le loup à ses trousses, et être rattrapé à tout instant. Pour finir, n'en pouvant plus, il ferma les yeux et se coucha sous un buisson vert, pensant rendre l'âme.

Pendant ce temps-là, le loup se sauvait dans la direction contraire. Quand le lièvre lui avait atterri sur le front, il avait cru recevoir la balle de fusil d'un chasseur. Et il avait pris la fuite. Il se disait que, dans la forêt, il y avait quantité de lièvres, et celui-là était plutôt dur à cuire!

Il fallut longtemps aux autres lièvres pour qu'ils se remissent de leur émoi. Certains se cachèrent dans les broussailles, d'autres derrière la souche, d'autres encore s'enfuirent à toutes pattes.

«Vous avez vu, notre Mathieu, comme il a effrayé le loup? se dirent-ils. Sans lui, c'en était fait de nous! Mais où est-il donc, appelez-le, amenez-le, notre héros!»

Les lièvres se lancèrent à la recherche de Mathieu Oreillard. Ils le cherchèrent partout, de-ci, de-là, mais point de courageux Mathieu en vue. Un autre loup l'aurait-il mangé?

Ils finirent par le trouver, à moitié mort de peur, sous son buisson où il revenait lentement à lui.

«Tu l'as bien eu, Mathieu! lui crièrent tous les lièvres en le félicitant. Qui aurait cru cela de toi? Tu lui as donné une belle peur, à ce loup terrible : Merci, camarade. Et nous qui pensions que tu ne faisais que te vanter. Tu es un véritable héros!»

Mathieu Oreillard se ressaisit complètement. Il se secoua, se rengorgea. Oui, un héros! Il sortit de son trou, cligna des yeux à la lumière et déclara fièrement :

«J'espère que vous n'aviez pas cru sérieusement, que j'avais peur?»

Et depuis ce jour-là, Mathieu Oreillard est convaincu qu'il ne craint en aucune circonstance ni rien ni personne.

Un mage dans une poche

Friedrich Reinhold Kreutzwald

Il était une fois un jeune homme qui marchait sur la route. Il marchait, marchait, puis il s'assit auprès d'une grosse pierre afin de se restaurer. Après avoir mangé, il s'allongea sur l'herbe, la tête appuyée à la pierre, et il s'endormit. Il fit alors un rêve étrange : comme si quelqu'un lui parlait, juste sous son oreille, d'une voix chantante et sifflante. Il ouvrit alors les yeux — et cela continua. Ce n'était donc pas un rêve. Et la voix avait l'air de provenir de la pierre, ou de dessous la pierre. Le jeune homme posa l'oreille tout contre la pierre et il constata que l'on chantait à l'intérieur. Il finit même par comprendre les paroles :

«Heureux jeune homme! Libère-moi de cette dure prison. Depuis sept cents ans je suis tourmenté par le pouvoir d'un mauvais esprit, et ne puis même pas mourir. Toi, tu es né au lever du soleil, le jour de Pâques. Dans le monde entier, tu es le seul et unique être humain qui puisse m'aider, à condition que tu le veuilles.»

Fort surpris, le jeune homme rétorqua :

«Vouloir ne suffit pas. Où irais-je prendre la force de briser cette pierre. Raconte-moi tes malheurs, et apprends-moi ce qu'il faudrait que je fasse.»

Il entendit, venant de la pierre, ces paroles :

«Trouve le sorbier qui pousse à la limite de trois fermes, et coupes-en une branche longue d'un empan et grosse comme le pouce. Puis cueille une poignée de serpolet. Mets tout cela ensemble, le bâton et le serpolet, boutes-y le feu et enfume la pierre en en faisant neuf fois le tour dans le sens inverse de celui du soleil. Prends bien garde à ce que la fumée pénètre dans toutes les fentes de la pierre. Alors ma prison s'ouvrira et je sortirai à l'air libre, à la lumière. Je serai libre! Je ne me montrerai pas ingrat, et toute la vie je te serai reconnaissant. Je te rendrai riche et célèbre.»

Après avoir réfléchi, le jeune homme dit :

«Chacun doit aider son prochain dans le malheur. Et je vais t'aider. Seulement, je ne sais toujours pas si tu es bon ou si tu es mauvais. Jure-moi de ne porter tort à personne lorsque tu seras en liberté.»

L'inconnu invisible fit cette promesse au jeune homme, et celui-ci alla vers la forêt pour chercher le sorbier et le serpolet.

Il connaissait un endroit, pas très éloigné, où se touchaient les limites de trois fermes. Et là, un sorbier était planté. Mais l'herbe dont il avait besoin, le serpolet, il lui fallut la chercher longtemps. Si bien que ce ne fut que le lendemain que le jeune homme retourna auprès de la pierre. Quand vint le soir, il se

fait cinq pas que la pierre retombait à sa place en éclaboussant de boue le jeune homme aussi bien que le petit homme.

Ce petit homme reprit ses esprits et, de joie, il se mit à embrasser son libérateur, il lui baisa les pieds et les mains. Mais le jeune homme contint ses effusions.

Ils s'assirent sur l'herbe, et le petit homme raconta son histoire au jeune homme.

«J'étais un mage célèbre, et je ne faisais que le bien. Je guérissais les malades, gens ou bêtes, je conjurais les sorts que leur avaient jetés les sorciers et sorcières. Les gens me faisaient toutes sortes de cadeaux, si bien que les sorciers et sorcières me craignaient comme le feu. Souvent ces mauvais esprits ont tenté de me faire périr, mais j'ai toujours deviné à temps leurs funestes intentions. Un jour les sorciers ont rassemblé beaucoup d'argent et ont envoyé un messager dans le Nord, chez un adepte de la magie noire. Ce fourbe m'a volé toutes mes drogues bienfaisantes et il m'a enfermé dans cette pierre. Seul pouvait me libérer un homme né au lever du jour de Pâques. Cet homme-là, je l'ai attendu sept cents ans. Et tu es venu, toi, l'homme à l'âme ouverte et au cœur pur. Et tu m'as libéré. Durant toute la vie je te serai reconnaissant.

Ta vie durant, je te servirai. Tu seras l'homme le plus heureux du monde. En revanche, tu m'aideras à punir ce mauvais esprit, si nous le retrouvons. En attendant, il me faudra me cacher pour que personne n'apprenne ma libération. Je vais me changer en puce, et je vivrai dans la poche de ta culotte. Lorsque tu auras besoin de mon aide ou d'un conseil, je sauterai derrière ton oreille et je te dirai ce que tu dois faire. Tu ne devras pas me nourrir. J'ai survécu sept siècles sous la pierre sans manger ni boire, et je me sentirai très bien en liberté. C'est tout ce que je voulais te dire. Et maintenant, dormons : demain matin nous partirons à la recherche de ton bonheur.»

Le petit homme termina par ces mots son discours. Un sage, un magicien, un bon esprit ? Le jeune homme ne dit plus rien, il mangea un quignon de pain, s'allongea sur l'herbe et s'endormit aussitôt. Quand il se réveilla, le soleil était déjà haut dans le ciel. Il ne vit personne auprès de lui, et il crut qu'il avait rêvé.

Il avala rapidement son déjeuner et reprit sa route. Il avait à peine fait deux ou trois pas qu'il vit arriver trois voyageurs. On aurait dit des artisans ambulants, chacun d'eux portait un sac de cuir sur l'épaule. Soudain le jeune homme fut surpris d'entendre un chuchotement à son oreille :

«Propose aux voyageurs de se reposer un moment, et tâche de savoir où ils vont.»

Le jeune homme comprit alors que le petit homme n'était pas le produit d'un rêve et qu'il s'était bel et bien caché dans la poche de sa culotte, comme il

mit à l'enfumer. Il marcha tout autour de la pierre en veillant à ce que la fumée de sa torche, faite avec le bâton et l'herbe, entrât bien dans toutes ses fissures. Il avait à peine terminé son neuvième tour que la terre trembla sous ses pieds avec un grondement terrible. La pierre sauta à deux toises de haut tandis que de là-dessous bondissait un petit homme qui s'écartait de côté à la vitesse du vent. Il n'avait pas encore

l'avait annoncé. Et ainsi qu'il l'avait promis, il le conseillait.

Le jeune homme s'avança vers les voyageurs, il les salua et leur proposa de prendre un peu de repos auprès de la grosse pierre. Il leur demanda où ils allaient. Peut-être pourraient-ils faire route ensemble : à quatre ce serait plus agréable.

Les artisans racontèrent qu'un grand malheur venait de frapper la capitale. L'une des filles du roi s'était noyée en se baignant dans une toute petite rivière. On n'avait même pas pu retrouver son corps, qui semblait s'être complètement volatilisé. Et pourtant, à l'endroit où elle se baignait, il n'y avait pas du tout de profondeur, on avait pied.

Alors le jeune homme sentit quelque chose qui le chatouillait derrière l'oreille. Et il entendit :

«Va avec eux, sans doute rencontreras-tu ta chance.»

Le jeune homme suivit le conseil et les artisans.

Ils allèrent, allèrent. Il arrivèrent enfin en une sombre forêt. Ils la traversèrent, et au bord d'un ruisseau ils virent un vieux sac tout déchiré, un de ces sacs dans lesquels on donne l'avoine à manger aux chevaux.

Encore un petit chatouillement derrière son oreille, et le jeune homme perçut :

«Ramasse ce sac. Il te rendra de grands services.»

Quel service pourrait encore rendre ce vieux sac tout déchiré? se demanda le jeune homme, mais pourtant il le ramassa. Il le jeta sur son épaule en disant, tout hilare :

«Des gens comme nous ne doivent pas dédaigner la moindre trouvaille! Ce sac tout déchiré pourra peut-être nous être de quelque utilité.»

Ses compagnons de route lui répondirent en plaisantant :

«Prends-la, puisqu'elle te plaît, cette vieille chose. De toute façon, tu ne l'abîmeras pas davantage!»

Ils ne le savaient pas encore que cette vieillerie allait leur être utile à tous les quatre, et que les voyageurs remercieraient bien le jeune homme de l'avoir ramassée, au bord du ruisseau dans la forêt.

La chaleur ayant accablé nos voyageurs, il décidèrent de se reposer au pied d'un arbre bien touffu. Ils s'assirent et commencèrent à sortir leurs victuailles de leurs sacs. Le jeune homme, une fois de plus, entendit chuchoter à son oreille :

«Ordonne au vieux sac de vous donner à manger tant et plus.»

Le jeune homme ne croyait certes pas ce que lui disait la puce, mais il se dit : «Si elle plaisante, moi aussi je peux le faire, cela amusera mes compa-

gnons.» Il retira alors le vieux sac de son épaule, le déposa sur l'herbe auprès de ses pieds, le frappa doucement avec son bâton comme ferait une fée de sa baguette magique, et dit :

«Petit sac, petit sac, donne-nous donc à manger.»

Aussitôt, à l'endroit où se trouvait avant le vieux sac, sortit de terre une petite table couverte d'une nappe blanche, et garnie de bols de soupe, de viande et de quatre cuillers : il n'y avait qu'à se mettre à table! Puis il y eut du porc rôti, de la saucisse et de délicieux petits gâteaux. Pour arroser tout cela, de la bière, du vin et du miel.

Buvez donc, les amis, mangez comme à la noce! Les artisans ne se firent pas prier. Ils s'attaquèrent vite au repas somptueux, comme ils n'en avaient jamais goûté de leur vie. Quand ils eurent mangé et bu à ne plus pouvoir avaler, la petite table disparut comme par enchantement; le vieux sac la remplaçait dans l'herbe, à son ancienne place.

En le regardant, maintenant, les artisans ne riaient plus. Chacun voulait se saisir de ce trésor, il s'en fallut de peu qu'ils n'en vinssent aux mains. En voyant cela, le jeune homme dit aux artisans :

«C'est moi qui ait ramassé ce vieux sac, c'est donc moi qui doit le porter!»

Il n'y avait rien à redire à cela. Les artisans furent d'accord. Mais ils ne pouvaient accepter que ce sac merveilleux fût traité comme un vulgaire chiffon. L'un des trois prit une aiguille et du fil, confectionna avec son propre sac une housse pour la précieuse vieillerie, afin qu'elle fût mieux protégée.

Après s'être reposés, les voyageurs reprirent leur marche. Ce bon repas leur avait redonné des forces, ils marchaient allègrement. Ils chantaient, plaisantaient, s'amusaient beaucoup. Le soir venu, ils s'installèrent sous un buisson pour y passer la nuit. Et voilà un nouveau souci : comment veiller sur le sac et éviter qu'il ne fût pas volé? Après un bon dîner fourni miraculeusement par le fameux sac, ils décidèrent de dormir en appuyant tous les quatre leur tête contre le précieux trésor, les corps allongés vers les quatre points cardinaux. En outre, le jeune homme attacha le sac à son bras gauche, par une corde, afin de sentir si jamais l'on y touchait pendant son sommeil. Il semblait qu'ils allaient pouvoir dormir tranquilles. Mais à tout instant ils se réveillaient, tâtaient vite pour s'assurer que le sac était toujours là.

Au matin, à leur réveil, ils déjeunèrent sans souci, et se remirent en route une fois de plus. Le sac les nourrit ainsi durant toute une semaine, jusqu'à ce qu'ils arrivassent à la principale ville du royaume.

Dès que les voyageurs furent entrés dans la ville, le jeune homme sentit un petit chatouillement derrière son oreille. Et il s'entendit dire que la fille du roi avait été attirée dans le repaire d'une méchante ondi-

ne. La puce lui promit de l'aider à découvrir cette cachette. En attendant le mage-puce conseilla au jeune homme de se présenter directement chez le roi pour lui dire qu'il allait retrouver sa fille. Et que s'il lui arrivait malheur, le roi promît de donner la moitié de la récompense annoncée à ses camarades et l'autre moitié aux pauvres du pays.

Le roi ne croyait pas que l'on pût encore retrouver sa fille. Il s'était passé beaucoup de temps depuis qu'elle avait disparu sous les eaux. Il reçut cependant aimablement le jeune homme et lui promit qu'au cas où il lui arriverait malheur au cours de son expédition, il distribuerait la récompense comme le jeune homme le désirait.

A la sortie du palais du roi, le jeune homme entendit l'invisible puce qui lui conseillait :

«Va dès ce soir à la rivière, et attrapes-y trois écrevisses. Elles t'aideront à découvrir la méchante ondine.»

Le jeune homme, obéissant, alla à la rivière, y attrapa trois écrevisses qu'il cacha.

Le jour suivant tous les habitants de la ville se précipitèrent vers la rivière pour assister à la recherche de la princesse. Le roi en personne était également accouru. Il avait amené les domestiques qui avaient assisté à la disparition de la princesse pour qu'elles indiquassent l'endroit précis.

Le jeune homme restait perplexe, quand son hôte invisible lui murmura à l'oreille :

«Lance une écrevisse à l'eau et observe par où elle s'en va.»

Le jeune homme se pencha, comme pour toucher le fond de l'eau par la main, et il lâcha l'écrevisse sans être vu. L'écrevisse marcha sur le fond, elle fit une douzaine de pas puis vira à gauche et disparut

200

sous la berge. La deuxième et la troisième écrevisse suivirent le même chemin.

La puce invisible chuchota :

«Maintenant tu connais le chemin. Nous allons y aller. Frappe trois fois du pied gauche sur le sol, puis saute de la berge dans la rivière. Nous trouverons bientôt ce que nous cherchons.»

Le jeune homme fit ce que lui était commandé. Il frappa trois fois avec son pied gauche, puis s'enfonça dans l'eau. L'eau se mit à mousser et à bouillonner. Sur la berge, les gens restaient figés de stupeur. Ils se demandaient ce qui allait arriver.

Dès qu'il fut sous l'eau, notre jeune homme vit un trou dans la berge. Un passage étroit où un homme ne pouvait passer que difficilement.

«Faufile-toi dedans!» commanda alors l'invisible puce.

Le jeune homme pénétra dans le trou obscur. Et tout de suite le passage s'élargit. Il devint même possible de s'y avancer comme sur un chemin.

«Ne crains rien», chuchota la puce, et le jeune homme s'avança hardiment. Soudain il vit une lueur, devant lui. Il sortit au grand jour et se retrouva sur une prairie très verte. Et dans ce pré, entourée d'une clôture, une maison de pierre bleue se dressait.

«Rappelle-toi bien ce que je vais te dire et ne commets pas d'erreur, chuchota la puce. Nous ne pouvons pas encore libérer la princesse. Elle vit chez l'ondine, dans cette maison bleue, derrière la clôture. La porte de cette clôture est gardée par deux ours terribles, qui ne laissent entrer ni sortir personne. Il faut user d'un stratagème pour les distraire. Quand tu seras près de la porte, ordonne à ton sac de se changer en auge pleine de miel. Les ours se jetteront sur le miel et tu pourras passer. Je te dirai ensuite ce qu'il te faudra faire!»

Le jeune homme s'avança vers la porte d'entrée, et il entendit des grognements effrayants. Il regarda par une fente et aperçut les deux ours. Ils faisaient peur à voir, à vous en serrer le cœur d'angoisse. Il prit son courage à deux mains, détacha son sac auquel il ordonna de se changer en auge remplie de miel. Aussitôt l'auge fut là, et si lourde qu'il n'aurait pu la transporter dans la cour. Mais en sentant l'odeur du miel, les deux ours ouvrirent la porte et se ruèrent sur l'auge. Ils ne prêtèrent aucune attention à l'homme. Ce dernier pénétra dans la cour puis alla vers la porte de la maison, qui par chance n'était pas fermée à clef.

Cela gratouilla encore derrière l'oreille du jeune homme, et il entendit la voix ténue :

«Regarde la porte à droite, une clef d'or se trouve engagée dans la serrure. Ferme la porte et prends la clef. La vieille ondine ne pourra plus sortir de sa chambre. La princesse se tourmente dans la chambre de gauche. Ouvre cette chambre avec la clef d'argent qui est dans la serrure à l'extérieur, et entre chez elle.»

Quand le jeune homme eut tourné la clef dans la serrure de la chambre de droite, il en sortit un tel cri de rage que les murs en tremblèrent. Il mit la clef dans sa poche, se dirigea vers la chambre de gauche. Il ouvrit avec la clef d'argent, il entra et vit la princesse. Elle, au premier abord, s'effraya de cette intrusion, mais quand elle sut pourquoi ce jeune homme était venu, toute joyeuse elle bondit à bas de son lit.

«Partons vite, lui dit le jeune homme, nous devons passer le seuil avant que les ours n'aient mangé tout le miel.»

Il prit la princesse par la main, et ils passèrent près des ours sans se faire remarquer des animaux qui s'amusaient à faire rouler l'auge dans la cour. Le jeune homme referma la porte de la clôture, et il serait parti tout de suite avec la princesse si la puce ne lui avait chuchoté :

«Rappelle ton sac!»

Le jeune homme s'écria :

«Petit sac! Petit sac! Viens vite ici!»

Aussitôt le sac se retrouva sur son épaule.

Une fois qu'ils furent arrivés devant le trou, le jeune homme dit à la jeune fille, avant de s'y engager :

«Ne crains rien, bien qu'il fasse noir là-dedans, et

bien froid. Nous serons bientôt à l'air libre. Quand nous serons sous l'eau, ferme les yeux et ne les rouvre pas tant que je ne t'aurai pas ramenée sur la berge.»

Sortir de la grotte de l'ondine n'était pas si difficile que d'y entrer. Le passage s'élargissait nettement, et ils purent y passer ensemble. Une fois dans la rivière, le jeune homme reprit la princesse par la main pour la porter sur la berge.

Les curieux rentraient déjà chez eux. Ils croyaient que le jeune homme avait disparu comme la princesse. Seul le roi et ses courtisans étaient encore assis sur la berge et se lamentaient.

Et soudain, ils virent les deux rescapés qui émergeaient de l'eau. Quelle joie ressentit alors le roi et toute sa famille : Ce fut une joie inexprimable. La princesse était là, vivante, sur le rivage. Le roi se précipita vers elle, il embrassa sa fille et aussi son sauveur.

L'annonce de cette merveilleuse nouvelle se répandit dans la ville comme une traînée de poudre. Des milliers de gens affluèrent vers la rivière, pour voir de leurs propres yeux la princesse rescapée et son sauveur.

Le roi pria le jeune homme d'être son hôte au pa-

lais. Et il lui fit remettre une récompense trois fois plus forte que celle qu'il avait promise.

Le soir, alors que le jeune homme se couchait dans un lit luxueux, la puce murmura derrière son oreille :

«Ne reste pas ici plus de deux jours. Tu es riche maintenant et tu n'as plus rien à faire en ces lieux. Nous avons encore une longue route à parcourir. Le roi veut te donner sa fille en mariage, mais tu es encore jeune, et tu as bien le temps de penser au mariage. Allons plutôt parcourir le monde, tant que tu n'es pas encore arrivé au degré de sagesse que donne la maturité.»

Le jeune homme n'avait en réalité pas grande envie de quitter le palais royal, mais comme jusqu'alors les avis du mage lui avaient été profitables, il se décida à obéir une fois de plus.

Le roi et la princesse insistèrent beaucoup pour le retenir plus longtemps, mais il ne se laissa pas convaincre, et il se remit en route.

Désormais, comme n'importe quel riche personnage, il pouvait voyager dans un beau carrosse. Mais il n'était pas pressé d'arriver quelque part, son petit sac lui fournissait le boire et le manger. Voilà pourquoi, il continua à aller à pied.

Il était un jour assis au bord du chemin, à se reposer, quand il sentit le chatouillement derrière l'oreille et entendit le sussurement :

«On te pourchasse. On veut te prendre le sac. Les artisans ambulants ont raconté à tout un chacun comment tu les avais nourris et abreuvés. Tous ces jaloux s'aiguisent les dents pour te prendre ton sac. Taille-toi un bon bâton juste assez long pour qu'il entre dans le sac. Creuses-en le bout que tu rempliras

de plomb. Cette canne plombée sera une bonne protection.»

Le jeune homme tailla le bâton et le plomba, il l'enfouit dans la besace et reprit sa route. Un jour passa, puis un deuxième jour qui sembla tranquille, mais il pénétra alors dans une sombre forêt. Soudain, de derrière de gros arbres, sortirent une dizaine d'hommes qui l'assaillirent.

La puce susurra :

«Appelle la canne plombée à la rescousse!»

Le jeune homme fit ce qui lui était dit et, soudain, le bâton sortit tout seul du sac et se mit à châtier les agresseurs qui ne savaient plus par où s'enfuir.

Il erra par le monde, marcha, marcha tant et si bien que par un beau soir d'été il tomba en pleine fête de village. Garçons et filles se balançaient sur des escarpolettes, chantaient et dansaient sans épargner leurs jambes, au son d'une musique guillerette et entraînante, sur un vaste pré. Le jeune homme les regarda avec plaisir, il éprouva l'envie de danser lui aussi. Et à ce moment-là, il sentit le chatouillement bien connu derrière son oreille. Le mage invisible lui parlait :

«Nous sommes arrivés juste à point. Enfin, nous le tenons, mon pire ennemi! Je vais te dire ce que tu devras faire. Mais surtout ne commets pas d'erreur, pour qu'il ne nous échappe pas. Examine bien les filles, et cherche celle qui porte au cou, en guise de collier de perles, un ruban noué, de toutes les couleurs. Invite-la à danser, fais-la valser, virevolter et tourner aussi vite que possible, et ce faisant arrache-lui le ruban qu'elle porte au cou, aussi rudement que tu peux, pour que le ruban se déchire en morceaux.»

Le jeune homme entra dans la ronde, et il chercha la jeune fille avec un ruban bariolé au cou. Les jeunes gens du village l'invitaient à danser, l'un après l'autre. C'était une fille de belle taille, aux cheveux frisés. Quand la danse se termina, tout de suite le jeune homme alla l'inviter. Ils se mirent à danser. Ils tournèrent, virevoltèrent de plus en plus vite. Le jeune homme profita d'un moment favorable pour arracher le ruban du cou de la jeune fille. Aussitôt, on entendit un rugissement terrible, et la jeune fille disparut.

Les villageois, surpris, remarquèrent un vieil homme avec un petit bouc gris qui s'enfuyait vers la forêt, et un autre, de stature plus élevée, qui courait après lui, et qui déjà était sur ses talons.

Entre-temps l'obscurité s'était faite, et la jeunesse s'était remise à ses amusements, comme si rien ne s'était passé.

Le jeune homme regarda encore un moment ces réjouissances, puis il s'en alla à la recherche d'un gîte pour la nuit. Au moment où il sortait du village, il entendit courir derrière lui. Il se retourna et vit un inconnu.

«Attends-moi, mon frère, nous irons ensemble! cria cet inconnu. J'ai retrouvé mon aspect antérieur, c'est pourquoi tu ne me reconnais pas. Mais je reste toujours ton débiteur. D'abord tu m'as libéré d'une longue captivité, et aujourd'hui tu m'as aidé à vaincre le mauvais esprit. Maintenant, je ne suis plus obligé de me cacher. Désormais je ne dois plus me dissimuler dans ta poche.»

Le bon mage raconta au jeune homme comment il avait rattrapé le mauvais esprit dans la forêt, et l'avait solidement garrotté : il ne se sauverait plus jamais. Il avait perdu son ruban multicolore en quoi résidait son pouvoir maléfique. Et ce ruban n'en était pas un, c'était un serpent vivant. Maintenant, il fallait savoir où ce mauvais esprit avait caché, sept siècles auparavant, trois princesses et leurs incalculables richesses.

«Quand nous saurons où se trouvent les princesses, et après que tu les auras réveillées de ce long sommeil, tu seras un homme riche et heureux», dit-il à son jeune ami.

Après cette conversation ils reprirent des forces en mangeant le repas procuré par le sac, et s'allongèrent pour dormir. Au matin, ils allèrent vers cette forêt où était ligoté le mauvais esprit. Le jeune homme vit là un pauvre vieillard attaché par les bras et les jambes; avec ses genoux repliés, il ressemblait à un hérisson.

Le mage ordonna :
«Bâton, sors du sac!»

Le bâton bondit et se mit à battre le méchant sorcier. Il se mit à supplier, promettant de tout avouer. Et quand on l'eut interrogé à propos des princesses, il

répondit qu'il avait tout oublié. Alors le bâton se remit à le battre. Le mauvais esprit comprit qu'il n'y avait moyen d'échapper, et il nomma l'endroit où étaient cachées les princesses et leur trésor.

Alors le mage dit :

«Tu resteras mon prisonnier jusqu'au moment où nous aurons retrouvé les princesses. Mais je ne vais pas te laisser ici. Une bonne âme pourrait passer et te libérer, ne sachant pas qui tu es.»

Il prit le sorcier comme si c'était une plume, il le porta au bord d'un profond précipice où il le jeta.

«Tu attendras ici jusqu'à mon retour», dit-il en le laissant tomber.

Ensuite, le mage expliqua au jeune homme où se trouvait le pays où étaient tenues captives les princesses. C'était très, très loin, et ils ne pourraient gagner cet endroit que grâce au sac magique.

Sur le commandement du mage, la besace enchantée se changea en un vaisseau qui pouvait les contenir tous les deux. Ils pouvaient fort bien s'y asseoir ou s'y allonger. Sur les flancs du vaisseau se trouvaient des ailes. Le mage et le jeune homme s'installèrent dans leur vaisseau volant, prirent de la hauteur et se dirigèrent vers le sud par la voie des airs. Ils n'avaient point de souci à se faire pour le boire et le manger, le vaisseau leur fournissait tout ce dont ils pouvaient avoir besoin.

Le vaisseau vola sans relâche, jour et nuit, pendant plus d'une semaine. Enfin le mage lui ordonna de se poser au sol.

Ils se trouvaient dans un désert brûlant : une grande étendue de sable plat sur lequel ne s'élevaient que d'informes ruines. Le mage rechangea le vaisseau en sac, l'assujettit sur l'échine du jeune homme en lui disant :

«Notre but est à quelques jours de marche d'ici, mais moi, je ne peux pas y aller.»

Ayant dit cela, le mage se mit à gratter le sable au pied d'un mur écroulé. Bientôt une dalle apparut dans le sable, et les voyageurs se mirent à deux pour la soulever. Un escalier raide apparut, qui menait vers les profondeurs ténébreuses. Le mage captura ensuite une grosse mouche bleue qu'il enferma dans une petite boîte. Il recommanda au jeune homme de bien garder cette boîte sur son sein. Il lui expliqua :

«Quand on te demandera laquelle des trois princesses est la plus jeune, ouvre la petite boîte et lâche la mouche. Elle volera, puis se posera sur la plus jeune princesse.»

Le jeune homme s'approcha de la dalle, il regarda dans ce trou noir où il n'y avait rien à voir, et il pensa : «Advienne que pourra, je me lance là-dedans!» Et il commença hardiment la descente.

Il descendit, descendit cet escalier obscur. On n'en voyait pas la fin. Il se fatigua, il commençait à avoir faim. Il s'assit sur une marche, mangea un morceau, se reposa un peu, puis se remit à descendre. Il descendit, descendit, se traîna toujours plus bas et, enfin, il aperçut de la lumière. Une demi-heure après, il déboucha sur un grand pré au milieu duquel s'élevait un somptueux palais. Il se dirigea tout droit vers ce palais dont sortit un tout petit homme gris, qui le regarda très surpris et lui dit :

«Va, mon jeune ami, vas-y! Tente ta chance! Si tu devines laquelle des trois princesses est la plus jeune, prends-la par la main, et elle se réveillera. Mais si tu ne le devines pas, tu tomberas toi-même dans un profond sommeil.»

Le jeune homme tâta sur son sein la petite boîte qui contenait la mouche bleue et suivit le petit vieux.

Ils traversèrent une chambre, puis une deuxième et entrèrent dans une troisième. Là, sur des lits de brocart et de soie, dormaient trois belles jeunes filles. Elle se ressemblaient comme trois gouttes d'eau.

Le jeune homme avait beau les regarder attentivement, il ne pouvait deviner laquelle des trois était la plus jeune, non plus que l'aînée, d'ailleurs. Tous ses espoirs reposaient sur la mouche bleue. Il sortit la petite boîte de sa chemise, l'ouvrit et observa la mouche qui se mit à voler, voleter de-ci de-là, à tournoyer, pour enfin se poser sur la jeune fille qui dormait au milieu, entre les deux autres. Le jeune homme s'approcha d'elle, lui prit la main et dit :

«C'est celle-ci, la plus jeune!»

Aussitôt les trois princesses se réveillèrent ensemble, et sautèrent à bas de leur couche. La plus jeune des trois passa ses bras autour du cou du jeune homme en lui disant :

«Sois le bienvenu, mon cher fiancé! Tu nous a réveillées de notre long sommeil, et tu nous a libérées du pouvoir du sorcier. Mais maintenant il nous faut nous hâter!»

L'escalier, par lequel le jeune homme était descendu sous terre, avait disparu. Les jeunes filles et le jeune homme marchèrent à tâtons par un couloir obscur, mais ils débouchèrent assez vite à la lumière. En haut, au lieu du désert de sable brûlant, s'étalait une verte prairie. Et à l'endroit où le jeune homme avait vu des ruines, il y avait maintenant un superbe château royal, et, non loin du palais, on pouvait voir une grande ville.

Le bon mage s'avança alors vers le jeune homme, il le prit à part, le menant au bord d'un étang tranquille où l'ombre était agréable et fraîche. Il lui dit :

«Regarde-toi dans le miroir de cette eau!»

Le jeune homme se pencha sur la surface de l'étang; il se vit comme en un miroir, et il ne pouvait en croire ses yeux. Certes, lui-même n'était pas changé, mais ses vêtements n'étaient plus du tout les mêmes que ceux qu'il avait portés auparavant. Il était vêtu d'un costume véritablement royal, de velours et de soie, tout cousu d'or.

«D'où cela provient-il?» demanda le jeune homme.

Le bon mage lui répondit alors :

«C'est le dernier cadeau du sac magique. Désormais tu n'en auras plus besoin. Dans quelques jours, tu vas devenir le gendre du roi, et avec le temps tu seras roi toi-même. Garde un bon souvenir de moi. Pour le bien que tu m'as fait, je te l'ai rendu de mon mieux.»

«Tu m'as récompensé plus que royalement!» s'écria tout joyeux notre héros.

Quelques jours plus tard on célébra ses noces au palais du roi. Et au bout de quelques années, le gendre du roi accéda au trône.

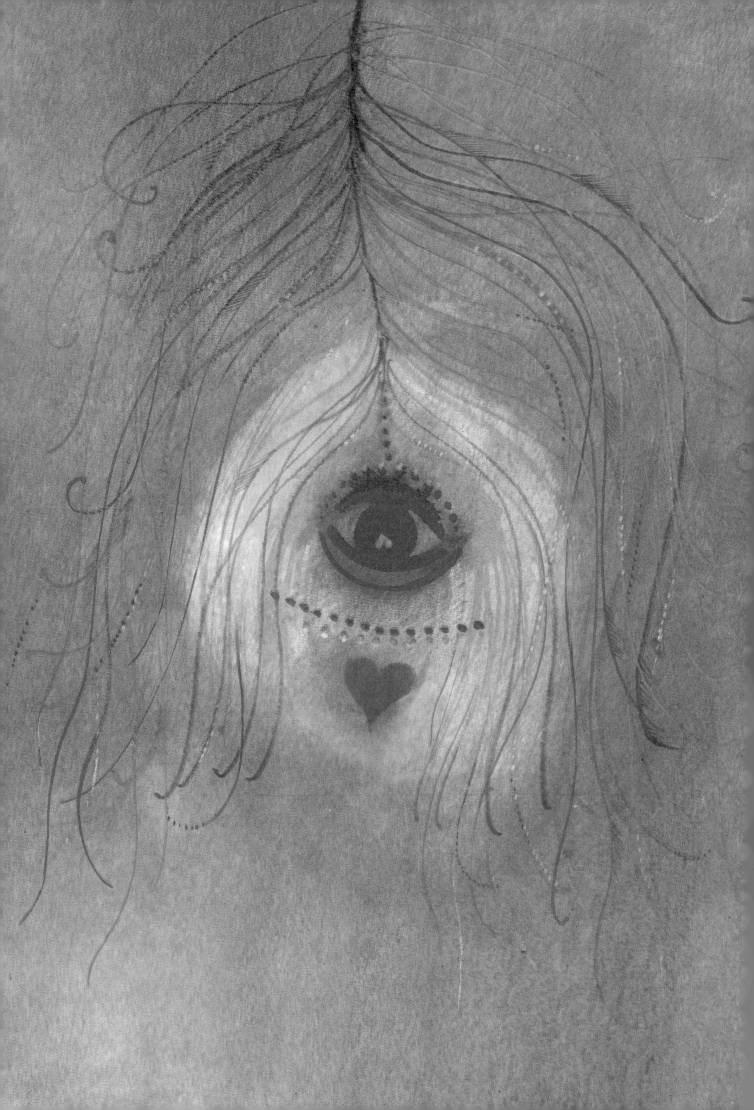